KRISTINA GÜNAK

Mit dir ist alles schöner

Weitere Titel der Autorin:

Man wird ja wohl noch träumen dürfen
Wer mich nicht mag, hat keinen Geschmack
Wer weiß schon, wie man Liebe schreibt
Glück ist meine Lieblingsfarbe
Die Liebe kommt auf Zehenspitzen
Kaputte Herzen kann man kleben

Titel auch als Hörbuch erhältlich

Über die Autorin:

Kristina Günak wurde 1977 in Norddeutschland geboren. Nachdem sie jahrelang als Maklerin arbeitete sowie als Mediatorin und systemischer Coach tätig war, ist 2011 ihr erster Roman erschienen. Seither hat sie sich mit ihren humorvollen Büchern unter Liebesromanleserinnen einen Namen gemacht. Sie schreibt auch unter dem Pseudonym Kristina Valentin. Weitere Informationen unter: kristina-guenak.de

KRISTINA GÜNAK

MIT DIR IST ALLES SCHÖNER

ROMAN

lübbe

Dieser Titel ist auch als Hörbuch und E-Book erschienen

Die Bastei Lübbe AG verfolgt eine nachhaltige Buchproduktion. Wir verwenden Papiere aus nachhaltiger Forstwirtschaft und verzichten darauf, Bücher einzeln in Folie zu verpacken. Wir stellen unsere Bücher in Deutschland und Europa (EU) her und arbeiten mit den Druckereien kontinuierlich an einer positiven Ökobilanz.

MIX
Papier aus verantwortungsvollen Quellen
FSC® C014496

Originalausgabe

Textredaktion: Dr. Katja Bendels
Titelillustrationen: © shutterstock: J.D.S | Cat_arch_angel | SvetlanaFlo
Umschlaggestaltung: Christin Wilhelm, www.grafic4u.de
Satz: hanseatenSatz-bremen, Bremen
Gesetzt aus der New Caledonia LT Std
Druck und Verarbeitung: GGP Media GmbH, Pößneck
Printed in Germany
ISBN 978-3-404-18781-2

2 4 5 3 1

Sie finden uns im Internet unter
luebbe.de
Bitte beachten Sie auch: lesejury.de

KAPITEL 1

Es war seltsam still in der Penthouse-Wohnung. Carstens Laufschuhe lagen zusammen mit seinen handgefertigten Budapestern wie einfach hingeworfen auf dem Parkett. Einer der Lederschuhe war zur Seite gekippt und klemmte unter der Kommode. Was mindestens so ungewöhnlich war wie die Stille, denn diese Schuhe kosteten so viel wie ein Kurztrip nach Venedig, und eigentlich verwahrte Carsten sie einzeln, in maßgeschneiderten Leinenbeuteln.

Ich zog die Wohnungstür hinter mir ins Schloss und ließ langsam den Riemen meiner Tasche von der Schulter gleiten. Das schwere Ding fiel mit einem dumpfen Laut auf den Boden. Mein Herz schlug hektisch, als wäre ich selbst gerade joggen gewesen. Aber ich ging nie joggen.

Ich stand einfach da und lauschte der Stille in der Wohnung und dem Hämmern in meinem Brustkorb. Carsten war da, klar erkennbar an dem sonderbaren Schuhkunstwerk. Aber wenn er zu Hause war, lief eigentlich immer Musik. Meistens Jazz, oft Klassik, aber es war nie, wirklich nie, still. Mit Stille kam Carsten nicht so gut zurecht.

Mir war ein wenig schwindelig, und ich legte die flache Hand an die Wand, um mich abzustützen.

Heute Morgen war ich noch, leise vor mich hin pfeifend, an

dieser weißgestrichenen Flurwand vorbeigetanzt. Im wahrsten Sinne des Wortes. Heute hätte nämlich ein großartiger Tag werden sollen. Der Tag, an dem endlich mein absolutes Lieblingsprojekt starten sollte, auf das ich wochenlang hingearbeitet hatte.

Gesichter unserer Stadt – so hieß die großangelegte Werbekampagne für eine örtliche Versicherung, mit einem nicht unerheblichen Budget und einer ganz klaren künstlerischen Gewichtung. Es hatte mehr sein sollen als einfach eine durchschnittliche Werbekampagne, man wollte es sich etwas kosten lassen, ausgewählte Einwohner Hannovers porträtieren und somit die tiefe Verbundenheit zur Region zeigen.

Für mich war es der erste wichtige Auftrag nach langer Zeit. Corona hatte mich sämtliche Projekte gekostet. Danach war die ganze Fotobranche zwar wieder angelaufen, aber die großen Jobs waren an mir vorbeigezogen. Selbst die Wochenzeitungen, die hin und wieder mal einen Auftrag vergeben hatten, ließen ihre Fotos jetzt von ihren Praktikanten mit dem iPhone machen. Dieses Werbeprojekt hatte mir endlich wieder ein neues Ziel gegeben, auf das ich hatte hinarbeiten können. Abgesehen davon liebte ich es, Menschen zu porträtieren.

Vorsichtig nahm ich die Hand wieder von der Wand und blinzelte ein paarmal.

Ich würde allen absagen müssen. All den Menschen, die ich als Zugpferde für diese Kampagne hatte haben wollen. Ich hatte schon Kontakt mit ihnen aufgenommen, ein Vorgespräch geführt, sie überzeugt mitzumachen, was gar nicht so einfach gewesen war. Schon der Gedanke an diese Telefonate machte mich unendlich müde.

Der muffelige örtliche Friedhofsgärtner, die redselige Gemüsefrau vom Markt, die eloquente Boutique-Verkäuferin aus der Innenstadt mit einem abgeschlossenen Psychologie-Studium in der Tasche, die ihre fachlichen Kenntnisse jetzt nutzte, um Menschen bei der Auswahl ihrer Garderobe zu helfen, und ihren Job liebte.

Ich zog die Nase hoch, was laut und unschön klang, und blickte auf meine Füße. Ich sollte die Schuhe ausziehen und sie zu Carstens Kunstwerk hinzufügen. Er hatte es mir kategorisch verboten, den geölten, offenporigen Dielenboden mit Schuhen zu betreten, und üblicherweise hielt ich mich auch daran, denn das Leben war einfacher, wenn man Carstens Regeln beachtete. Es war ja schließlich seine Wohnung, in der ich vorübergehend Unterschlupf gefunden hatte.

Ich beugte mich runter und griff nach dem Riemen meiner Tasche. Leise ächzend hob ich sie hoch, was mich allerdings bereits so sehr erschöpfte, dass ich keine Kraft mehr hatte, auch noch die Schuhe auszuziehen. Und keine Lust. Mit Mühe streifte ich mir den Riemen wieder über die Schulter und lief, durch das Gewicht leicht gebeugt, in die Küche, die sich zum großzügigen Wohnbereich hin öffnete. Durch die komplette bodentiefe Verglasung hatte man einen freien Blick über die Dächer des bereits schlafenden Hannovers. Ein spektakulärer Ausblick.

Carstens Autoschlüssel lag auf der Theke. Daneben sein Portemonnaie und der Laptop. Die Gegenstände wirkten wie ein arrangiertes Stillleben auf der polierten Küchentheke aus Edelstahl.

Weiter links stand ein Strauß Blumen. Weiße Tulpen drängten sich dicht an dicht in einer eleganten Glasvase, von deren Existenz ich bisher nichts gewusst hatte.

Angeblich besaß jeder Mensch etwa zehntausend Gegenstände. Carsten besaß mindestens einhunderttausend Dinge, und viele davon waren mir auch nach fünf Jahren Beziehung nie zu Gesicht gekommen. Ich war mir allerdings sicher, dass sie alle keine Farbe hatten. Carsten mochte Farben nicht besonders. Aber er mochte Dinge, die er verwahren und zu besonderen Anlässen hervorholen konnte, wie seine kostbaren Rotweine oder sein Zweitauto.

Ob er mir den Strauß als Geschenk mitgebracht hatte? Eine kleine Aufmerksamkeit für das neue, großartige Projekt? Ich lehnte mich kurz gegen die Küchentheke. Ein bisschen schwindelig war mir immer noch.

Sogar das angesagte Stadtmagazin *Metropole* hatte mich vor einigen Wochen zu der Kampagne interviewt. *Gesichter der Stadt* hatte, bevor es überhaupt gestartet war, für Aufsehen gesorgt. Das *Metropole* brachte sonst nur Artikel über Bankenvorstände, Fußballspieler und Schriftsteller der Region. Die nahezu rein männlich besetzte Redaktion interviewte in der Regel nur männliche Protagonisten, aber mit mir hatten sie ausgiebig über meine geplanten Porträtfotos gesprochen. Ich war sogar von einem Kollegen fotografiert worden. Allerdings in Schwarz-Weiß, in einer weißen Bluse vor einer weißen Wand. Ich sah auf diesen Bildern aus, als wäre ich blutarm und unterernährt, und meine sorgfältig abgedeckten Sommersprossen hatten fröhlich aus dem Schwarz-Weiß-Grau hervorgeleuchtet. Ein grässliches Foto. Richtig gute Schwarz-Weiß-Fotos von Menschen zu machen, war nun mal eine Kunst, die besagter Kollege leider nicht beherrschte. Farblose Fotografien entfalteten nicht einfach so ohne Zutun einen künstlerischen Aspekt. Das war ein Mythos. Man musste sie akribisch planen und vorbereiten und benötigte verdammt gutes Licht. Hatte man das nicht, brauchte jedes Foto Farbe. So wie Blumen. Und Wohnungen.

Ich griff in die Tasche, zog meine knallroten Arbeitsunterlagen heraus und legte sie neben den klinisch sterilen Blumenstrauß. Ich liebte rosafarbene Tulpen. Sogar in Lila konnte ich ihnen etwas abgewinnen, aber Weiß war keine Blumenfarbe – nur für Beerdigungen.

Meine Mutter hatte mich gewarnt. Sie mochte Carsten nicht und fand ihn »komisch«, was ganz und gar den Tatsachen entsprach. Aber als ich in der Krise meine Wohnung beim besten Willen nicht mehr hatte finanzieren können, war mir nichts anderes übriggeblieben, als meine wenigen Sachen zusammenzupacken und zu ihm zu ziehen – natürlich nur vorübergehend. Aber wie das mit Provisorien manchmal so war …

Ich seufzte und zog auch noch das offizielle Schreiben meines Auftraggebers aus der Tasche. Es war total verknittert. Ich hatte es in einem ersten Anfall von Erschütterung reflexhaft zusammengeknüllt und dann panisch ganz nach unten in die Tasche gestopft. Als würde es dadurch verschwinden, dabei neigte ich nicht zu magischem Denken. Ich legte es ebenfalls auf die Theke und strich das Papier mit den Handflächen glatt.

Das Projekt, das ich höchstpersönlich und ganz allein als Freiberuflerin auf die Beine gestellt hatte, würde nun von einer großen Agentur aus Hamburg umgesetzt werden. Einfach so. Offenbar kannte der Chef der Versicherung den Chef der Agentur. Auf Wiedersehen, Frau Lichtenstein. Tolle Vorarbeit. War schön mit Ihnen.

Wieder griff der Schwindel nach mir, und etwas lag mir im Magen. Vielleicht war das endlich die Wut. Kurzerhand riss ich den Weinkühlschrank auf und nahm eine Flasche sehr teuren Rotwein aus dem für ihn reservierten Klimaabteil. Der Wein war nur zum Betrachten gedacht, bestimmt war er furchtbar teuer. Carsten sammelte haufenweise diese exklusiven Weine und sah sie sich hin und wieder mit einem Lächeln im Gesicht an. Ich hingegen friemelte jetzt den Verschluss ab und suchte den Korkenzieher. Das würde Carsten nicht gefallen. Aber darauf konnte ich jetzt keine Rücksicht nehmen.

Ich fand den Öffner, und mit wenigen Handgriffen hatte ich die Flasche entkorkt. Carstens heilige Weingläser mochte ich nicht, deshalb griff ich mir ein Wasserglas, füllte es randvoll und nahm direkt einige gierige Schlucke. Dieser Tag schrie förmlich nach Alkohol. In rauen Mengen.

Normalerweise trank ich so gut wie nie, rauchte nicht, ernährte mich clean, manchmal sogar vegan, und vermied Zucker. Aber jetzt würde ich mich betrinken. Und endlich meinen Freund suchen, um ihm von der Katastrophe zu erzählen. Dafür führte man doch schließlich eine Beziehung.

Mit dem Glas in der Hand marschierte ich ins Wohnzimmer.

Weil meine cognacfarbenen Ballerinas unschöne Geräusche auf dem von Carsten liebevoll gepflegten Parkett von sich gaben, ging ich leise und auf den Zehenspitzen.

Die 240-Quadratmeter-Penthouse-Wohnung in bester Lage

hatte vermutlich so viel gekostet wie ein ganzes Schloss, war aber ein nigelnagelneuer Neubau und komplett nach Carstens Wünschen gestaltet worden. Im Schlaftrakt, den ich nun betrat, befanden sich ein riesiges Bad mit freistehender Wanne, ein Workout-Zimmer, ein begehbarer Kleiderschrank und unser Schlafzimmer.

»Carsten?«, rief ich halblaut.

Es brummte von irgendwoher.

»Wo bist du?« Ich spähte ins leere Badezimmer und lief weiter.

Als Antwort brummte es wieder, und schließlich fand ich Carsten im Schlafzimmer, wo er im Anzug auf der Bettkante saß.

Er trug eine derartig bedröppelte Miene zur Schau, dass ich erschrocken im Türrahmen stehen blieb.

»Was ist los?«, fragte ich und umklammerte mein improvisiertes Weinglas ein wenig fester. Irgendwas stimmte hier nicht. Ich kam nur noch nicht drauf, was es war.

Carsten sah mich an und blinzelte. Seine Haare standen sonderbar igelig von seinem Kopf ab, als hätte er versucht, wie zwanzig auszusehen, dabei war er fast fünfzig. Letzte Woche hatte ich mich richtiggehend erschreckt, als er in einem schrillgelben Hoodie (an und für sich schon komisch, weil eine Farbe) und einer verwegenen neuen Lederjacke vor mir gestanden hatte. Ich hatte mich nicht getraut, ihm zu sagen, dass diese Klamotten an seinen Sportkumpels aus der Crossfit-Box vermutlich cool, an ihm aber dämlich aussahen. Seine Freunde dort waren alle etwa halb so alt wie er.

»Nun ja, Franziska, ich habe nachgedacht«, sagte Carsten langsam, und ich nickte erwartungsvoll und ein wenig verwundert, weil er noch gar nichts zu meinen Schuhen gesagt hatte. Er rieb sich das glattrasierte Kinn und dachte eine ganze Weile darüber nach, worüber er eben nachgedacht hatte. »Es ist doch so, dass bei uns nach fünf Jahren Beziehung die Luft raus ist. Du bist doch auch sehr unzufrieden.« Er sah mich an, als erwarte er Zustimmung. »Mit allem«, fügte er hinzu, weil ich ihn nur verwirrt ansah und erstmal einen Schluck Wein trank. Da kam ich jetzt nicht mit.

»Wie meinst du das?«, fragte ich mit dünner Stimme.

Carsten räusperte sich und rieb mit den Handflächen über den feinen Damast der strahlend weißen Bettwäsche. »Ich denke, dass wir uns trennen sollten. Das ist besser für uns beide.« Er nickte mir aufmunternd zu und stand auf.

»Hä?«, fragte ich. Wie, trennen? Warum sollten wir uns trennen? Und wo sollte ich denn hin?

Es gab Situationen, in denen weigerte sich mein Gehirn, die zu verarbeitenden Informationen auf korrekte Art und Weise weiterzuleiten. Sie blieben dann irgendwo stecken und verklebten mir die Synapsen, was mich in eine Art Schockstarre versetzte, und manchmal half dann nur ein weiterer Schock, um alles wieder in Gang zu bringen. Bei mir bestand der zweite Schock darin, dass ich das Weinglas fallen ließ. Auf den blütenweißen Teppich im Schlafzimmer. Er war hochflorig und flauschig und ganz wunderbar kuschelig. Nun hatte er einen sehr dominanten Rotweinfleck, bei dessen Betrachtung mich endlich die Information erreichte, dass Carsten sich von mir trennen wollte.

Ich atmete dumpf aus und lehnte mich kraftlos gegen den Türrahmen.

Auch bei Carsten brachte der Rotwein auf dem Teppich einiges in Bewegung. Er rannte los und kam mit einem Handtuch zurück, um wie verrückt an dem Fleck rumzutupfen.

»Verdammt. Das bekommt man nicht mehr raus!«, ächzte er.

KAPITEL 2

Der Fleck würde für immer auf diesem Teppich bleiben. Ich hatte mich verewigt. Als auch Carsten das klar wurde, ließ er ab von dem roten Corpus Delicti und eilte erneut an mir vorbei ins Bad. Zurück kam er mit einer prall gefüllten Sporttasche über der Schulter.

»Ich schlafe im Club«, teilte er mir mit. »Dann kannst du dich sammeln und packen. Ich bin sicher, das ist das Beste. Auch für dich.«

Ich schlafe im Club hieß übersetzt, dass er die Nacht in seinem Altherren-Club der Reichen, Mächtigen und Privilegierten im Danheimer Schloss verbringen würde. Dort traf er gleichgesinnte Herren, betrank sich mit erlauchten Spirituosen und konnte sich in aller Ruhe bauchpinseln und wieder aufbauen lassen. Da das zeitintensiv war und selbst die reichsten und mächtigsten Alphamännchen irgendwann fahruntüchtig wurden, gab es dort gleich mehrere Gästezimmer, die über Nacht gebucht werden konnten. Carsten hatte dort im vergangenen Jahr oft übernachtet. Ich glaube, ich passte schon eine ganze Weile nicht mehr in sein Leben, und er war bis jetzt nur zu höflich gewesen, um mir das zu sagen. Oder zu beschäftigt.

Ich hörte, wie er im Flur rumorte, und betrachtete den Fleck zu meinen Füßen. Carsten war nicht meine große Liebe.

An die große Liebe glaubte ich ohnehin nicht. Die war wie der Yeti, oft beschworen, aber in Wahrheit dann doch nur ein Fake. Aber unser Arrangement hatte trotzdem fünf Jahre lang funktioniert.

Ich atmete tief durch und versuchte, dem Fleck meine ganze Aufmerksamkeit zu schenken. Ihn wertfrei zu betrachten, wie ich es beim Yoga gelernt hatte. Nach jahrelangem Achtsamkeitstraining hätte ich eigentlich in der Lage sein sollen, zu atmen und einfach nur diesen Fleck zu betrachten, um erstmal zur Ruhe zu kommen, aber es gelang mir nicht. Ich konnte nicht wertfrei sein, ich wollte einfach nur noch mehr Rotwein trinken.

Carsten hatte unsere farblose Beziehung, die durch die Pandemie zwangsläufig einen Nähe-Turbo-Boost erfahren hatte, genauso farblos beendet.

Als die Wohnungstür ins Schloss fiel, zuckte ich unwillkürlich zusammen. Es konnte doch nicht an einem einzigen Tag alles kaputtgehen?

Aus dem ganzen Gefühlshäcksel am Grund meiner Seele kletterte eine tiefe Traurigkeit empor. Sie war so schlimm, dass sie mir fast den Atem nahm. Mit einer Hand umklammerte ich den Edelstahlgriff der raumhohen Schiebetür, hinter der sich der begehbare Kleiderschrank versteckte. Lautlos glitt sie auf. Die Beleuchtung schaltete sich ein und tauchte die langen Reihen an Anzügen und Hemden in ein geschmackvolles Licht.

Nach meinem überstürzten Einzug hatte Carsten mir hier, ganz links, direkt neben der Tür und seinem Reisegepäck eine Ecke freigeräumt. Dort lagerte mein altes Leben.

Zartrosafarbene Kissen von Zara aus Paris, eine Patchworkdecke von meiner Mutter, meine Leinenbettwäsche von 1832, leider auch in Zartrosa, womit sie für Carstens Wohnung nicht tauglich war, und alle meine Bücher. In Carstens Wohnung durften sich sichtbar nur hochwertige Coffee Table Fotobücher aufhalten, die alle vier Wochen gewechselt wurden.

Ich starrte auf den ganzen Kram, der so unerwartet zum Vorschein gekommen war. Hier irgendwo musste auch Bernie sein. Ich zog einen alten Koffer heraus, prall gefüllt mit alten Unterlagen, und wühlte weiter. Und da, ganz unten rechts in einer der Kisten, wurde ich fündig.

Da war er! Bernie. So groß wie ein Cocker Spaniel. Über achtunddreißig Jahre lang fadenscheinig geliebt. Er hatte keine Augen mehr, die Füllung quoll an allen Ecken und Enden heraus, aber es gab ihn noch. Den Teddy, den meine Mutter mir wenige Tage vor meiner Geburt in einem kleinen Laden in Laboe gekauft hatte. Den Teddy, der mich überallhin begleitet hatte, bis ich mein altes Ich hinter mir lassen musste und er in diese Kiste gezogen war.

Vorsichtig packte ich ihn an der Tatze und zog ihn hervor. Er roch staubig und nach Zuhause. Er roch nach meiner Mutter und schmiegte sich als gewohnter Umriss in meinen Arm.

Ich presste das staubige Kuscheltier an mich und wankte gemeinsam mit ihm zurück ins Wohnzimmer, wo ich mich der Länge nach erstmal auf dem Sofa ausstreckte. Mit einem Mal war ich unendlich müde. So müde wie schon lange nicht mehr.

Mein Handy weckte mich. Es klingelte direkt neben meinem linken Ohr. Das Geräusch ließ meinen Kopf explodieren, und es fühlte sich an, als müssten Teile meiner Hirnmasse überall herumfliegen. Nur mit äußerster Mühe schaffte ich es, ein Auge zu öffnen. Es war nicht mehr Nacht, und mein Gehirn war offenbar wirklich explodiert, denn das weiße Sofa und der weiße Teppich unter dem Couchtisch waren rot. Jetzt riss ich auch das andere Auge auf und entdeckte als Nächstes die umgefallene Weinflasche. Es war ein anderer Wein als der, mit dem ich den Abend begonnen hatte. Château Lafite-Rothschild stand auf dem Etikett. Vermutlich kostete er tausend Euro. Und ich hatte ihn getrunken. Oder ausgekippt. Das war noch unklar.

»Oh«, sagte ich mit trockenem Mund und richtete mich vorsichtig auf. Ich hielt immer noch das staubige Kuscheltier im Arm und legte es jetzt beiseite, um stattdessen nach dem Handy zu greifen. Eine fremde Handynummer blinkte mir entgegen. Ich räusperte mich mehrmals und musste dabei einen Würgereiz unterdrücken.

»Ja?«, meldete ich mich schließlich mit brüchiger Stimme. Ich klang, als wäre ich mindestens hundert, was sich gut mit dem deckte, wie ich mich fühlte.

»Heike? Sie ist dran!«, ertönte eine männliche Stimme, hinter der andere Menschen herummurmelten.

»Franziska«, sagte ich ganz automatisch und musste husten.

»Heike, hier ist Harald.« In der Stimme des Mannes lag eine sonderbare Dringlichkeit.

»Wer?«, fragte ich schwach. Ich kannte keinen Harald.

»Harald von den glücklichen Campern.«

Ich stöhnte. Harald Berkens. Vom Campingplatz meines Vaters, an der Ostsee. Die Spießerhochburg des gepflegten Urlaubers.

»Du klingst sonderbar. Geht es dir gut?«, erkundigte er sich besorgt, und ich fasste mir an den brummenden Schädel.

»Toll. Was kann ich für dich tun?« Je eher ich dieses Gespräch beendete, desto eher konnte ich die Scherben meines Lebens aufkehren und vielleicht retten, was noch zu retten war.

Harald schwieg einen Moment. Im Hintergrund murmelten immer noch viele Menschen. Es klang, als würde er in einer Bahnhofshalle stehen.

»Heike«, sagte Harald erneut und klang dabei ziemlich hilflos. So als warte er auf jemanden, der ihm soufflierte.

»Harald, mein Name ist Franziska. Worum geht es denn?«, fragte ich jetzt etwas energischer.

Harald räusperte sich geräuschvoll. »Heike, ich muss dir etwas sagen«, begann er noch einmal, ignorierte dabei meinen Wunsch nach korrekter Namensnennung und atmete jetzt auch noch geräuschvoll ein und aus. Es klang, als würde er sich Mut einatmen. »Dein Vater ist vergangene Nacht gestorben. Es tut uns allen sehr leid.« Er schluchzte laut auf.

Ich nahm das Handy vom Ohr und atmete ebenfalls ein und aus, um den immer heftiger werdenden Würgereiz zu unterdrücken.

Da am anderen Ende der Leitung jedoch ein wahrer Stimmentumult entstanden war, schien es ratsam, das Handy wieder ans Ohr zu heben.

»Was?«, fragte ich verschwommen. Mein Vater war nicht tot. Das konnte gar nicht sein. Ich wollte ihn seit zwei Tagen zurückrufen, er konnte nicht tot sein.

»Hier ist Gitte«, meldete sich jetzt eine Frauenstimme.

»Bist du alleine?« Die Stimme klang kraftvoll. Energisch. Sie klang wie eine starke Person, die alles im Griff hatte.

»Er ist nicht tot. Das kann nicht sein. Ihr irrt euch.«

»Nein, Schätzchen. Es tut mir so leid. Er ist heute Nacht eingeschlafen. Einfach so. Bist du allein?«

»Ja«, sagte ich, und es klang wie ein Wimmern. Als wäre ich nicht achtunddreißig, sondern drei.

»Kann jemand zu dir kommen?«

Ich wollte der Frau sagen, dass sie kommen sollte. Dass ich ihr zutraute, alles in die Hand zu nehmen, doch stattdessen sagte ich: »Nein. Ich bin allein. Niemand kann kommen.«

Und so war es. Niemand konnte kommen. Ich war allein. Mutterseelenallein. Und nun auch vaterseelenallein.

Die Frau am anderen Ende redete weiter mit mir, doch ich konnte nichts mehr sagen, weil alle Worte mein Gehirn verlassen hatten. Hätte ich nicht zwischendurch ein paar brummende Geräusche von mir gegeben, hätte sie vermutlich einen Notarzt oder die Feuerwehr zu mir geschickt. Meine Adresse hatte sie mir nämlich schon abverlangt und offenbar notiert – für den Fall, dass ich »abklappte«, wie sie es ausdrückte.

»Du musst herkommen, es gibt viel zu besprechen und zu organisieren«, sagte sie gerade und klang dabei so, als wäre sie es gewohnt, dass die Menschen taten, was sie sagte.

Ich wollte gerade ansetzen und erklären, dass ich nicht einfach so zu ihnen an die Ostsee fahren konnte, dass ich Dinge tun musste, da fiel mir ein, dass es ja gar nichts zu tun gab. Es gab nur noch mich. In Carstens farbloser Wohnung mit den vielen Rotweinflecken.

»Ich komme«, hörte ich mich sagen.

Dann legte ich auf und machte mich schnurstracks auf ins Bad, um mich heftig zu übergeben. Anschließend kochte ich mir den stärksten Kaffee, zu dem Carstens Bezzera in der Lage war, packte ein paar Sachen ein, duschte und putzte mir die Zähne. Mit zittriger Hand verdeckte ich meine furchtbaren Sommersprossen unter dickem Make-up und tupfte ein wenig Rouge auf die Wangen. Während all dieser Tätigkeiten war ich wie betäubt. Als würde mich eine Schicht Watte umgeben.

So konnte ich nicht Auto fahren.

Zittrig kochte ich mir noch einen Kaffee und stand dann mit der Tasse in der Hand in der Küche. Ich starrte aus dem Fenster und versuchte, wieder klar im Kopf zu werden. Die Welt hinter der Scheibe war grau. Ein typischer Tag im März, an dem die Nacht sich auch mittags nicht ganz zurückziehen würde. In der Nachbarwohnung direkt gegenüber brannte Licht. Dort lebte eine schwedische Familie in einer farbenfrohen IKEA-Wohnung ohne Vorhänge. Ich sah ihnen ständig bei ihrem Alltag zu und hatte mittlerweile das Gefühl, alle Familienmitglieder gut zu kennen.

Gerade trabte der Vater mit einem halbangezogenen Kleinkind auf dem Arm durch das Wohnzimmer, Trinkflaschen, Rucksäcke und Winterjacken der größeren Kinder in der freien Hand schwenkend. Der Vater setzte das kleine Kind auf den Boden und lief jetzt seinen anderen Kindern hinterher, während seine Frau im schicken Kostüm ihm lachend zusah. Vielleicht hatte sie einen Scherz gemacht, denn er blickte grinsend auf und erwiderte etwas. Beide sahen sich verliebt an. Bei meinen intensiven Studien zu dieser Familie war ich zu dem Schluss gekommen, dass sie sich alle sehr mochten. Sie hatten sich.

Ich hingegen hatte niemanden. Noch nicht mal mehr einen Vater.

Ich stellte die Tasse auf die Küchentheke. Wenn ich noch einen einzigen Schluck trank, würde ich mich erneut übergeben. Also griff ich mir meine Reisetasche und ging.

Schon in der Tür, warf ich noch einmal einen letzten Blick zurück. Alles hier war hell und klinisch. Sogar die Blumen waren farblos. Alles, bis auf die Rotweinflecken auf dem Sofa und dem Teppich.

Wie eine Welle brach endlich die Wut über mich herein, und sie fühlte sich weit besser an als diese zittrige, wattige Leere. Ich ließ die Tasche fallen und marschierte zurück in die Küche. Hier griff ich wahllos einen der teuren Rotweine aus Carstens Sammlung, holte aus und donnerte sie gegen die Wohnzimmerwand. Ich musste all meinen Schmerz in den Wurf gelegt haben, denn die Flasche zerplatzte mit einem schaurigen Geräusch, und der Rotwein spritzte bis an die Decke.

»Mit Farbe lacht das Leben!«, rief ich und klang dabei völlig irre. Dann sah ich zu, dass ich in die Tiefgarage kam, wo mein geliebtes Cabrio auf mich wartete.

Ich brauchte sieben Stunden bis nach Vogelsang-Storch, dem klitzekleinen Ort mitten im Wald, wo der Campingplatz meines Vaters lag. Der nächste größere Ort war Laboe, und von dort war auch Kiel nicht mehr weit weg, aber Vogelsang-Storch war kaum mehr als eine Ansammlung klappriger Holzhütten und Wohnwagen. Mein letzter Besuch war Jahre her, aber ich erwartete keine großen Veränderungen, als ich mein altes 3er

BMW Cabrio, das Einzige, das ich in der Krise nicht geopfert hatte, vor dem Schlagbaum abstellte und die Tür öffnete. Es war schon dunkel und empfindlich kühl. Der März hatte bisher keinen Frühling im Gepäck.

Langsam stieg ich aus und streckte mich kurz. Ich atmete tief durch und konnte das Meer riechen. Der Platz hatte einen eigenen Strand, und es duftete wie in meiner Kindheit. Schlagartig wurde mir wieder flau im Magen, und ich musste mich für einen Moment am Autodach festhalten.

»Da bist du ja!« Harald war, eingewickelt in einen dicken Schal und eine Daunenjacke, im schwachen Schein des Anmeldehäuschens aufgetaucht.

»Ich habe schon auf dich gewartet. Viel Verkehr gehabt, mein Mädchen?«, fragte er. Hannover war nämlich gar nicht so weit weg, etwa drei Stunden, aber es war Freitag, und die Autobahn entsprechend voll gewesen.

Ich starrte Harald an, unfähig mich zu rühren. Und er starrte zurück, ebenso regungslos. Abwartend. Die kleine Funzel der Außenbeleuchtung ließ seine Augen glitzern. Endlich schaffte ich es zu nicken.

»Dann komm mal mit ins Warme.« Etwas ungeschickt legte er vorsichtig, so als wäre er nicht sicher, ob das angemessen war, einen Arm um meine Schulter.

Und es war genau diese Berührung, die mich fast aus der Fassung brachte. Dabei war ich ja schon seit dem vergangenen Abend nicht mehr in meiner ursprünglichen Fassung. Die hatte ich in dem Moment verloren, als mein Projektleiter mir mit betretener Miene erklärt hatte, dass wir nicht länger zusammenarbeiten würden.

Und von da an hatte sich mein Leben einfach immer weiter zu einer einzigen riesigen Katastrophe entwickelt.

Ganz aus Versehen lehnte ich den Kopf gegen Haralds Brust, und er schloss die Arme um mich. Für einen kurzen Moment gelang es mir, durch die ganzen Felsbrocken, die auf meiner Brust herumlagen, hindurchzuatmen.

Doch dann knirschten energische Schritte über den Kies in unsere Richtung, und ich löste mich aus Haralds fester Umarmung.

»Wir wollten schon eine Suchmeldung aufgeben!« Eine Frau mit wilden, grauen Löckchen und einer rosafarbenen Brille war direkt neben uns stehen geblieben und beleuchtete mich mit ihrer Taschenlampe. »Ich bin Gitte. Wir haben telefoniert. Mein aufrichtiges Beileid. Du bist also Heike.«

Ich schluckte. »Nein«, sagte ich, während Harald im gleichen Moment »Ja« rief.

»Na, was nun?« Gitte brachte es fertig, uns nacheinander ins Gesicht zu leuchten. Ich hob eine Hand, um meine Augen vor ihrem Lichtkegel zu schützen.

»Das spielt jetzt keine Rolle«, erklärte ich und trat einen Schritt zurück, und endlich hörte Gitte auf, wie verrückt herumzuleuchten. Ich klang forsch, aber das war ich nicht. Im Gegenteil: Ich zitterte, innerlich wie mittlerweile auch äußerlich. Ich war todmüde, hatte den Kater meines Lebens, war völlig erschöpft und drohte jeden Augenblick in Tränen auszubrechen – spätestens wenn die Frau mit der rosafarbenen Brille noch einmal mit ihrer Taschenlampe herumwedelte und mich nach meinem Namen fragte. Heike gab es nicht mehr.

»Ich muss schlafen. Bitte«, sagte ich deswegen und ging zu

meinem Auto, um meine hastig gepackte Tasche aus dem Kofferraum zu ziehen. Als ich unter Ächzen und Stöhnen das tonnenschwere Teil auf den Boden wuchtete, eilte Harald zu mir, um mir die Tasche abzunehmen.

»Du schläfst bei deinem Vater im Wohnwagen. Das Bett habe ich frisch bezogen«, sagte er und nickte, während er sich die Tasche über die Schulter hob. Er lief los, und ich blieb stehen, was Gitte zum Anlass nahm, mich wieder anzuleuchten. Regungslos sah ich Harald hinterher.

Schockschwerenot. Ich hatte bei meinem letzten Besuch in einer kleinen Pension in Laboe geschlafen, die zwar auch unterirdisch schlecht gewesen war, aber immer noch besser, als in einem Wohnwagen zu nächtigen. Die ganze Fahrt über hatte ich dort anrufen wollen. Es aber nicht getan, weil ich so darauf konzentriert gewesen war, nicht nachzudenken. Nun würde ich also hier schlafen müssen. Auf diesem verrotteten Campingplatz. In einem Wohnwagen.

»Ist er da drin gestorben?«, hörte ich mich fragen, während mir die Knie weich wurden. Ich konnte nicht hierbleiben. Das war unmöglich.

»Nein«, sagte Gitte, die immer noch neben mir stand und mich betrachtete. Wenigstens leuchtete sie jetzt in die andere Richtung. »Die Heizung war kaputt, und er hat im Anmeldehäuschen geschlafen. Auf der Karpfenliege. Da ist er gestorben.« Ihre Worte klangen furchtbar nüchtern. »Harald hat die Heizung im Wohnwagen gleich heute repariert. Damit du nicht auch im Anmeldehäuschen schlafen musst. Das hat kein Klo.«

»Natürlich nicht«, erwiderte ich. Kein Klo zu haben, war auf einem Campingplatz ja wohl mein kleinstes Problem.

KAPITEL 3

Der Wohnwagen meines Vaters war so alt wie ich. Achtunddreißig Jahre. Und ich hatte mich wesentlich besser gehalten als die alte Klapperkiste, in der mein Vater die letzten Jahre seines Lebens verbracht hatte. Alles war eng und wirkte provisorisch, aber tatsächlich war es nicht kalt.

»Du möchtest sicherlich erstmal zur Ruhe kommen«, sagte Harald, als er mir meine Reisetasche auf den kleinen Tisch mit der umlaufenden Bank gestellt hatte. Für einen kurzen Moment kämpfte er mit den Tränen, dann fing er sich wieder. »Wir sehen morgen weiter. Du kennst ja noch nicht alle Dauercamper hier, und die möchten dich natürlich auch gerne kennenlernen. Und, na ja … es gibt sehr viel zu besprechen.« Mit einem traurigen Nicken drückte er mir die Schulter und schob seine lange Statur aus der enorm schmalen Tür des Wohnwagens hinaus. Er ließ sie mit einem Knall zufallen – anders konnte man sie nicht schließen –, und ich lauschte seinen stapfenden Schritten durch die eisige Nacht zu seinem eigenen Wohnwagen, der nur wenige Meter entfernt stand.

Mit einem tiefen Seufzen ließ ich mich auf die Sitzbank vor dem quadratischen Tisch fallen und sah mich um. Es sah aus, wie es immer ausgesehen hatte. Holzdekor in Eiche rustikal, wohin das Auge blickte, eine kleine Küchenzeile mit einem brummenden Mini-Kühlschrank, gegenüber eine so kleine Nasszelle, dass man, wenn man sie betrat, die Tür nur schließen konnte, wenn man sich ganz eng an die Wand drückte. Dann konnte man allerdings nicht mehr aufs Klo gehen. Also entweder schloss man die Tür und machte sich in die Hose, oder man ließ sie offen und passte aufs Klo. Leider konnten einem dann alle im Wohnwagen Anwesenden beim Toilettengang zusehen.

Mein Blick glitt weiter. Hinter der Nasszelle befand sich das Bett, das Harald mit rosa Blümchenbettwäsche bezogen hatte. Es war so hoch, dass man es über eine kleine Leiter erklimmen musste.

Überall lag Kram herum, der keinen Ort hatte.

Leben auf acht Quadratmetern.

Theoretisch musste man hier nicht mal aufstehen, um sich einen Kaffee zu kochen. Eingedampfter Raum. Enge. Kaum Platz zum Atmen.

Mein Vater war tot.

Ich schüttelte den Kopf, um die Watte darin loszuwerden.

Draußen klopfte es, und Gitte riss die Tür auf, jetzt mit einer Stirnlampe auf dem Kopf. Ich gab einen Schmerzlaut von mir und kniff geblendet die Augen zu.

»Warme Kohlrouladen von Giovanni und Georgie und eine Flasche Eierlikör von Trudi. Gute Nacht«, beschied sie knapp, und da ich die Augen immer noch nicht wieder aufmachen konnte, schob sie mich kurzerhand zur Seite, stellte offenbar irgendwelche Gegenstände auf den Tisch und knallte die Tür wieder zu.

Ich blinzelte vorsichtig und wartete eine Sekunde, bis sich

meine Sicht wieder scharf gestellt hatte. Auf dem Tisch stand eine Flasche mit einem wenig vertrauenerweckenden pipigelben Inhalt, daneben ein geschlossener Topf, aus dem es nach Kohl und Hackfleisch stank.

»Oh Gott«, murmelte ich, packte das Ding, verfrachtete es kurzerhand in die Klokammer und schloss die Tür. Dann zog ich den kleinen Korken aus der Flasche und nahm vorsichtig einen winzigen Schluck, mehr aus Ermangelung einer Alternative, denn mein Magen knurrte, und ich hatte Durst. Dann musste ich allerdings direkt danach noch einmal kräftig nippen. Und dann gleich noch einen. Es schmeckte köstlich. Ich konnte mich nicht erinnern, jemals in meinem Erwachsenenleben Eierlikör getrunken zu haben. Aber das spielte keine Rolle, denn nach dem dritten Schluck spürte ich eine brennende Wärme im Bauch, die sich mit drei weiteren Schlucken noch ausbauen ließ. Dabei war in dem Zeug sicherlich 40 % Alkohol, und vegan war es auch nicht.

Ich stöpselte die Flasche wieder zu und ging zum Bett hinüber. Dabei stieß ich mir zweimal die Hüfte und einmal das Knie. Mein Körper war diese klaustrophobische Enge einfach nicht gewohnt.

Ich deponierte die Flasche auf einem kleinen Regal, an dem auch eine Leselampe befestigt war, schlug die Bettdecke auf und zog mein Handy aus der Hosentasche. Mit dessen Taschenlampe leuchtete ich über das Bettzeug. Das auf den ersten Blick zwar sauber wirkte, mir auf den zweiten allerdings sein wahres Gesicht offenbarte. Es war vermutlich noch älter als ich und der Wohnwagen zusammen. Generationen vor mir mussten schon in diesen alten Fetzen geschlafen haben. Ein

Schauer lief mir über den Rücken, und ich taumelte zurück zu meiner Tasche. Nicht jedoch, ohne mir nun auch noch den Kopf an einem der Oberschränke zu stoßen.

In meiner Tasche wühlte ich nach meiner Yogahose, den dicken Socken und dem warmen Kapuzenpullover, den ich immer nach dem Yoga überzog. Eingekeilt zwischen Eiche brutal – äh … rustikal –, dem Tisch, der Bank und der Seitenwand der Klokammer, in der jetzt der Kohl vor sich hin stank, gelang es mir, mich einbeinig stehend umzuziehen. Danach kroch ich ein wenig widerwillig zwischen die fadenscheinigen Laken. Ich klemmte mir noch mein exklusives und ergonomisches Nackenkissen unter den Kopf und zog die Kapuze des Pullis bis fast über die Augen. Auf dem Rücken liegend drapierte ich die Decke bis genau zum unteren Rand des Kapuzenpullovers. Kurz dachte ich darüber nach, auch noch meine Hände in den Ärmeln des Pullis zu verstecken, aber dann hätte ich nicht mehr nach der Flasche mit dem Eierlikör greifen können.

Denn als ich dort in diesem fremden Bett lag, das gar nicht fremd sein konnte, weil es ja das Bett meines Vaters gewesen war, wurde mein Blick von einem Gegenstand eingefangen. Einem alten Stück Plüsch, bei dessen Anblick ich mich unwillkürlich wieder aufrichtete, um die Eierlikörflasche an die Lippen zu setzen, während ich fest die Augen zukniff. Als ich sie wieder öffnete, saß er da und sah mich an. Moppidoppi. Ein dummer Name, ich hatte vergessen, wie er zustande gekommen war. Moppidoppi war ein albern grinsender Stoffhase, Bär Bernies bester Freund, der so alt war wie der Wohnwagen und ich. Doch während Bernie jetzt in einem Karton im dunklen Schrank bei Carsten sein Dasein fristete, war Moppidoppi hier.

Matt ließ ich mich zurück auf das Kissen fallen. Ich hatte keine Ahnung, wieso Moppidoppi auf dem Bett meines Vaters saß und mir zuzuzwinkern schien. Einen Moment lang schniefte ich, dann richtete ich mich ruckartig auf, um den Hasen am Arm zu packen und ihn zu mir unter die Bettdecke zu ziehen. Ich drückte ihn fest an mich und hoffte, diese furchtbare Nacht irgendwie zu überstehen.

Und es funktionierte. Als ich aufwachte, schien mir die Morgensonne ins Gesicht. Für einen Moment war das sehr schön, denn in diesem Winter war ich jeden Tag weit vor der Sonne aufgestanden. Mit geschlossenen Augen drehte ich das Gesicht in die Sonne und genoss die Wärme. Bis mir wieder einfiel, dass mein Vater gestorben war. Und noch während dieser schreckliche Gedanke langsam in mein Hirn sickerte, erinnerte ich mich auch wieder an die anderen Katastrophen, die mich heimgesucht hatten.

Ich schlug die Augen auf. Und betrachtete entsetzt das dreckige, stinkende Polyester-Ding in meinen Armen. Bei Tageslicht und ohne alkoholvernebeltes Gehirn betrachtet, sah Moppidoppi aus, als hätte er wochenlang in einer Jauchegrube vor sich hin gemodert. Er roch auch dementsprechend.

Auf allen vieren kroch ich an den Rand des Bettes und seilte mich vorsichtig zum Boden ab. Ich musste dringend auf die Toilette. Leider fiel mir die Anwesenheit der Kohlrouladen dort erst wieder ein, als mir ein durchdringender Gestank beim Öffnen der Tür entgegenschlug, woraufhin ich sie sofort wieder zuschmiss. Kurz raufte ich mir die Haare, dann schlüpfte ich mit den dicken Socken in meine Sneakers und suchte in meiner Reisetasche nach dem kleinen Spender mit antibakterieller Seife, den ich vorsorglich noch eingepackt hatte. Ich griff mir das Reisehandtuch und gab der Eingangstür des Wohnwagens einen Tritt, damit sie aufschwang.

Eisige Luft schlug mir entgegen und klärte schlagartig den Nebel in meinem Kopf.

»Verdammt«, sagte ich, während ich auf den mit Raureif überzogenen Boden vor dem Wohnwagen starrte. Ich konnte unmöglich bei dieser Kälte und in diesem desolaten Zustand einmal quer über den Campingplatz laufen. Ungeschminkt. Ohne Frisur. In meinen Schlafklamotten. Aber ich musste jetzt wirklich dringend den Eierlikör wegbringen, und wenn ich es nicht bis zum Toilettenhäuschen schaffte, würde ich noch einmal die Tür zum Wohnwagen-Klo öffnen müssen, um die Kohlrouladen irgendwo anders zu verstauen. Dann bestand jedoch die Gefahr, dass ich mich übergeben musste. Also auch keine Option.

Der Schritt nach draußen kostete mich sämtliche Überwindung. Die Kälte raubte mir die Luft zum Atmen, und der Boden knirschte unter den Sohlen meiner sündhaft teuren Sportschuhe. Aber mir drückte die Blase derartig, dass ich nun wirklich keine Wahl mehr hatte. Ich sprintete los in die Richtung, wo das holzverkleidete Waschhaus sich an den Rand des lichten Waldes schmiegte. Links die Männer, rechts die Frauen. Acht Toiletten in nach oben und unten hin offenen Kabinen, vier Duschen, fünf Waschbecken mit Porzellanablage und stumpfen Spiegeln, zwei Steckdosen.

In der Klohütte war es fast so kalt wie draußen. Und es roch unangenehm. Nach Pipi und einem scharfen Desinfektionsmittel. Ich biss mir fest auf die Lippen und erledigte in Windeseile mein Geschäft. Es war furchtbar kalt am Hintern, und ich konnte nur dankbar sein, dass sich wenigstens mein sonst so empfindlicher Darm unauffällig verhielt.

Kaum war ich aus der Kabine gestürzt, deren Tür ich nur mit dem Ärmel meines Pullis angefasst hatte, pumpte ich mir schon Desinfektionsseife auf die Handflächen und begann wie verrückt zu reiben. Jetzt waren meine Hände allerdings so glitschig, dass ich den Wasserhahn nicht mehr aufdrehen konnte.

»Brauchst du Hilfe?« Eine kleine, runde Frau im pink gestreiften Jogginganzug und mit bloßen Füßen in Badelatschen kam um die Ecke gebogen.

»Ja, könnten Sie?« Ich wies mit dem Kinn auf den Wasserhahn.

Sie drehte mir zwar das Wasser auf, starrte mich dabei aber düster an. »Wir duzen uns hier«, sagte sie streng.

»Ich duze mich nicht«, erklärte ich, während meine Finger erfroren. Das Wasser war so kalt wie der Morgen und mein Herz. Da die Seife nun abgespült war, drehte ich selbst am Temperaturregler, aber das Wasser blieb frisch wie ein Bergbach zur Schneeschmelze.

»Gibt kein Warmwasser.« Die Frau zog die Nase kraus. »Ist seit Tagen kaputt.«

Ich drehte das Wasser ab. »Wie bedauerlich.«

»Wer bist du? Gehört dir das schicke Auto vor der Schranke? Damit kann man doch keinen Wohnwagen ziehen.« Zweifelnd betrachtete die Frau mich einen Moment lang, dann traten plötzlich Tränen in ihre Augen. Sie schluchzte laut auf, und ich zuckte zusammen. »Du bist Heike! Klaus' Tochter!«, rief sie heiser.

»Franziska«, erwiderte ich. Offenbar duzte ich mich doch. Und weil die Frau mich verwirrt ansah – und weil mir ihre Tränen zu Herzen gingen –, fügte ich noch hinzu: »Ja. Ich bin Klaus' Tochter.«

»Ich bin Trudi«, sagte sie mit zitternder Stimme. »Ich vermisse Klaus ganz furchtbar. Es tut mir so leid.« Und mit diesen Worten ging sie zu einer der Duschen, riss sich Hose und Trainingsjacke vom Körper und drehte das Wasser auf. Ihr Atem dampfte in der Kälte.

»Gut. Äh. Tschüss«, murmelte ich, schnappte mir meine Seife und das Handtuch und lief zurück zum Wohnwagen, der zwar nach Kohl stank, aber immerhin warm war.

Ich kroch zurück ins Bett. Mein Atem klang zittrig, und das lag nicht an der Kälte. Denn ich hatte in dem Moment, als die weinende Camperin unter der eiskalten Dusche gestanden hatte, plötzlich eins begriffen:

Dieser Campingplatz gehörte jetzt mir.

Unfähig, diesen Gedanken und alles, was mit ihm einherging, zu ertragen, griff ich nach meinem Handy. Ich musste mich ablenken. Außerdem waren in so kurzer Zeit so viele unfassbare Dinge passiert, dass zu hoffen war, das Schicksal würde wenigstens eine oder zwei davon wieder rückgängig machen. Vielleicht bahnte sich bei LinkedIn ein tolles neues Projekt an. Es musste eigentlich noch nicht mal toll sein, irgendein Auftrag würde schon reichen. Ich musste schnell Geld verdienen, hier wieder verschwinden und mein Leben fortsetzen. Das mit dem Campingplatz würde sich schon irgendwie klären.

Ich rief Safari auf und klickte mich durch meine Postfächer, doch überall herrschte gähnende Leere. Wenigstens hatte ich eine WhatsApp bekommen:

Liebe Franziska, leider bist du gestern Abend nicht zu deinem gebuchten Yoga-Kurs »Stille und Achtsamkeit« erschienen und hast auch nicht abgesagt. In diesem Kurs ist regelmäßige Präsenz wichtig, um die Gruppendynamik zu fördern und sich so auf die eigene Achtsamkeit-Praxis einzulassen. Ich muss dich jetzt leider aus dem Kurs ausschließen. Namaste. Frederike.

»Blöde Kuh«, schnaufte ich. Dieses verdammte Yogastudio benahm sich, als würde ich ihm gehören. Ständig stellten sie irgendwelche Regeln auf und erwarteten ganz selbstverständlich, dass man sie auch einhielt. Trinke vier Stunden vor deiner Yoga-Stunde nur warmes Wasser, trage kein Rot (stört irgendwelche Chakren), benutze nur diese besondere hyperneue, schadstofffreie und nachhaltig produzierte Yogamatte aus Kalifornien, die so viel kostete wie ein Kleinwagen und natürlich gleich dort im Studio zu erwerben war.

Hallo Frederike, tut mir leid. Mein Vater ist verstorben, schrieb ich zurück und erhielt postwendend eine Antwort.

Das tut mir sehr leid!

Und eine halbe Minute später: *Leider kann die Mitgliedschaft erst nach Ablauf der zwölf vereinbarten Monate gekündigt werden.*

Fassungslos starrte ich auf das Display. Dieser Yogakurs war der einzige Luxus, den ich mir noch gegönnt hatte.

Das war nicht fair.

Vom Universum und von Frederike. Ich legte das Handy wieder zur Seite und starrte an die Decke des Wohnwagens. Jetzt ließen sich die Gedanken nicht mehr aufhalten. Mein Magen zog sich einmal krampfartig zusammen, und ich versuchte ihn mit ein paar tiefen Atemzügen zu beruhigen. Mit der linken Hand tastete ich nach Moppidoppi, bekam ihn zu fassen und zog ihn zu mir heran. Durch die geschlossenen Plastikfenster konnte ich die Ostsee hören – ein beständiges, sanftes Rauschen. Ein paar vorwitzige Vögel begrüßten enthusiastisch den Tag.

Ich rollte mich in die Decke, drückte den Hasen noch fester an mich und presste das Gesicht ins Kissen. Es ging mir so schlecht, dass ich sogar vergaß, mir die Kapuze über den Kopf zu ziehen. Eine ganze Weile lag ich einfach so da. Regungslos. Normalerweise war ich immer in Bewegung, doch jetzt fehlte mir die Energie für alles.

Irgendwann klopfte es an die Tür.

Ich reagierte nicht, und so wurde sie wenig später aufgerissen, und Harald streckte den Kopf um die Ecke.

»Guten Morgen«, sagte er. »Konntest du schlafen?«

»Bisschen«, murmelte ich und drehte mich langsam zu ihm um.

Harald hielt eine Tasse hoch. »Hab dir was mitgebracht.«

»Oh. Kaffee!« Langsam tauchte ich aus meinem Bettzeugversteck auf.

Harald bewegte sich in meine Richtung, ohne einmal irgendwo anzustoßen. Er manövrierte seinen großen Körper durch die schmale Gasse zwischen Klokammer und Küche, kletterte die Leiterstufen hoch und setzte sich vorsichtig auf das kleine Stück Bettkante. »Nee. Heißer Kakao mit Sahne.« Er lächelte und hielt mir einen angeschlagenen Blümchenbecher entgegen. Abwehrend hob ich eine Hand. Ich konsumierte vor elf weder Zucker noch Kalorien. Das vertrug sich nicht mit den Zeiten meines Intervallfastens, das ich seit zwei Jahren strikt einhielt. Bis elf trank ich nur Espresso mit ein wenig Süßstoff und Quellwasser aus dem Harz. Mein Darm war, wie bereits erwähnt, ziemlich empfindlich, und ich war schon dankbar, dass er die Wein- und Eierlikör-Attacke ohne Murren überstanden hatte.

Aber Harald sah so erwartungsfroh aus und lächelte mich so arglos an, dass ich doch den Becher entgegennahm.

»Haste als Kind so gerne getrunken.«

Ich blickte auf die fettige Sahne, die als kleiner Haufen über den Rand ragte. Harald hatte mir früher tatsächlich immer heiße Schokolade gemacht. Wenn ich durchgefroren und klitschnass aus der Ostsee gerannt gekommen war, hatte er mich in ein dickes, flauschiges Badetuch gewickelt und mir Kakao gekocht. Er hatte sein ganzes Leben lang jede freie Minute auf diesem Platz verbracht, genau wie meine Eltern.

»Danke, Harald«, sagte ich leise und trank einen Schluck. Ich konnte spüren, wie das Fett und der Zucker und die ungesunde Kuhmilch meine Speiseröhre passierten und meinen gesamten Magen-Darm-Trakt in Aufruhr versetzten. Aber es schmeckte tröstlich, und so trank ich noch einen Schluck.

Harald blickte zum Fenster hinter mir, zur Decke, zur kleinen Küchenzeile und fragte dann leise: »Biste sehr traurig, Mädchen?«

Ich räusperte mich. Ich war so traurig wie noch nie in meinem Leben.

Alles war auf den Kopf gestellt.

Was mir aber vor allem in der Seele brannte wie ein entzündeter Zahnnerv, den man lange versucht hatte zu ignorieren, war die Tatsache, dass ich meinen Vater nicht zurückgerufen hatte. Er hatte mir vor wenigen Tagen auf die Mailbox gesprochen, eine seiner typisch holprigen Nachrichten, in der er mich gebeten hatte, mich bei ihm zu melden. Was ich nicht getan hatte. Das Projekt hatte mich voll und ganz in Beschlag genommen. Außerdem waren die Telefonate mit meinem Vater immer so zäh. So umständlich. Er hatte meine Welt so wenig verstanden wie ich seine.

Nun würde ich nie wieder mit ihm sprechen.

Ich schluckte trocken und spürte tief in mir drin ein Zittern. Es war mächtig, und ich musste es mit aller Kraft unter Kontrolle halten, denn es war in der Lage, mich niederzuringen. Ich räusperte mich erneut und sagte dann: »Ja, aber das Leben muss weitergehen, nicht?«

Harald sah mich an. Wenn er über meine Worte erstaunt war, ließ er es sich nicht anmerken, denn er nickte nur knapp. Dann sah er wieder hoch zur Decke. »Er ist ganz friedlich eingeschlafen. So wie man es sich für seinen besten Freund nur wünschen kann. Das Herz.« Er klopfte sich auf die Brust, und seine Augen wurden ganz glasig, schließlich packte er den Bettzipfel und fing an, ihn mit seinen großen Pranken zu kneten.

Ich umklammerte die Tasse fester.

»Jetzt ist er wieder mit deiner Mutter zusammen«, sagte

Harald schließlich mit rauer Stimme. Er räusperte sich lautstark. Ich hielt mich an der Blümchentasse fest, und einen Moment lang schwiegen wir. Dann holte er tief Luft und sagte: »Hör mal, wir treffen uns nachher alle zum Mittag bei Robert, der hat ein beheizbares Vorzelt. Es gibt Gulasch. Ich möchte dich allen vorstellen, und dann müssen wir ein paar Dinge besprechen.«

Ich zog die Stirn kraus. Mir war nicht nach Gesellschaft. Eigentlich war mir nach gar nichts. Ich wollte weiter in diesem Bett liegen und an die Decke starren. Es einfach aushalten, bis es besser wurde. Heike hätte das getan. Heike hätte das Leben passieren lassen. Aber Heike gab es nicht mehr.

Ich musste das hier anpacken, und der erste Schritt würde sein, wenigstens wieder wie Franziska auszusehen. Außerdem musste ich diesen ekligen Kohlgestank loswerden. »Es gibt kein heißes Wasser im Klohaus. Kann man hier irgendwo duschen?«, fragte ich.

»Ja, das heiße Wasser.« Harald seufzte tief. »Das ist ein Problem.« Er schwieg einen Moment, den Bettzipfel immer noch in der Hand. »Ich denke, du kannst bei Giovanni und Georgie duschen. Die beiden haben ein sehr luxuriöses Wohnmobil, einen Hymer, und dementsprechend ein großes Bad. Ich werde das organisieren.«

Das mit dem großen Bad war gelogen. Das Badezimmer im Wohnmobil von Giovanni und Georgie war so groß wie eine Streichholzschachtel. Und luxuriös war es nur, wenn man bedachte, dass es sich in einer Brotbox auf Rädern befand. Das Dekor bestand aus mintgrünen und lilafarbenen Applikationen auf einer grauen Plastikoberfläche. Hinzu kam, dass vor dem Duschen erst durch Giovanni, den Wohnmobilbesitzer, ein komplizierter Umbau stattfinden musste. Er schien sein Bad grundsätzlich nur als Abstellraum zu nutzen, was bedeutete, dass er die letzten Tage ebenfalls eiskalt im Klohaus geduscht haben musste.

Nun hatte er erstmal einen wasserabweisenden Vorhang zu befestigen, festzuzurren und anzuknöpfen. Anschließend wurde noch ein zweites Duschgitter auf dem Plastikboden verlegt und die Toilettenschüssel verschoben, erst dann konnte ich duschen. Die Tür bestand aus Pappe, und so duschte ich, während gefühlt dreißig Zentimeter von mir entfernt Giovanni und Harald einen Espresso tranken und das Gulasch in zwei großen Töpfen auf dem Gasherd der Küche vor sich hin schmorte.

Wenigstens war das Wasser heiß und klärte langsam meine Gedanken. Nachdem ich mir unter diversen Verrenkungen ein paar Klamotten übergeworfen hatte, kletterte ich aus der Streichholzschachtel und war auch gar nicht mehr erstaunt, dass Giovannis Frau ein Mann war.

KAPITEL 4

Georgie, Giovannis Mann, war ein gutaussehender, heißblütiger italienischer Sonnyboy mit silbernen Strähnen im Haar und warmen braunen Augen, die von langen Wimpern umrandet waren. Er trug ein blütenweißes Hemd zu einer geschmackvollen Stoffhose und sah auch sonst so aus, als wäre er direkt der Coverseite eines Herrenmagazins entsprungen. Wohingegen Giovanni zwar den italienischeren Machonamen trug, dabei aber den ganz klassischen Geschmack mittelalter Herren in Deutschland bewies. Er trug nämlich Birkenstocks mit Socken, Jeans und eine Funktionsjacke in Grün.

Georgie schmiss die Brötchentüte zur Seite, die er in der Hand hielt, und war mit einem Schritt bei mir.

»Mein Beileid«, sagte er mit so tiefer Stimme, dass ich die Vibration im Magen spüren konnte. Dann nahm er mich fest in den Arm, was sicherlich seinem kulturellen Hintergrund entsprach, mich aber überforderte, weswegen ich zu zappeln anfing. Georgie ließ mich wieder los. »Wir vermissen Klaus alle ganz furchtbar und wir wissen nicht, wie es hier ohne ihn weitergehen soll«, erklärte er, und ich hatte das Gefühl, dass er mich dabei eindringlich ansah.

»Äh, ja«, erwiderte ich.

»Wie lange kannst du denn bleiben? Oder musst du gleich

wieder zurück nach Hannover? Möchtest du auch einen Espresso?«, fragte er.

Ich sah ihn einige Sekunden lang sprachlos an, dann entschied ich, dass die letzte Frage die einzige war, die ich wirklich beantworten konnte. »Espresso. Bitte. Danke«, sagte ich und hielt wenige Sekunden später eine kleine, dampfende Tasse in der Hand. Ich trank einen Schluck. Der Espresso war ziemlich gut.

»Ich, äh, habe zurzeit auch eine etwas außergewöhnliche Situation in meinem Leben«, versuchte ich es nun mit einer Antwort auf Georgies erste Frage. »Deswegen werde ich ein paar Tage hierbleiben. Bis alles geklärt ist.« Damit meinte ich: Mein Papa ist gestorben. Mein Freund hat sich einfach so von mir getrennt, und ich habe gerade den größten Auftrag meiner bisherigen Laufbahn als Fotografin verloren, was bedeutet, dass ich obdachlos bin. Und pleite.

Abgesehen von all diesen niederschmetternden Tatsachen, waren diese drei Männer auch noch die ersten seit sehr langer Zeit, die mich völlig ungeschminkt, also mit grünlichen Augenringen und leuchtenden Sommersprossen, zu Gesicht bekamen.

Harald schob seinen Kopf an Georgie vorbei und nickte. »Das wird dir guttun. Ein bisschen abschalten und in Ruhe Abschied nehmen.« Er blinzelte und rieb sich die Augen.

Abschied nehmen. Ich sah aus dem Plastikfenster auf den Campingplatz hinaus und ließ den Blick über die noch nackten Winterbäume wandern, die dicken Wildrosenhecken und die dahinter glitzernde Ostsee. Benommen schüttelte ich den Kopf.

Wenn es wirklich so war, wie ich befürchtete, gehörte der Campingplatz jetzt mir. Ich musste zusehen, ihn so schnell wie möglich wieder loszuwerden. Doch allein schon der Gedanke daran, was nun alles vor mir lag, löste wieder diesen leichten Schwindel aus. Ich versuchte, mich auf das Hier und Jetzt zu konzentrieren. Achtsam wahrzunehmen, was war. Ohne zu bewerten.

Zwei Italiener im Camper. Harald. Guter Espresso und Gulasch.

Leider blieb es nicht dabei, denn kurz darauf ging es weiter in das viel gepriesene und geheizte Vorzelt von Robert. In dem es wie in einem Wohnzimmer aussah, nur eben einem Wohnzimmer unter Zeltplanen draußen vor einem Wohnwagen. An einem Gestell in der Ecke hingen zahlreiche Kinderbilder, an einer Seite stand eine Anrichte, und um einen mit einer Tischdecke versehenen Campingtisch gruppierten sich gestreifte Campingstühle. Ein uralter Heizlüfter pustete warme Luft ins Zelt.

Als wir eintraten, döste Haralds Frau Mitzi mit vor dem Bauch gefalteten Händen in einem der Stühle. Sie hatte mir früher immer Milchreis gekocht. Sie und meine Mutter waren beste Freundinnen gewesen und hatten ihre gesamte freie Zeit auf diesem Campingplatz verbracht. Kein einziges Mal waren sie nach Spanien, Italien oder anderswohin gereist, für sie hatte es nur Vogelsang-Storch gegeben. Eigentlich unvorstellbar, die weite Welt so komplett zu ignorieren.

Giovanni und Georgie zogen los, um Töpfe und Geschirr zu verteilen, was Mitzi aus ihrem kleinen Nickerchen weckte.

»Laura!«, rief sie und sprang behände von ihrem Campingstuhl auf, um mich in eine unerwartet feste Umarmung zu ziehen.

Harald eilte ihr hinterher und pflückte sie förmlich von mir ab. »Das ist nicht Laura. Das ist Heike«, sagte er leise und beugte sich zu ihr hinunter, um ihr in die Augen zu sehen.

»Franziska«, korrigierte ich, woraufhin beide mich ansahen. Harald lächelte gequält.

»Laura«, sagte Mitzi energisch. »Nur Laura hat solche Sommersprossen!«

»Laura war meine Mutter«, sagte ich.

»Mitzi hat Alzheimer«, erklärte Harald leise und führte seine Frau zurück zu ihrem Stuhl. Dabei lagen seine Hände federleicht auf ihren Schultern, und sie blickte strahlend zu ihm auf.

»Das tut mir leid«, murmelte ich ihm zu, dabei müsste ich es eigentlich zu Mitzi sagen. Aber die schien sich ganz und gar auf ihren Mann zu konzentrieren.

Ich atmete tief durch, denn das Schwindelgefühl wollte wieder nach mir greifen, aber ich bekam es in den Griff. Was gut war, denn jetzt baute sich ein bärenhafter Mann mit grimmiger Miene vor mir auf. »Robert«, sagte er knapp und reichte mir eine riesige Pranke, die ich vorsichtig ergriff.

»Franziska«, erwiderte ich.

»Warum nicht Heike?« Er klang furchtbar streng.

»Lange Geschichte.«

Er nickte knapp. »Setz dich. Mein Beileid.«

Ich setzte mich. Weil man vermutlich tat, was Robert sagte. Mir gegenüber ließ sich Gitte nieder. Diesmal war ihre Brille hellblau, sie schien mehrere Modelle davon zu besitzen. Trudi, die Dame im Trainingsanzug aus dem Waschhaus, setzte sich neben sie. Die eiskalte Dusche schien ihr hervorragend bekommen zu sein, sie hatte einen wunderbar rosigen Teint.

Giovanni stellte die beiden Töpfe auf den Tisch und Georgie zwei geöffnete Flaschen Weißwein daneben. Im selben Moment schlug die alte Standuhr neben der Tür zum Wohnwagen halb zwölf. Ich hatte bis jetzt Sahne, Milch und Kakao in meinem Magen, und die Camper beabsichtigten nun, Klöße mit Gulasch zu essen und dazu Weißwein zu trinken. Zu einer Uhrzeit, zu der ich üblicherweise arbeitete oder eine kleine Yogaeinheit einschob.

Giovanni griff nach meinem Teller und tauchte die Kelle ins Gulasch, und ich sagte das, was ich immer sagte: »Ich esse kein Fleisch.«

Ein kollektives Stöhnen ging um den Tisch.

Entschuldigend zuckte ich mit den Schultern. Ich aß seit Jahren kein Fleisch mehr. Himmel, wer auf diesem Planeten konsumierte denn bitte noch Gulasch? Kam das nicht direkt aus den Sechzigern?

Also bekam ich einen Kloß auf den Teller geschaufelt und konnte ihn gerade noch vor einem Bad in Fleischsoße retten. Nach kurzem Zögern allerdings nahm ich den kalten Weißwein dann doch dankend entgegen, denn womit sonst sollte ich das trockene Etwas auf meinem Teller runterspülen?

Um mich herum wurde ordentlich gegessen. Ohne Sorge vor Fleisch, Cholesterin, Geschmacksverstärkern, Fett und dem restlichen Zeug, das unsere Adern verstopfte und unser Herz daran hinderte, frei zu schlagen. Alkohol war auch nicht besser, trotzdem nippte ich an meinem Wein und spürte, wie er mir sofort zu Kopf stieg.

Während des Essens verstummten die Gespräche. Alle schienen ihren traurigen Gedanken nachzuhängen. Sobald die Teller jedoch leer waren, änderte sich das. Zuerst einmal kam der offenbar in diesen Kreisen unvermeidbare Eierlikör. Jeder bekam von Trudi ein Gläschen in die Hand gedrückt.

»Auf Klaus!«, rief Harald, als alle versorgt waren.

»Auf Klaus!«, riefen die anderen und hoben ihre Gläser.

Ich hob meines höflich mit und nippte daran. Weißwein zum Mittag war eine Sache, hochprozentiger Alkohol vor Sonnenuntergang jedoch absolut ausgeschlossen. Aber vielleicht war genau das ja das Erfolgsrezept. Vielleicht musste man sich durchgehend betrinken, wenn man im Nirgendwo in einem Wohnwagen hauste. Ohne heißes Wasser.

Mitzi frage leise: »Wer ist denn Klaus?«

Harald beugte sich zu ihr und flüsterte: »Das ist Heikes Vater. Er ist gestorben.«

Mitzi rang die Hände. »Ach, unser Klaus? Nein, wie furchtbar. Das Kind hat keinen Vater mehr?« Sie deutete auf mich, und ich schloss die Augen. Wenn man es nämlich genau nahm, hatte ich gar nichts mehr. Außer einen Rest mittlerweile warmen Weißweins im Glas, den ich nun trank.

»Heike«, sagte Robert nun und drehte sich auf seinem blau-weiß-gestreiften Campingstuhl zu mir um. »Wir müssen ein paar Dinge klären.«

Erstaunt sah ich ihn an. Er wirkte plötzlich so geschäftsmäßig.

Giovanni warf vorsichtig ein: »Sollten wir sie nicht erstmal trauern lassen?«

Robert zog eine Augenbraue hoch und warf Giovanni einen strafenden Blick zu. »Das mag für diejenigen unter uns mit einer Dusche im Camper akzeptabel sein, aber wir können nur im Häuschen duschen. Oder eben auch nicht. Es gibt nämlich kein heißes Wasser mehr.« Er drehte sich wieder zu mir. »Die Anlage ist defekt. Die muss repariert werden. Erik ist aktuell nicht da, und einen Handwerker bekommt man auf die Schnelle nicht. Ein unhaltbarer Zustand.«

»Wir duschen trotzdem immer im Häuschen«, sagte Georgie und klang gekränkt.

»Ich finde auch, dass es ein wenig früh ist. Heike muss doch erstmal zu sich kommen«, wagte Harald sanft einzuwenden, doch Robert presste nur kurz die Lippen aufeinander und sagte: »Sie trägt jetzt die Verantwortung!«

Ich straffte die Schultern, und Georgie goss mir noch einen großzügigen Schluck Weißwein ins Glas. Robert setzte an, doch Harald schnitt ihm mit einer energischen Handbewegung das Wort ab.

»Sieh mal, es ist so …«, sagte er zu mir, doch Mitzi legte ihm sanft eine Hand auf den Arm, woraufhin er den Mund wieder schloss.

Doch Robert nahm Haralds Faden auf: »Es ist ein großer Platz mit viel Verantwortung. Klaus hat, seitdem er den Platz übernommen hat, nie über seine finanzielle Lage gesprochen, aber die letzten Jahre können nicht gut gewesen sein. Nicht, seit der neue Campingplatz hinter Laboe aufgemacht hat. Die sind einfach moderner und haben die volle Ausstattung.«

Trudi schnaufte. »Völlig überlaufen, dieser dämliche Schönwetter-Platz. Mit Kinderanimation und Restaurant. So ein Blödsinn. Das hat mit Campen nichts mehr zu tun!«

Harald warf ihr einen Seitenblick zu. »Mag sein. Aber die sind ausgebucht. Der Campingboom ist an uns vorbeigegangen, und hier stirbt langsam die alte Klientel aus.«

Gitte zog scharf die Luft durch die Zähne, und Trudi brummte irgendetwas, doch Harald fuhr unbeirrt fort: »Muss man doch auch mal ganz ehrlich sagen. Es ist leer geworden in den letzten Jahren. Ohne heißes Wasser hilft auch weder der eigene Strandabschnitt noch das Naturschutzgebiet drumherum. Die Leute wollen funktionierende, moderne Sanitäranlagen, eine Erlebnisgastronomie, Entertainment und Veranstaltungen.«

Trudi verdrehte die Augen. »Alles Weicheier«, murmelte sie, während ich dem ganzen Gespräch wortlos folgte und in mein mittlerweile leeres Glas starrte.

Georgie erkannte mein Dilemma und goss mir nach. Ich mochte den Mann.

Jetzt fand ich auch meine Sprache wieder. »Erstmal ist mein Name Franziska«, erklärte ich und griff nach dem frisch befüllten Glas. »Und dann werde ich den Campingplatz natürlich so schnell wie möglich verkaufen.«

Ich nippte an meinem Wein. Die Stille, die meinen Worten folgte, war fast greifbar. Alle starrten mich an. Sie konnten doch nicht wirklich geglaubt haben, dass hier alles so blieb, wie es war?

»Was habt ihr denn gedacht?«, fragte ich. »Ich bin Fotografin und lebe in Hannover. Ich habe dort mein Leben.« Auch wenn es sich gerade nicht so anfühlte, weil mir mein Leben ja irgendwie explodiert war. Aber das musste ich hier niemandem auf die Nase binden.

»Wir leben hier!«, rief Gitte und sprang von ihrem Campingstuhl auf, setzte sich aber sofort wieder hin, als hätte ihr jemand den Stecker gezogen.

»Ich kann nur hier leben«, sagte auch Trudi, und ihre Stimme bebte dabei. »Ich krieg schließlich kaum Rente, weil ich so viele Kinder aufgezogen habe. Eine Wohnung kann ich mir nicht leisten. Schon gar nicht an der Küste.«

Ich konnte nicht direkt antworten, weil ich Weißwein im Mund hatte. Doch als ich den runtergeschluckt hatte, sagte ich noch einmal: »Ich bin Fotografin. Keine Platzwartin.«

»Sie lässt uns hängen.« Gitte nahm ihre Brille ab, um sich die Augen zu reiben.

Ich umklammerte die Armlehne meines Stuhls fester. Der Schwindel war wieder da.

Robert gab einen seltsamen Laut von sich, dann beugte er sich über den Tisch, sah mich an und sagte: »So einfach ist das nicht. Bevor du für diesen Platz Geld bekommst, musst du hier erstmal alles auf Vordermann bringen. Das Grundstück liegt im Naturschutzgebiet, das verkauft sich nicht so einfach. Auch nicht an der Küste.«

Ich starrte düster zurück, denn die aus dieser Wahrheit resultierende Erkenntnis war neu. Sie bedeutete, dass ich nicht direkt wieder abreisen konnte, sondern mich kümmern musste. Dass dieses ganze Chaos, einschließlich des kalten Wassers, jetzt mein Chaos war. Vielleicht war mir so schwindelig, weil ich das natürlich schon geahnt hatte. Aber die Ahnung war noch keine Gewissheit gewesen. Und wenn ich ehrlich war: Ich hatte keine Wohnung, kein Geld und keine Aufträge. Mir fehlte also die Alternative.

Ich musste sehr tief Luft holen, denn das bedeutete, dass ich noch eine ganze Weile in der Wohnbox meines Vaters bleiben würde. Ob ich wollte oder nicht.

»Ich brauche mal frische Luft«, erklärte ich, stand auf und eilte durch das Vorzelt zum Ausgang.

»Frische Luft? Hier ist überall frische Luft!«, rief Robert mir hinterher, woraufhin ich das Tempo erhöhte. Aus dem Schwindel war ein Zittern geworden. Ich musste hier raus.

Im Laufschritt überquerte ich das graugefrorene Gras und passierte die kleinen Klohäuschen. Dann bog ich nach links ab, vorbei an den alten, knorrig gewachsenen Bäumen, um auf den kleinen Weg zu gelangen, der hier seit meiner Kindheit zwischen den buschigen Heckenrosen hindurch zum Strand führte. Meine Beine kannten den Weg. Ich ließ sie rennen und wurde erst langsamer, als ich auf den weichen Sand trat. Erst jetzt blieb ich stehen und stützte die Hände auf den Beinen ab, den Oberkörper weit vorgebeugt. Ich rang nach Luft. Dabei gab es hier tatsächlich so viel davon, aber sie wollte nicht so recht bis zu meinen Lungen vordringen.

»Scheiße!«, brüllte ich der Ostsee zu, die gelangweilt ein paar kleine Wellen zum Strand schickte. Ich ließ mich auf die Knie fallen und vergrub die Hände im kalten Sand. Eine Möwe kreischte über mir, und ich blickte auf. Das Tier flog einen eleganten Bogen und ignorierte mich. Sie hatte andere Dinge im Kopf – Fisch fangen, oder was Möwen halt so taten.

Trotzdem tat es gut, den großen Vogel dabei zu beobachten, wie er leicht und frei über mir am Himmel schwebte. So, wie ich schon lange nicht mehr unterwegs war.

Langsam bekam ich wieder Luft und saugte den Sauerstoff tief ein. Dann stützte ich den Kopf in die sandigen Hände. So blieb ich hocken, bis hinter mir ein Schnaufen zu vernehmen war. Ich lugte seitlich an meiner rechten Hand vorbei und sah Harald.

»Heike!«, rief er und ließ sich neben mir in den Sand sinken. »Mensch, Mädchen, kannst doch nicht einfach so abhauen.«

»Harald«, sagte ich mit belegter Stimme. »Du musst jetzt mal aufhören, mich Heike zu nennen. Und Mädchen. Das geht nicht. Ich bin fast vierzig.«

»Heike ist dein Name, und ein Mädchen bist du auch.« Er zog die Nase hoch. »Ich bin siebzig. Was denkst du? Dagegen bist du ein Flohhuster im Nachtnebel.«

Erstaunt ließ ich die Hände sinken und musste sogar leicht grinsen. Das klang gar nicht wie Harald. »Ein Flohhuster im Nachtnebel?«, wiederholte ich.

Er nickte. »Nimm das dem Robert nicht übel. Der hatte mal eine wichtige Position in irgendeinem großen Unternehmen und wird schnell komisch bei solchen geschäftlichen Dingen. Aber uns war nicht klar, dass du den Platz verkaufen willst.« Er holte schnaufend Luft. »Ehrlich gesagt, habe ich das auch nicht erwartet«, fügte er leiser hinzu.

»Ich bin keine Campingplatzbesitzerin. Ich bin noch nicht mal eine Camperin.« Ich hasste Campen. Ferien auf dem Campingplatz waren als Kind ja noch lustig gewesen, aber spätestens seit der Pubertät hatte ich es gehasst.

Harald sah mich an. Seine Augen waren wässrig, und in seinen Zügen lag Schmerz. Ich konnte nur erahnen, was das alles für ihn bedeutete.

»Tut mir leid«, sagte ich leise und legte ihm eine Hand auf die Schulter. »Mich hat gestern echt eine Keule getroffen und von den Füßen geholt. Aber ich berapple mich wieder, und dann nehme ich das hier in Angriff. Ich will den Platz ja nur verkaufen, nicht dem Erdboden gleichmachen.« Ich würde hierbleiben, bis alles erledigt war. Wenn ich Glück hatte, würde mir der Platz vielleicht ein wenig Startkapital einbringen. Was war denn auf einem Campingplatz schon groß zu reparieren? Aktuell musste man noch nicht mal Rasen mähen. Es war immer noch Winter, der Rasen wuchs gar nicht. »Ich kümmere mich um alles. Was muss denn gemacht werden?«, fragte ich, entschlossen, es direkt anzugehen. Ein Blatt Papier wäre gut, um alles zu notieren. Mir ging es immer besser, wenn ich mir alles aufschreiben konnte. Doch Harald sah mich nur regungslos an.

»Alles«, sagte er.

Alles? Das klang jetzt nicht so gut.

»Klaus hat Geld aufgenommen, um den Platz zu kaufen. Dann war keins mehr da, um viel zu investieren. Die Elektrik auf den hinteren Plätzen geht schon seit Wochen gar nicht mehr, und die Saison startet am 1. April, also in wenigen Tagen. Die Warmwasserversorgung ist auch kaputt. Alles braucht einen Anstrich. Die Platten von den Wegen und Stellplätzen kommen langsam hoch. Furchtbare Stolperfallen. Das hat Klaus schon letztes Jahr machen wollen. Und die Grauwasserentsorgung ist auch verstopft.«

»Ich habe keine Ahnung, wovon du sprichst«, erwiderte ich schwach.

Harald brummte. »Nee. Kann ich auch verstehen. Kommst ja aus einer anderen Welt.«

Wir schwiegen und sahen der Ostsee zu, wie sie mit ihren kleinen Wellen, dem sachten Rauschen und den glitzernden Reflektionen der Sonne auf ihrer Oberfläche zu spielen schien. Ich atmete tief durch. Mir war übel. Es war einfach alles ein wenig zu viel.

»Klaus hat es hier geliebt.« Harald seufzte. »Er ist jeden Morgen geschwommen. Bis Oktober, dann hat er eine Pause gemacht, aber spätestens im April ist er wieder ins Wasser gegangen.«

»Hat auch nichts geholfen, was?«, fragte ich und musste krampfhaft ein paarmal blinzeln. Meine Worte klangen kälter, als ich es beabsichtigt hatte.

Harald ließ sich davon nicht abschrecken. »Ich glaube, Klaus war glücklich. Er hat dich und Laura vermisst, aber irgendwie hat er seinen Frieden gefunden. Er war ein zufriedener Mensch.«

Ich sagte nichts. Meine Eltern waren immer zufrieden gewesen in ihrem kleinen Leben. Aber ich war es nicht. Ich wollte kein kleines Leben und war vor ihrer Zufriedenheit geflohen. Ich wollte immer weiterkommen. Freiheit leben. Diese Enge hier erstickte mich ja jetzt schon.

Ich dachte an die unbeholfene letzte Nachricht meines Vaters auf meiner Mailbox. »Hallo Heike.« Stille. »Wollte mich mal melden.« Stille. »Hier ist alles gut.« Stille. »Kannst dich ja mal melden.« Stille. »Papa.« Er hatte sich jeden Satz überlegt, bevor er ihn aussprach. Er hasste Anrufbeantworter, aber wenn wir telefonierten, sprach er auch nicht viel mehr. Meine Mutter war es gewesen, die den Kontakt aufrechterhalten hatte.

Ich Idiotin hatte gedacht, dass wir noch Zeit hätten. Zeit für eine Unterhaltung, die nicht nur aus Pausen bestand.

»Was ist mit der Beerdigung?«, fragte ich schnell, weil der Gedanke an meinen Papa plötzlich so furchtbar wehtat.

Harald antwortete nicht.

Ich sah ihn an. »Was?«

Er schürzte die Lippen. »Hat der Klaus alles schon vor seinem Tod geregelt. Er hat so eine Bestattungsvorsorge gemacht«, erwiderte er knapp.

»Was hat er geregelt? Mit mir hat er nicht darüber gesprochen.«

»Mit dem Bestatter Schaper aus Laboe«, sagte Harald. »Der Bestatter kümmert sich auch um die Kündigung der Versicherungen. Klaus wollte dir das alles erzählen. Hast ihn ja nicht zurückgerufen.«

Mein Herz machte einen schmerzhaften Sprung.

»Was hat er geregelt?«, fragte ich erneut.

»Er wollte verbrannt werden. Schaper meldet sich, wenn die Asche wieder da ist.«

»Dann muss eine Beerdigung stattfinden«, erklärte ich. »Das muss organisiert werden.«

»Keine Beerdigung. Eine Trauerfeier soll es geben. Wenn alle Camper zurück sind und die Saison läuft. Mit Bier und Würstchen am Strand. Die Beisetzung ist mit Schaper geregelt und … ein bisschen kompliziert.«

»Kompliziert? Was ist an einer Grabstelle kompliziert?«, fragte ich ungeduldig. »Kümmert der Bestatter sich da auch drum?« Harald verzog das Gesicht und sah mich bedrückt an.

»Es gibt Koordinaten«, sagte er dann leise. »Er will auch im September in die Ostsee. Wie Laura. Eigentlich geht das nicht, aber der Schaper zögert das so lange hinaus ...«

Ich unterbrach ihn. »Das kann ja wohl nicht wahr sein!« Wütend sprang ich auf und klopfte mir den Sand von der Hose. Dann gestikulierte ich wild mit beiden Händen in Richtung Wasser. Meine Stimme überschlug sich fast, ich konnte nichts dagegen tun. »Man kann Menschen nicht in die Ostsee streuen!«

Harald zuckte hilflos die Schultern. »Aber er liebte die Ostsee. Deine Mutter ist doch auch dort.«

»Er hat ihre Asche gegen meinen Willen in kaltes, brackiges Meerwasser gekippt. Das ist keine Beerdigung. So läuft das nicht.«

Harald kam ebenfalls ein wenig umständlich auf die Füße. »Ach, Heike. Jetzt sei doch nicht so streng mit ihm.«

Ich lachte auf, was jedoch eher so klang, als hätte ich Schluckauf. »Streng mit ihm? Ich wollte ein richtiges Grab für meine Mutter. Eins, zu dem ich Blumen bringen kann. Die Trauer um sie hat ihm nicht allein gehört.«

»Aber du warst doch nie da«, sagte Harald ganz leise, als traue er sich kaum, diese wahren Worte auszusprechen.

Ich holte zitternd Luft. »Ich werde ihn nicht auch noch ins Meer kippen. Vorher lasse ich einen Diamanten aus seinen Resten pressen. Ab jetzt kümmere ich mich um alles.« Ich drehte mich um und stapfte über den Sand, blieb aber noch einmal stehen. »Harald, ich brauche alle Unterlagen, die es gibt, damit ich mir eine Übersicht verschaffen kann. Und Handwerker. Ich brauche Handwerker. Viele Handwerker.«

Mit diesen Worten drehte ich mich endgültig um und marschierte durch die Wildrosenhecke zurück zum Campingplatz.

KAPITEL 5

Tag drei auf dem Campingplatz. Bisher war ich geschickt allen Campern aus dem Weg gegangen, die nach der Verkündung meiner Absichten nicht besonders glücklich waren. Morgens im Klohäuschen hatte mir Gitte einen bitterbösen Blick zugeworfen. Nur zu gerne hätte ich mich in der hässlichen Pension in Laboe einquartiert, aber erstens musste ich meine Kröten beisammenhalten, und zweitens musste ich vor Ort sein, um das Projekt »Der Platz muss weg« schnellstmöglich voranzutreiben.

Ich war nur rasch zwischendurch mit dem Wagen in den kleinen Laden gefahren, um Müsli, ein bisschen Obst, Gemüse und Mandelmilch zu erstehen, womit wenigstens mein Frühstück gesichert war. Ansonsten begnügte ich mich mit literweise Kräutertee. In meinem Alter konnte man nicht einfach Kakao mit Sahne zum Frühstück trinken und fünf Minuten später Gulasch zum Mittag essen, ohne hinterher Verdauungsstörungen zu haben oder aus dem Leim zu gehen wie die alte Wohnwagenküche meines Vaters. An der blätterte überall der Lack ab.

Den Rest des Tages lag ich auf dem Bett, um die Unterlagen zu wälzen, die Harald mir gebracht hatte. Zum gefühlt hundertsten Mal blätterte ich durch einen der Ordner, der noch von dem Vorgänger meines Vaters stammte. Handwerkerrechnungen, Einnahmen, Steuern, Gebühren … Die Zahlen waren alle nicht aktuell, wenigstens so viel hatte ich mittlerweile verstanden, aber auch die nicht aktuellen Zahlen sahen nicht sonderlich rosig aus. Ich hatte wirklich gedacht, so ein Campingplatz wäre ein Selbstläufer. Ein bisschen Wiese mähen, den Leuten ihren Platz zeigen und Geld verdienen.

Mit einem Seufzer klappte ich den Ordner zu. Ich brauchte dringend die aktuellen Buchhaltungsunterlagen.

»Warum hat Papa einen Campingplatz gekauft, der in seiner ganzen Existenz noch nie gut gelaufen ist?«, fragte ich Moppidoppi, der die ganze Zeit schweigend neben mir gehockt hatte. Im Grunde war das ziemlich verrückt gewesen, und mein Vater hatte in seinem ganzen Leben keine verrückten Dinge getan. Außer vielleicht seine gesamte Altersvorsorge für diesen maroden Platz auf den Kopf zu hauen.

Moppidoppi hatte ganz offensichtlich auch keine Antwort parat, denn er sah mich weiterhin nur schweigend an.

Einmal erwischte ich mich dabei, dass ich das Handy in die Hand nahm, um meinen Vater anzurufen und ihn selbst zu fragen.

»Ach Papa«, murmelte ich, als mir die Vergeblichkeit dieses Unterfangens bewusst wurde, legte das Telefon wieder weg und schob die Unterlagen zur Seite. Zu allem Überfluss hatte ich heute Morgen auch noch einen Blick auf mein Konto gewagt, und der war ebenfalls ziemlich ernüchternd gewesen. Im Vorgriff auf die erste Abrechnung des neuen Projekts hatte ich mir eine sündhaft teure Pentax gegönnt. Die lag noch originalverpackt in Hannover unter dem Bett, während die monatliche Rate mir das letzte Geld vom Konto klaubte. Ein weiterer Grund, das hier schnell über die Bühne zu bringen. Meine Anwesenheit auf diesem maroden Zeltplatz war nicht gut für mich.

Ich atmete tief durch, schob die düsteren Gedanken beiseite und griff nach meinem Handy, um mich wenigstens der weiteren Maklerrecherche hinzugeben. Mir war nicht klar gewesen, dass man tatsächlich komplette Campingplätze pachten oder kaufen konnte. Um einen guten Preis zu erzielen, war es allerdings tatsächlich eine Grundvoraussetzung, dass der Platz up to date war. Robert hatte also recht gehabt.

Bei meiner Recherche wurde ich durch eine kleine Pop-up-Nachricht von Instagram abgelenkt. Die Hamburger Agentur, die mein Werbekonzept für die Versicherung nun umsetzen würde, besaß doch tatsächlich die Unverfrorenheit, zahllose Bilder davon auf ihrem Instagram-Account zu posten, die bei ihren gut 50.000 Followern offenbar regen Anklang fanden. Mein Herz fror bei diesem Anblick regelrecht ein. Ich hatte so viel Arbeit in das Projekt gesteckt – und war so erfolgreich einfach daraus gelöscht worden.

»Ihr Arschlöcher«, murmelte ich und warf das Handy aufs Bett.

In diesem Moment hämmerte jemand gegen die Wohnwagentür. Das Geräusch kam so unerwartet, dass ich erschrocken zusammenzuckte.

Als ich nicht sofort reagierte, wurde die Tür aufgerissen. Ein fremder Mann guckte um die Ecke.

»Bist du Heike?«, wollte er wissen.

»Ich bin Franziska«, antwortete ich und setzte mich auf.

Das konnte ja wohl nicht wahr sein! Man konnte doch nicht einfach so in die Privatsphäre fremder Menschen eindringen. »Wer sind Sie und wie kommen Sie dazu, hier einfach die Tür aufzureißen?«, fragte ich wütend und rutschte seitlich vom Bett, um mich abzuseilen. Dabei stieß ich mir am Oberschrank hörbar und schmerzhaft den Kopf. Leicht torkelnd und mir die Stirn reibend kam ich bei der Tür an.

Der Mann zog eine Augenbraue hoch und betrachtete mich interessiert. Er hatte hellgraue Augen, wie ein Wolf. Und lange, lockige Haare, die er zu einem Manbun gebunden hatte. Es war ein Knoten, wie ich ihn volumenmäßig niemals hinbekommen würde. Er schien über eine ziemliche Haarpracht zu verfügen. In seinem rot-schwarz karierten Hemd, der schwarzen Arbeitshose und den zerkratzten Stiefeln sah er aus wie ein Holzfäller in Kanada. Nur dass wir in Vogelsang-Storch waren.

»Wer auch immer du bist, ich bin Erik.«

Ich schwieg.

Er musterte mich weiter. »Harald hat mich angerufen. Du willst einen Platzrundgang machen«, sagte er. »Ich bin der Elektriker. Mein Beileid übrigens.«

»Ich dachte, wir machen einen Termin«, erwiderte ich, und dann fiel mir ein, dass ich mir seit meiner Ankunft nicht einmal die Haare gewaschen hatte. Ich war einfach nicht in der Lage, meinen Kopf unter eiskaltes Wasser zu halten. Dazu trug ich meine mintgrüne Yogahose und einen alten, riesigen Pullover aus dem Schrank meines Vaters. Ich hatte weder Make-up noch Lippenstift noch Mascara aufgelegt, dafür aber abgeblätterten roten Nagellack an den Fingern. Und meine Sommersprossen leuchteten bestimmt von hier bis Meppen. Optisch passte ich mittlerweile perfekt in die Kategorie Dauercamper.

»Wir haben einen Termin. Der ist jetzt«, sagte der Mann und grinste leicht, wobei seine Augen aber offenbar nicht mitmachen wollten.

»Davon weiß ich nichts. Sie hätten mal mit *mir* einen Termin machen sollen. Ich bin hier verantwortlich«, erwiderte ich energisch, aber der Elektriker guckte mich nur weiter interessiert an und legte den Kopf schief.

Das war alles mehr als peinlich.

Allerdings brauchten wir hier nichts dringender als einen Elektriker, deswegen sagte ich: »Gib mir fünf Minuten«, und ging dabei ergeben zum Du über.

Erik nickte knapp, trat einen Schritt zurück und warf die Tür so beherzt ins Schloss, dass der ganze Wohnwagen wackelte.

Ich pellte mich aus den Yogaleggins, quetschte mich auf einem Bein hüpfend in meine Jeans, bürstete mir die Haare und band sie mit einem alten Haushaltsgummi zusammen, das natürlich riss und meine ungewaschenen Haare wieder herabstürzen ließ. Das hier war jetzt nicht nur Kategorie ungeschminkt, das hier war eine optische Katastrophe.

»Ich hab nicht ewig Zeit!«, rief der Holzfäller von draußen.

»Gleich!«, brüllte ich zurück und sah mich suchend um. Irgendwo standen meine pinken Gummistiefel, die ich im Kofferraum meines Wagens gefunden hatte. Die hatte ich mir vor Corona gekauft, weil ich in einem Anfall von Wahnsinn bei einem Urban-Gardening-Projekt mitmachen wollte. Das hatte sich aber als extrem arbeitsintensiv herausgestellt, und so war der Traum von den selbstgezogenen Möhren, geerntet bei Mondschein, relativ schnell wieder geplatzt. Nun aber kamen mir die Stiefel gerade recht. Ich fand sie achtlos unter den Tisch gepfeffert, schlüpfte hinein und wickelte mich dann noch in den alten olivgrünen Parka meines Vaters. Er roch nach seinem Aftershave, und er hielt mich warm. Beherzt setzte ich die Kapuze auf, damit man meine Haare nicht sah. Gerne hätte ich meine leuchtenden Sommersprossen jetzt noch hinter einer FFP2-Maske versteckt, aber die Zeiten waren vorbei.

Ich wühlte noch kurz auf der vollgekramten Bank herum, bis ich das Klemmbrett und den Stift fand. Beides hatte ebenfalls meinem Vater gehört.

Gerade als ich mit dem Gummistiefel gegen die Tür trat – sie ließ sich schließlich sonst nicht öffnen –, hämmerte es von der anderen Seite wieder dagegen. Die Tür flog auf und dem Holzfäller im Karohemd an den Kopf. Was ja nun nicht mein Problem war.

Ich schob sie noch ein Stückchen weiter auf und sprang mit beiden Füßen voran hinaus. Harald war mittlerweile ebenfalls aufgetaucht und starrte erst Erik, dann mich entsetzt an. Ersterer hielt sich die Nase. Dabei knurrte er etwas, das eindeutig nicht jugendfrei war. Schließlich zog er die Nase hoch, hob den Kopf und sah mich mit seinen Wolfsaugen lauernd an.

»Blutet nicht«, beschied ich knapp.

Der Mann kniff die Augen zusammen, sagte aber nichts. So bei Tageslicht betrachtet, sah er verdammt gut aus. Rau. Ungeschliffen. Ein Kerl, der sich nur mit Kernseife wusch und den Ölwechsel an seinem Pickup selbst vornahm. Zum Glück stand ich auf Männer in gut geschnittenen Anzügen.

»Sorry. Die Tür klemmt. Also, dann mal los.« Ich straffte die Schultern. Wieder knurrte er irgendetwas, drehte sich aber um, was ich zum Anlass nahm, ihm zu folgen. Harald blieb mir dicht auf den Fersen.

»Wie geht es dir?«, fragte er leise.

»Super«, antwortete ich knapp.

»Das ist übrigens Erik. Er hat Klaus schon oft aus der Patsche geholfen. Er kann alles reparieren.«

Ich nickte schweigend. Nach einem Tag Wohnwagen-Isolation war ein fremder Persönlichkeitsteil in mir emporgestiegen, der ziemlich unhöflich zu sein schien. Außerdem war ich wütend auf mich selbst. Weil ich aussah, als würde ich dauerhaft auf einem Campingplatz leben, und weil ich bisher noch kein Stück vorangekommen war.

Aber das würde sich jetzt ändern.

Wir stiefelten quer über den Platz bis zu den Klohäuschen, hinter denen man sein Geschirr spülen konnte. Outdoor versteht sich. In einem Kabuff neben den Spülbecken standen eine Waschmaschine und ein altersschwacher Trockner, und dahinter in den Büschen versteckten sich die überdimensionalen Müllbehälter.

Auf der anderen Seite der Container befand sich das Anmeldehäuschen, das jetzt im Frühlingssonnenschein ein wenig räudig aussah. Die braune Farbe blätterte in breiten Streifen ab. Das war mir vorher gar nicht aufgefallen. Genauso wenig wie der kleine Klapptisch, der direkt neben dem Eingang stand. Auf ihm befand sich ein Einmachglas mit Blumen, an dem zahlreiche Karten lehnten. Daneben brannte eine rote Friedhofskerze.

Ich beeilte mich, Erik und Harald zu folgen.

Neben den großen Müllcontainern gab es eine abschüssige Fläche mit einem unangenehm riechenden Abfluss im Boden. Dahinter, fast versteckt in einem Busch, stand ein großer grüner Stahlschrank.

Erik drehte sich zu mir um. »Wir fangen mit den Dingen an, die jetzt dringend erledigt werden müssen. Sonst kannst du am ersten April nicht aufmachen.«

Er klang ein wenig genervt. Aber er wusste offenbar gut Bescheid auf dem Platz. Aufmunternd nickte ich ihm zu, hob das Klemmbrett und zückte den Stift. Erik blickte kurz zum Stromkasten, dann wieder zu mir, und mir fiel auf, dass er ein großartiges Fotomotiv abgeben würde. Er hatte volle, symmetrisch geschwungene Lippen und markante, deutlich sichtbare Wangenknochen. Diese klaren Gesichtszüge gaben seinem Gesicht eine Dreidimensionalität, die sich mit der richtigen Kameraeinstellung in ein Fest aus Licht und Schatten verwandeln würde.

Manche Menschen musste man einfach fotografieren. Ihre Gesichter erzählten Geschichten. Eriks Gesicht gehörte dazu, dabei konnte er kaum älter sein als ich. Ich hätte alles gegeben, ihn für mein Projekt zu gewinnen. Erik hätte eine ganze Magazinseite bekommen, und vielleicht hätte ich mich sogar an einem Schwarz-Weiß-Porträt versucht.

Aber mein Projekt war nicht mehr mein Projekt.

Ich räusperte mich und versuchte zügig in der Realität zu landen, denn Erik hatte die ganze Zeit über mit mir gesprochen, während er auf den Inhalt des grünen Stahlschranks deutete. Harald nickte immer wieder bekräftigend.

Ich hatte schlicht nicht zugehört. Verdammt.

»Also, was jetzt?«, fragte Erik schließlich. »Reparieren oder neu machen?« Dabei beugte er sich ein wenig zu mir herunter. Eindeutig hatte es vor dieser Frage eine ausführliche Information gegeben.

»Was kostet neu machen?«, fragte ich, und Erik zog eine Augenbraue hoch.

»Nicht zugehört? Neu kostet mindestens 800 Euro und dauert ein paar Tage.«

»Und was kostet flicken?«, fragte ich weiter.

»Mit Material vermutlich um die 180 Euro.« Er warf Harald einen irritierten Blick zu. In seinem Mundwinkel zuckte es.

»Reparieren«, erklärte ich energisch, doch Harald neben mir sog scharf die Luft ein.

»Ich gebe zu bedenken, dass wir das jetzt schon achtmal geflickt haben. Wir müssen dieses Teil austauschen, sonst stehen wir wieder alle drei Tage ohne Strom da.«

Erik gab ein zustimmendes Brummen von sich, griff sich an den Manbun, öffnete die Haare, fuhr mit allen Fingern hindurch – eine echte Haarpracht, wie ich vermutet hatte – und band sie mit geübten Fingergriffen wieder hoch. Eine verwirrende Bewegung für einen Mann seiner Größenordnung.

»Heike«, sagte Harald mahnend.

»Franziska«, korrigierte ich ihn, bevor ich fragte: »Haben wir 800 Euro?« Harald gab ein paar unverständliche Laute von sich. »Ich brüte über den Ordnern, die du mir gegeben hast, aber da sind keine aktuellen Zahlen drin«, fuhr ich fort. »Ich brauche einen Kontoauszug oder wenigstens die Bankkarte, damit ich mir endlich einen richtigen Überblick verschaffen kann. Dann kann ich dir sagen, ob wir 800 Euro haben.«

Harald kratzte sich am Kopf. »Ich dachte, das wäre alles in den Ordnern?«

»Nein. In den Ordnern sind die Einnahmen und Ausgaben bis zum Verkauf an meinen Vater vor vier Jahren. Es muss noch irgendwas anderes geben.«

»Es gibt einen Schuhkarton«, sagte Harald langsam und kniff die Augen zusammen. »Im Anmeldehäuschen in einer Schublade.«

»Dann gib mir den«, erwiderte ich. »Es wird ja noch einiges zu reparieren sein. Wir müssen wissen, wie viel Geld wir ausgeben können.«

Harald kratzte sich erneut am Kopf, dann drehte er sich um und verschwand in Richtung Anmeldehäuschen.

»Bist du jetzt Heike oder Franziska?«, fragte Erik in die entstandene Stille hinein und steckte die Hände in die Hosentaschen.

»Franziska Lichtenstein«, antwortete ich und stopfte schnell eine verirrte, fettige Strähne zurück unter die Kapuze.

»Und du willst das hier alles wirklich verkaufen?«

Ich nickte nachdrücklich. »Ich bin Fotografin.« Und weil mir meine äußere Erscheinung noch immer peinlich war und ich plötzlich das dringende Bedürfnis verspürte, ihn wissen zu lassen, dass ich normalerweise nicht derartig abgewrackt herumlief, fügte ich hinzu: »Mein Leben ist grad bloß … etwas aus den Fugen geraten.«

»Verstehe«, sagte er und sah dabei tatsächlich so aus, als würde er das verstehen. »Haare waschen und Zähne putzen hilft meistens. So als erste Maßnahme«, fügte er dann allerdings hinzu. Entgeistert hob ich den Blick.

»Es gibt kein heißes Wasser.« Meine Stimme klang schneidend.

»Punkt für dich.«

Harald tauchte auf, mit einem roten Schuhkarton unter dem Arm, und wir verließen endlich den dreckigen Fleck hinter dem Klohäuschen und zogen weiter. Meine Klemmbrettliste füllte sich: Grauwasserentsorgung reinigen, Unkraut entfernen, Dachrinnen am Klohäuschen reinigen und neu befestigen.

Grauwasserentsorgung war übrigens eine neue Vokabel für mich. Camper sammelten ihr gebrauchtes Frischwasser in Tanks im Wohnwagen oder Wohnmobil und ließen den ganzen Grint, also das graue Wasser, dann hinter den Klohäuschen ab. Kein Wunder, dass es hier so stank.

Wir gingen weiter, Harald noch immer mit dem Schuhkarton unter dem Arm. Auch ich hätte, spätestens nach dem zehnten Punkt auf meiner Liste, gerne etwas zum Festhalten gehabt, mir blieb aber nur das Klemmbrett, das ich irgendwann so fest umklammerte, dass meine Fingerknöchel weiß wurden.

Klar, der Platz hatte schon auf den ersten Blick marode ausgesehen, aber wie schlimm es wirklich um ihn stand, offenbarte sich erst, wenn man genauer hinschaute. Zum Beispiel unter die Platten, mit denen die Stellplätze Richtung Ostsee ausgelegt waren, und die sich fast überall nach oben wölbten, als würden kleine Erdgnome sie von unten wegschieben. Es waren aber nur die Wurzeln der umstehenden Bäume, die sie hochhoben und somit, laut Harald, zu fiesen Stolperfallen machten.

Überall wucherte Unkraut, zwei Waschbecken tropften, ein Duschkopf musste ausgetauscht und die Feuerlöscher auf dem Platz dringend überprüft werden. Büsche und Bäume brauchten einen Rückschnitt. Der kleine platzeigene Shop im Anmeldehäuschen musste befüllt und zahllose Lampen auf dem Platz mussten ausgetauscht werden. Und wirklich jedes halbwegs feste Bauwerk benötigte so dringend einen Anstrich wie ich eine Dusche.

Ich hatte vier Blätter vollgeschrieben und alle Punkte, die keinen Aufschub duldeten, mit einem kleinen Blitz markiert. Leider herrschte deswegen jetzt ein ziemliches Gewitter auf den Blättern. Alles, was die Verkehrssicherheit betraf, musste sofort erledigt werden. Sonst könnte mich ein Camper, der im Dunkeln über eine hochstehende Platte stolperte, verklagen, und dann wäre eh alles zu spät. Verbissen schrieb ich weiter und spürte einen Funken Wut wie einen kleinen glühenden Fleck in mir auflodern. Wie hatte mein Vater es so weit kommen lassen können?

Außerdem musste ich dringend ein Gartenzwergverbot aussprechen. Diese kleinen Kerle waren wirklich überall! Hinter jedem Strauch hockte eine rote Mütze. Der Ursprung dieser Flut ließ sich allerdings recht schnell ausmachen: Die Gartenzwerginvasion war vor Trudis Stellplatz ausgebrochen. Dort standen gleich sieben dieser Kameraden herum, zwei davon in einer eindeutig nicht jugendfreien Pose. Das war nun wirklich nicht verkaufsfördernd. Wie der Rest des Platzes allerdings auch nicht.

Bevor ich auch nur ans Verkaufen denken konnte, musste es hier vernünftig aussehen. Ich brauchte Geld, und Geld bekam ich nur, wenn potenzielle Kaufinteressenten nicht gleich beim ersten Anblick hintenüberfielen.

Haralds knautschiges Gesicht war nun richtiggehend versteinert. »Bitte notiere noch: Schranke klemmt«, sagte er nun. »Seit ein paar Tagen. Robert und ich haben schon versucht, sie zu reparieren, es aber nicht hinbekommen.« Er reichte mir den Schuhkarton, den er die ganze Zeit über gehütet hatte. »Ich gehe dann mal zurück zu Mitzi. Sie wartet bestimmt schon«, sagte er leise. Dann nickte er mir zu, legte Erik kurz die Hand auf die Schulter und ging langsam in Richtung seines Wohnwagens.

Erik sah ihm nach. »Klaus war sein bester Freund«, sagte er nach einer Weile. »Über vierzig Jahre lang.« Als Harald hinter der Wegbiegung verschwunden war, drehte er sich wieder zu mir um. »Wie geht es jetzt weiter?«

Ich zuckte mit den Schultern.

Vierzig Jahre. Und jetzt hatte Harald nicht nur seinen besten Freund verloren, sondern auch noch von mir erfahren, dass ich den Campingplatz verkaufen wollte. Kein Wunder, dass er traurig war.

Haralds Traurigkeit machte mir das Atmen schwer. Immer wieder musste ich mich daran erinnern, dass ich den Platz ja nur verkaufen und nicht in die Luft jagen wollte. Es war die einzige sinnvolle Lösung. Sie war gut für alle Beteiligten, weil die Camper so endlich wieder an warmes Wasser und ebene Wege kamen.

Ich schob das flaue Gefühl in meinem Magen zur Seite

und sah zurück auf meine Notizen. »Ich notiere noch, dass die Schranke klemmt, dann sichte ich die Finanzen. Du machst die Elektrik, und ich kümmere mich um die anderen Handwerker«, erklärte ich und steckte den Kugelschreiber oben in das Klemmbrett.

»Viel Glück dabei«, erwiderte Erik und grinste, als wüsste er etwas, das ich noch nicht wusste.

»Danke für deine Hilfe«, sagte ich langsam und ein wenig misstrauisch.

Erik wiegte den Kopf. »Immer wieder gerne.« Er tippte sich grüßend an die Stirn und ging. Allerdings in die falsche Richtung. Er lief nicht zum Haupteingang mit dem Schlagbaum, sondern zum anderen Ende des Campingplatzes, dort, wo das kleine Wäldchen an das Areal angrenzte. Verwundert sah ich ihm nach, dann zuckte ich die Schultern und machte mich auf den Weg zum Wohnwagen. Ich hatte heute noch viel vor.

Am Anmeldehäuschen blieb ich allerdings noch einmal stehen und betrachtete das dort aufgestellte klapprige Tischchen. Der Strauß im Einmachglas bestand aus leuchtend gelben und hellblauen Blumen, die in der Brise sanft mit den Köpfen nickten. Zwischen den zahlreichen Karten lag ein kleines Kuscheltier in Form eines Koala-Bärs, und direkt in der Mitte, vor den Blumen, stand ein gerahmtes Foto meines Vaters. Kahlköpfig, braungebrannt und mit unendlich vielen Lachfalten grinste er breit in die Kamera, als hätte er sich gerade köstlich über etwas amüsiert. Sein Anblick war wie ein Tritt in die Magenkuhle. So hatte er oft gelacht, dabei hatte ich den Auslöser für seine Heiterkeit manchmal gar nicht verstanden. Ein dummer Scherz, ein Sonnenstrahl hinter den dichten Wolken oder ein Witz, den er selbst erzählte, wobei er jedes Mal die Pointe versemmelte. Es hatte ihn alles amüsiert.

»Mensch, Papa. Echt«, sagte ich leise zu seinem Bild, presste mir das Klemmbrett mit der episch langen To-do-Liste gegen die Brust und versuchte die Tränen wegzublinzeln.

KAPITEL 6

Wenig später saß ich mit dem roten Schuhkarton im Wohnwagen auf dem Bett. Im Deckel klebte die Adresse einer Steuerberaterin aus Kiel. Im Karton selbst fand ich jede Menge Quittungen, Rechnungen und eine EC-Karte, auf die mein Vater mit Edding seine Geheimnummer notiert hatte. Außerdem endlich aktuelle Kontoauszüge. Sie waren zwei Wochen alt, und zu dem Zeitpunkt hatten sich 3.698,12 Euro auf dem Konto meines Vaters befunden. Nicht viel, aber besser als nichts. Ich atmete tief durch und rieb mir mit den Händen übers Gesicht.

»Mensch, Papa. Was hast du dir bei all dem eigentlich gedacht?«, murmelte ich. Allein schon der Gedanke an meine ellenlange To-do-Liste nahm mir jede Kraft. Aber ich musste endlich vorankommen. Und zwar jetzt.

Kurzentschlossen griff ich nach meinem Handy, um Carstens Nummer herauszusuchen. Ich hatte ihn unter Vor- und Nachname eingespeichert. Carsten Hellweg. Allerdings ohne seinen Doktortitel. Hätte er das bemerkt, hätte er mich garantiert darauf hingewiesen. Der Doktor stand sogar auf seinem Crossfit-Box-Ausweis. Andere Leute hatten ihren Freund unter »Schatz« abgespeichert. »Liebling«. »Mausebär«. Ich hatte Carsten während unserer gesamten Beziehung nur bei seinem

Namen genannt. Er mich auch. Nicht mal zu einem »Franzi« hatte er sich hinreißen lassen.

Es klingelte ein paarmal, dann ging er ran.

»Hallo Franziska«, begrüßte er mich kühl. »Es ist ein wenig stillos und dramatisch, ohne jeden Kommentar abzuhauen. Von dem Chaos, das du hinterlassen hast, ganz zu schweigen.«

Ja, was du nicht sagst. Von Chaos konnte ich grad ein lautes Lied singen.

»Mein Vater ist gestorben.«

Carsten schwieg einen Moment. »Das tut mir sehr leid«, erwiderte er dann förmlich. »Du hättest dich ja trotzdem mal melden können. Diese Verwüstung ist wirklich nicht akzeptabel.«

»Ja«, sagte ich, weil mir nichts weiter dazu einfiel.

»Dann bist du jetzt also auf diesem Zeltplatz in der Pampa?«, fragte er.

»Ja«, sagte ich wieder. Mir waren offenbar die Worte abhandengekommen. Hoffentlich fand ich sie gleich wieder. Ich musste irgendwie an meine Sachen kommen, und das möglichst, ohne einen ganzen Tag für eine Fahrt nach Hannover verschwenden zu müssen.

Carsten seufzte tief. »Hör zu, ich denke, es ist für uns beide das Beste so. Ich wünsche mir von einer Partnerin einfach mehr. Du hattest so wenig Zeit für mich und warst so sehr mit deinen Projekten beschäftigt. Und richtig gut lief das ja auch nicht.«

Was auch immer das mit unserer Beziehung zu tun hatte. Ich sagte einfach mal »Ja«.

»Okay«, erwiderte Carsten gedehnt, und dann schwiegen wir wieder. Unsere Kommunikation hatte etwas von zähem, klebrigem Kaugummi. Ich hätte an dieser Stelle gerne an die schönen Momente gedacht, doch die waren leider nicht so zahlreich gewesen.

Schließlich fasste ich mir ein Herz: »Du, wegen meiner Sachen …« Weiter kam ich nicht, denn Carsten unterbrach mich direkt.

»Eine Menge Sachen. Der ganze Schrank im Ankleidezimmer ist voll.« Er klang empört.

»Nein! Immer noch so viel? Ich hatte doch schon ein paar Dinge eingepackt!«, rief ich in gespieltem Entsetzen.

»Holst du den Kram ab?«, fragte er sofort. Carsten hasste meinen »Kram«. Sobald ich etwas herausgeholt hatte, das nicht seinem Farbkonzept entsprach, hatte er es heimlich wieder zurückgetragen.

»Ja, äh, weißt du … Das ist gerade schlecht«, sagte ich schnell. »Ich muss so viel organisieren. Wegen der Beerdigung. Die Familie und so. Es ist alles, wirklich alles ganz furchtbar! Ich bräuchte da jetzt mal deine ehrenhafte Unterstützung. So zum Abschluss unserer Beziehung.« Ich log extrem gut. Familie. Ha, ha. Hatte ich gar nicht. Beerdigung. Noch mal ha, ha. Aber die Situation war tatsächlich furchtbar, wenigstens das stimmte. Und ich brauchte meine Sachen. Da würde es mir sicher helfen, dass Carsten meine Existenz garantiert so schnell wie möglich aus seinem Leben tilgen wollte.

»Also holst du deine Sachen jetzt ab?«, erkundigte er sich noch einmal. Er brauchte offenbar noch einen kleinen Ansporn-Nachschub.

»Frühestens in zwei Wochen. Vielleicht auch drei«, seufzte ich.

»Bitte was? Was ist denn mit deinem Projekt?«, fragte er irritiert.

»Das macht jetzt eine Agentur.«

»Da musst du gegen angehen. Nimm dir einen Anwalt.«

»Hm«, brummte ich unverbindlich. In seiner Welt machte man das so. Ich aber hatte kein Geld und keine Nerven, und vermutlich auch keine rechtlichen Möglichkeiten, aber das spielte jetzt keine Rolle. Ich brauchte Klamotten, in denen ich nicht wie ein Waldschrat aussah. Oder wie Heike Momsen. Ich brauchte meine Yogamatte. Ich brauchte meine Haarkur, mein Make-up und frischen Nagellack. »Das Wetter ist so schön. Braucht das Kätzchen nicht vielleicht ein wenig Auslauf?«, fragte ich und lächelte. Wenn man lächelte, bekam die eigene Stimme einen freundlichen Klang. Das konnte nur hilfreich sein, auch wenn ich gerne gekotzt hätte.

Carsten schwieg. Vermutlich rührte er in seinem perfekten Espresso in seiner perfekten Küche und blickte sinnierend über die Dächer von Hannover.

»Gute Idee«, sagte er dann. »Das ist eine exzellente Gelegenheit, den Jag zu bewegen. Wenn ich jetzt alles ins Auto trage, bin ich in drei Stunden bei dir. Heute ist Samstag, da sollte die Bahn frei sein. Dann haben wir das alles kurz und schmerzlos über die Bühne gebracht. Bis nachher.«

Ich fror mein Lächeln ein und verabschiedete mich. Kurz und schmerzlos. So mochte man das doch gerne. Zack. Vorbei.

Ich drückte das Gespräch weg und lehnte mich zurück. Der »Jag« war der Jaguar. Ein E-Type, der fast so viel kostete wie eine Eigentumswohnung. Er bewohnte einen kostspieligen

Tiefgaragenstellplatz und durfte nur bei Sonnenschein auf die Straße, weil er sonst dreckig werden könnte.

Ich atmete tief durch und stellte fest, dass ich stank wie ein Puma. Höchste Zeit, sich endlich zusammenzureißen und wieder zu Franziska Lichtenstein zu werden. Auch ohne passende Klamotten. Ich legte das Handy beiseite, kletterte vom Bett und stiefelte zum Klohäuschen. Auf dem Weg traf ich Gitte, in Badelatschen, Shorts und kurzärmligem Shirt, die mir mürrisch zunickte.

Kurz vor dem Klohaus entdeckte ich ein weiteres Gartenzwergnest, das mir vorher offenbar entgangen war: Sechs der heiteren Gesellen hockten unter einem Busch, versammelt um eine alte Bierflasche.

»Ach du meine Güte«, murmelte ich, notierte mir das Gartenzwergversteck im Kopf, um auch diese kleinen Recken vom Platz zu schmeißen, und eilte weiter.

Im Waschhaus war es bitterkalt. Seufzend benutzte ich das schäbige Klo und machte mich dann an eine dürftige Katzenwäsche mit eiskaltem Wasser, während ich die schimmeligen Fugen neben dem Waschbecken betrachtete. Als mein Blick zufällig in den Spiegel fiel, zuckte ich erschrocken zusammen. Meine blonden Haare sahen aus, als hätte ich sie mit Butter bearbeitet. Ich hatte tiefe Ringe unter den Augen, und meine Wangenpartie schien über Nacht mindestens einen halben Zentimeter abgesackt zu sein. Mein Teint war fahl, und meine Sommersprossen sahen aus wie Mitesser. Schnell richtete ich den Blick wieder auf die schimmeligen Fugen.

Aber die Katzenwäsche hatte durchaus geholfen, besonders weil ich großzügig mit einem Deo nachhalf, das ich noch in meiner Handtasche gefunden hatte, und meine Haare einfach unter einer alten Mütze meines Vaters versteckte.

Auf dem Rückweg zum Camper traf ich auf Trudi, die mir beschwingten Schrittes entgegenkam.

»Na, wie geht es dir?«, begrüßte sie mich und blieb mitten auf dem Weg stehen, wohl um ein Schwätzchen zu halten. Sie lächelte, und ich konnte genau den Moment erkennen, in dem ihr einfiel, dass ich vorhatte, ihr Paradies zu verkaufen, denn sie rümpfte kurz die Nase, und das Lächeln verschwand.

»Brr, ganz schön kalt heute, was?«, sagte ich freundlich, jedoch ohne große Hoffnung auf einen Stimmungswechsel.

Trudi hatte nur ein Handtuch um den Hals und trug darunter eine lila Tunika. War ich wirklich so ein Weichei?, fragte ich mich. Ich war in mehrere Kleidungsstücke gehüllt, trug dicke Socken in den Gummistiefeln, eine Mütze und fror wie eine Schneiderin. Trudi hingegen war quasi nackt und hatte offenbar vor, auch noch eiskalt zu duschen.

»Ach«, sagte sie und betrachtete mich. Ich konnte sehen, wie sie mit sich rang und dann doch ein kleines Lächeln auf ihr Gesicht zurückzauberte.

»Man gewöhnt sich dran. Es ist gut für den Kreislauf und die Haut. Ich habe zum Beispiel keine Zellulitis.« Sie raffte das Kleid hoch und kniff sich in den bloßen Oberschenkel.

In der Tat. Da wellte sich nichts.

Trudi war locker zwanzig Jahre älter als ich. Ich dagegen hungerte, aß nur, wenn ich musste, und auch dann nur clean und zuckerfrei und ohne Kohlehydrate, turnte täglich, übte den Krieger, und trotzdem würde jede Orange laut »Schwester!«, rufen, wenn sie meinen Oberschenkel erblickte.

Trudi beugte sich ein wenig vor. »Du weißt schon, dass du im Wohnwagen warmes Wasser hast?«, raunte sie und deutete auf meine Mütze, unter der sich zwei fettige Haarsträhnen hervorgekämpft hatten.

Ich schüttelte stumm den Kopf.

»Der Wohnwagen hat doch zwei Gasflaschen für Warmwasser und für die Heizung. Das weißt du aber schon?«

Ich nickte. Ja, das mit der Heizung wusste ich. Dass es auch warmes Wasser gab, allerdings nicht.

»Also ich dusche immer kalt. Insofern stört mich das gar nicht.« Sie nickte mir zu und marschierte dann weiter zum Klohaus.

Ich ging in die entgegengesetzte Richtung und begegnete Giovanni, der eine riesige Abwaschschüssel auf den ausgestreckten Armen vor sich her balancierte.

»Hallo Franziska«, sagte er freundlich. Es freute mich, dass er mich beim richtigen Namen genannt hatte.

»Wir knobeln immer, wer den Abwasch machen muss. Ich glaube, mein Mann mogelt, weil ich immer den Kürzeren ziehe.«

»Ah«, erwiderte ich und zog die Schultern hoch. Es war einfach so unfassbar kalt.

»Konntest du dir schon einen Überblick verschaffen?«, fragte er. »Und weißt du schon, dass die Schranke klemmt? In wenigen Tagen kommen ja hoffentlich die ersten Camper.«

»Ja, ich weiß«, antwortete ich. »Um die Schranke kümmere ich mich, wie auch um den Rest der ganzen Baustellen. Aber gleich kommt erstmal mein Ex-Freund und bringt mir meine Sachen.« Giovanni zog eine Augenbraue hoch.

»Ex-Freund? Brauchst du Unterstützung? Zum Tragen oder emotional?«, fragte er und stemmte die Arme in die Hüften.

»Das ist lieb, aber danke«, sagte ich rasch und sah ihn entsetzt an. Ich brauchte ganz sicher keine Zeugen, wenn mir Carsten meine fünf Kisten mit Habseligkeiten vor die Schranke stellte und dann mit seinem 265-PS-Boliden wieder davonpreschte.

»Okay.« Giovanni lächelte sichtlich irritiert von meiner groben Abfuhr und lief weiter zum Klohäuschen, auf dessen Rückseite sich die Spülbecken befanden. Ich sah ihm hinterher. Erst jetzt wurde mir bewusst, wie nett sein Angebot gewesen war.

Langsam kehrte ich zum Wohnwagen zurück, wo ich tatsächlich zu meiner Freude feststellte, dass heißes Wasser aus dem kleinen Wasserhahn am Waschbecken kam.

Eine halbe Stunde später hatte ich meine Katzenwäsche noch einmal gründlicher wiederholt und mir sogar die Haare an dem espressotassengroßen Waschbecken gewaschen. Danach hatte ich sie mit einem alten Föhn, den ich im Schrank gefunden hatte, halbwegs in Form gebracht. Ich band mir die Haare zurück, gerade als Carsten schrieb, dass er in knapp einer Stunde da sein würde. Halleluja!

Wenn ich endlich meine Sachen hatte, konnte ich richtig durchstarten. Ich konnte wieder Yoga machen und meinen Laptop benutzen, um Tabellen anzulegen und die Zahlen zu bändigen. Ich konnte mich schminken und würde wieder aussehen wie Franziska Lichtenstein.

Mein Blick fiel auf Moppidoppi, der mich vom Bett aus

beobachtete. Jedes Mal, wenn ich meinen alten Kuschelhasen ansah, musste ich an meinen Vater denken, und wenn das passierte, fingen meine Gedanken an, sich wie verrückt im Kreis zu drehen. Deswegen riss ich mich zügig zusammen und kletterte zurück zu dem Schuhkarton aufs Bett, um die Zeit bis zu Carstens Ankunft produktiv zu nutzen. Mir fehlte immer noch der richtige Durchblick. Man sollte nicht glauben, dass ich tatsächlich in grauer Vorzeit mal eine Banklehre gemacht hatte.

Also widmete ich mich der Frage: Was kostete dieser Campingplatz im Unterhalt? Ich wühlte mich zu den Rechnungen von Strom, Wasser, Müll und Grundsteuer durch. Das schienen schon mal ziemlich hohe Posten zu sein, zumal der Platz außerhalb der Saison über fast keine Einnahmen verfügte.

Was ich schon die ganze Zeit geahnt hatte, schien sich zu bewahrheiten: Mein Vater hatte seine komplette Altersvorsorge in diesen Platz gesteckt und sogar noch einen Kredit aufgenommen. Die Kreditraten fand ich auch und addierte sie zu den monatlichen Unterhaltskosten.

Was ich partout nicht fand, waren Gästebuchungen. Es gab nicht mal einen Buchungskalender, und ein Blick auf die Kontoauszüge des vergangenen Jahres zeigte mir, dass der Platz auch in der vergangenen Saison nicht sonderlich frequentiert worden war. Vielleicht gab es gar niemanden, der beabsichtigte, seinen Urlaub in nächster Zeit hier zu verbringen?

Ich wühlte noch ein wenig weiter und fand ganz unten in dem Stapel der Papiere ein Schreiben der Norddeutschen Volksbank. Interessiert zog ich es hervor und drehte dann die Leuchte auf dem Regalbrett so, dass ich auch das Kleingedruckte lesen konnte.

»Oh.« Das war gar kein Brief. Es war eine Katastrophennachricht. Ich schluckte trocken und versuchte, die Buchstaben und Worte in meinem Kopf zu sortieren. »Ach du Kacke«, murmelte ich.

Offenbar hatte mein Vater vor vier Jahren zwei Kredite aufgenommen. Den einen hatte ich schon gefunden, der wurde monatlich abgetragen. Dem anderen war ich gerade auf die Schliche gekommen. Für den hatte mein Vater nur jährliche Zinszahlungen geleistet. Die Tilgung, also gute 45.000 Euro, würde dieses Jahr am 1. Oktober fällig werden. Auf einen Schlag.

Entsetzt schob ich die ganze Zettelwirtschaft zur Seite und setzte Moppidoppi obendrauf. Mir war ganz flau im Magen. Das war alles gar nicht gut. Die 3.698,12 Euro auf dem Konto meines Vaters waren so ziemlich alles, was ich noch hatte. Aber damit konnte ich den Campingplatz ohne Einnahmen maximal vier, vielleicht sechs Wochen über Wasser halten, von den fälligen Reparaturen ganz zu schweigen.

Ich raffte alle Unterlagen zusammen, stopfte sie zurück in den Schuhkarton des Grauens und bettete mich für einen kleinen Moment in die ausgelegene Kuhle der Matratze. Dann lauschte ich der Ostsee, was die in mir aufsteigende Panik jedoch kein bisschen beruhigte. Meine Finger und Füße zuckten und zappelten, wie immer, wenn ich unter Stress stand.

Statt hier rumzuliegen sollte ich mich umgehend auf die Suche nach einem Job machen, und zwar einem richtigen, einem, bei dem man monatlich Geld verdiente. Mit meiner Banklehre konnte ich vermutlich niemanden mehr begeistern, aber ich war schließlich ausgebildete Fotografin mit viel Erfahrung. Ich hatte freiberuflich für große Agenturen und Zeitungen gearbeitet, Werbekampagnen mitentworfen, war gereist und hatte mich zunehmend auf außergewöhnliche Porträts spezialisiert. Zum Überleben hatte ich allerdings auch hin und wieder Hochzeiten fotografiert. Oder Babys.

Ich starrte an die Decke des Wohnwagens.

Ich mochte meine Arbeit wirklich, dafür hatte ich auch harte Arbeitszeiten in Kauf genommen. Um in dieser Branche zu überleben, musste man die Beste sein, die Erste, die Schnellste.

Ich atmete einmal tief in den Bauch ein und wieder aus. Meine Füße zappelten immer noch.

Aber als Fotografin konnte man natürlich auch angestellt arbeiten, und genau so eine Stelle würde ich mir suchen. Einen richtigen Job. In einem Einkaufszentrum. In einem dieser typischen Passfotoläden, ohne natürliches Licht, von neun bis zwanzig Uhr, wo ich den lieben langen Tag Passfotos knipsen würde. Als Höhepunkt vielleicht mal ein Bewerbungsfoto. Das Jahres-Highlight wäre eine Hochzeit, wenn die wegen irgendeines neuen Corona-Ausbruchs nicht doch kurzfristig wieder abgesagt wurde.

Frustriert schloss ich die Augen und zwang mich, wenigstens so zu tun, als würde ich zur Ruhe kommen. Wie festbetoniert lag ich da, als mein Handy klingelte.

Carsten. »Ich steh hier vor so einer grünen Schranke. Bin ich hier richtig?«

»Ich komme«, erwiderte ich, warf noch rasch einen Blick in den Liliputspiegel im Bad, band meine frischgewaschenen Haare neu zusammen und verließ den Wohnwagen Richtung Anmeldehäuschen.

Carsten lehnte lässig an der Fahrertür seines weißen Jaguars. Er trug ein weißes Polohemd und über den Schultern einen hellbraunen Pullover. Helle Stoffhose, weiße Sneakers.

Neben der Hecke am Eingang stand Gitte in einem giftgrünen Overall mit pinken Blumen, eine riesige Schere in der Hand. Mit der Spitze deutete sie auf Carsten. »Der Herr ist für dich da.«

Auch Harald, der gerade das Anmeldehäuschen fegte, warf Carsten argwöhnische Blicke zu, und ein Stück weiter entdeckte ich Trudi, die sich fast den Hals verrenkte, um mitzubekommen, was hier vor sich ging.

»Hallo Franziska«, begrüßte Carsten mich lässig. Ich nickte ihm zu, lächelte dann aber, und sah die Erleichterung in seinen Augen, weil ich ihm keine Szene machte. Sein Blick glitt ungeniert über meine Yogahose, die Gummistiefel und den Parka meines Vaters. Es zuckte in seinem Mundwinkel. Die Franziska, die er kannte, trug elegant fallende Stoffhosen im Marlene Stil, Leinenblusen und hochwertige Ballerinas aus cognacfarbenem Leder. Aber diese Franziska hatte ja auch einen gut gefüllten Kleiderschrank, der sich nun hoffentlich in seiner englischen Luxuskarosse befand.

»Siehst anders aus. Hatte ganz vergessen, dass du diese Sommersprossen hast«, sagte Carsten, löste sich von seinem Auto und machte einen Schritt auf mich zu. In einer scheinbar vertraulichen Geste beugte er sich zu mir und deutete an mir vorbei auf den Platz. »Das ist ja eine ziemlich heruntergekommene Angelegenheit«, sagte er, und dabei senkte er keinesfalls die Stimme, wie es bei so einer Aussage zu erwarten gewesen wäre. »Wie ist die Rendite?«

Ich hob die Augenbrauen. »Spitze«, erwiderte ich. »Die Rendite ist spitze.«

»Ja? Also Camping hat ja geboomt in den letzten Jahren, aber das hier …« Er überließ es mir, »das hier« mit Inhalt zu füllen.

Ich nickte, wobei mein Lächeln nun vermutlich eine Spur verkniffener war. »Meine Sachen?«, erinnerte ich ihn und riss ihn aus seiner Rendite-Trance.

Er drehte sich schwungvoll um und öffnete nacheinander den Kofferraum und die Türen. Zum Vorschein kam ein einziges Chaos an Dingen.

Mein Leben.

Meine kostbare Boden-Seidenbluse, die Leinenbettwäsche, meine Ballerinas, drei traumhaft weiche Möve-Handtücher, die sündhaft teure goldene Rosenthal-Kaffeetasse. Er hatte sich noch nicht mal die Mühe gemacht, meine Sachen zu verpacken, sondern sie einfach in sein Auto gestopft. Für jemanden, der darauf bestand, im Bioladen jeden Apfel einzeln in Papier zu schlagen, schon ein klares Statement.

Carsten tauchte auf der Beifahrerseite ab und mit einem Arm voller Kleidung wieder auf. Etwas hilflos sah er sich um.

Ich schluckte meine Wut hinunter. Stattdessen trat ich zu ihm und nahm ihm meine Klamotten ab. Suchend sah ich mich um. Sollte ich erstmal alles ins Anmeldehäuschen legen? Wenn ich jedes Mal bis zum Wohnwagen lief, dauerte das hier vermutlich Stunden.

Gitte schnaubte genervt auf, warf die Heckenschere auf den Rasen und kam zu mir. Sie klaubte mir meine Marlenehosen, den Kaschmir-Pullover und meinen Trenchcoat aus dem Arm und marschierte los.

Verdutzt sah Carsten ihr hinterher. »Ich könnte auch einfach reinfahren.«

»Die Schranke klemmt.«

»Äh … Ja.« Wenigstens bemühte er sich, keine Miene zu verziehen. Dann hob er in einer entschuldigenden Geste die Hände. »Ich will dir nicht zu nahe treten, aber ich dachte, das hier ist ein richtiger Campingplatz. Einer, wo Gäste kommen und Geld bezahlen. Schwierig, wenn die Leute es nicht mal bis auf den Platz schaffen.«

»Wir reparieren die Schranke, und dann kommen Gäste.«

Zweifelnd sah er mich an. »Du solltest darüber nachdenken, das Erbe auszuschlagen. Das hier«, er machte eine allumfassende Handbewegung, »ist ziemlicher Bruch. Bevor das überhaupt Geld abwirft, musst du erstmal kräftig investieren. Und es ist ja nicht so, dass du große Reserven hättest.«

Dr. Carsten Hellweg, du kack Klugscheißer! Und dann gibt es ja sogar noch 45.000 Euro Schulden, die im Herbst auf einen Schlag fällig werden. Stell dir vor! Ich lächelte weiter und schwieg.

»Heike, brauchst du Hilfe?« Harald kam mit dem Besen in beiden Händen aus dem Anmeldehäuschen und straffte die Schultern.

»Sie können tragen helfen«, erklärte Carsten zufrieden und drückte Harald gleich zwei gefüllte Wäschekörbe in die Hand. »Die brauche ich zurück«, erklärte er freundlich.

Harald sah mich fragend an. Ich nickte ergeben, und so balancierte er gehorsam den Besen und die Wäschekörbe zu meinem Wohnwagen.

»Der ist ja putzig«, sagte Carsten. In mir zuckte es. Harald war nicht putzig. »Und er nennt dich Heike.«

Gitte kam zurück, mit Trudi im Schlepptau. Trudi lächelte mich fröhlich an und begrüßte Carsten freundlich. Sie hatte wohl schon wieder vergessen, dass ich ihr den Wohnwagen unter dem Hintern wegverkaufen wollte. Im Gegensatz zu Gitte.

»Na, nun mal her mit dem Kram«, knurrte diese jetzt Carsten an, der ihr kurzerhand meine Schuhe einzeln in die Hand drückte. Trudi bepackte sich mit meinen Ordnern und Unterlagen, und gemeinsam verschwanden sie wieder.

»Wohnen die hier?«, fragte er, während er endlich meine Fotoausrüstung aus dem Auto zog. Ich nickte und nahm die kostbare Ledertasche, die meine Heiligtümer beherbergte, sorgsam an mich.

»So Hartz-4-mäßig?«, fragte Carsten weiter und sah mich an.

Ich schwieg und schlang mir den Riemen der Tasche um die Schulter.

»Heike!« Carsten grinste mich an. Offenbar fand er das lustig.

»Ja, die wohnen hier. Das ist nicht Hartz-4-mäßig, und nenn mich nicht so«, brachte ich zwischen zusammengebissenen Zähnen hervor. Carsten begriff mal wieder gar nichts. Ich war nur froh, dass Trudi seine abfällige Bemerkung nicht gehört hatte.

»Na ja, auf dem Campingplatz zu hausen ist jetzt schon ziemlich harzig, irgendwie. Und das mit deiner ominösen Namensumbenennung hab ich auch nie verstanden«, sagte Carsten leichthin. »Heike, Franziska, Heike …«

»Halt die Klappe.« In meiner Stimme schwang der Stress des heutigen Tages mit. Sie zitterte leicht.

Harald tauchte wieder auf und verstand offenbar sofort, was hier vor sich ging. »Lass das Mädchen in Ruhe!«, dröhnte er, und ich zuckte zusammen.

»Hör mal«, knurrte Carsten zurück und trat einen Schritt vor.

»Nichts hör mal!«, schimpfte Harald. »Das ist Klaus' Tochter, die kenne ich schon, seit sie ein Baby war! So redet niemand mit ihr!«

Wie erstarrt stand ich zwischen den beiden, mittendrin in einem sich anbahnenden, noch größeren Chaos. Dabei wollte ich doch einfach nur meine Sachen haben, mir meine Marlenehosen-Rüstung anlegen und dann diesen verdammten Campingplatz aufmöbeln, bevor die Bank sich alles unter den Nagel riss. Und eigentlich wollte ich weinen, weil ich meinen Papa niemals wiedersehen würde. Weil er nämlich tot war. Mit zitternden Fingern umklammerte ich den Riemen der Tasche fester.

»Wir leben hier! Das hat so ein dummer Schnösel nicht zu kommentieren«, rief Harald gerade.

»Dummer Schnösel? Soll ich dich mal wegen Beleidigung verklagen?« Drohend trat Carsten noch einen Schritt vor, aber dann tauchte Gitte wieder auf.

»Seid ihr völlig bescheuert?«, keifte sie und schmiss sich in ihrer Lila-Grün-Kombination in den Ring, während ich mühsam nach Atem rang. Dabei sah sie allerdings nicht Carsten, sondern mich bitterböse an.

Trudi war auch wieder aufgetaucht, schüttelte aber nur

missbilligend den Kopf und begann, meine Besitztümer aus dem Wagen zu räumen und vorsichtig auf der Wiese neben der Einfahrt aufzutürmen. Während alle sich noch böse anguckten und herumzischten, schloss sie die Wagentüren und nickte mir zu.

»Du kannst jetzt fahren, Carsten«, erklärte ich. Meine Stimme klang noch ein wenig zittrig, und ich hoffte, dass er es nicht hörte. Er sah mich verdutzt an. »Fahr«, sagte ich jetzt energischer und stemmte die Füße in den Boden. Carsten war mein altes Leben, und das war jetzt vorbei. Kein Job, keine Wohnung, kein Supersnob mehr.

»Hast du nicht gehört? Du sollst abhauen!«, keifte Gitte.

Carsten hatte sich mittlerweile wieder gefangen. Das kannte ich von ihm. Er konnte cholerisch hochfahren und im nächsten Moment, während das Gegenüber noch vor Wut kochte, selbst auf arktischen Winter abkühlen. Er grinste süffisant. »Viel Spaß in deinem ganz persönlichen Irrenhaus, *Heike*.« Und mit diesen Worten drehte er sich um, sprang in sein Auto, wendete mit durchdrehenden Reifen und raste von dannen.

»Arschloch«, murmelte Gitte, während Harald Carsten noch einen Moment lang hinterhersah. Dann drehte er ganz langsam den Kopf in meine Richtung.

»Er hat dich respektlos behandelt, und uns auch. Es hat nichts mit Hartz-4 zu tun, hier zu leben. Er hat kein Recht, so zu sprechen.«

Gitte verzog den Mund. »Mit dem Schnösel warst du zusammen? Na, das sagt ja einiges«, schnaubte sie, und ihre Wut ließ die Worte beben.

Ich sah die beiden an. »Danke«, sagte ich leise. Plötzlich war ich furchtbar müde. Ich raffte meine restlichen Habseligkeiten vom Rasen, drehte mich um und ging.

Leider musste ich dazu an dem kleinen provisorischen Traueraltar vorbeigehen, der mittlerweile noch voller geworden war. Die Karten und Blumen türmten sich förmlich übereinander. Ganz vorne lag ein Stück glattgewaschenes Treibholz, sorgsam zusammengebunden mit einem wunderschönen Hühnergott-Stein, auf dessen weißer Fläche in schwungvoller Handschrift stand: *Gute Reise, mein Freund. Erik.*

Ich hielt einen Moment lang inne. Die beiden waren Freunde gewesen.

Mein Vater hatte so viele Leute gekannt, die jetzt mit liebevollen, kleinen und persönlichen Gaben um ihn trauerten. Und ich? Ich hatte nichts, nichts, das ich ihm auf seine letzte Reise hätte mitgeben können. Ich hatte noch nicht mal mehr mit ihm telefoniert, weil ich keine Zeit gehabt hatte, ihn zurückzurufen.

Ich hatte nur noch diesen Campingplatz, und aktuell sah es nicht danach aus, als ob das auf lange Sicht gut gehen würde.

KAPITEL 7

Vor dem Wohnwagen meines Vaters lag ein winziger Berg an Dingen. Was in Carstens Jaguar nach so viel ausgesehen hatte, wirkte nun hier draußen auf der Wiese klein, chaotisch und unscheinbar. Meine weißen Handtücher hatten Erdflecken, und mein gelber Kaschmirpulli lag zerknüllt zwischen meinen Schuhen. Ich betrachtete das traurige Stillleben einen Moment. Dieser Anblick passte doch perfekt zu meinem aktuellen Leben.

Ich räusperte mich, sah noch einmal zur Ostsee, die aber völlig unbeeindruckt davon war, und wuchtete die Tür zum Wohnwagen auf. Dann zog ich das Putzzeug meines Vaters aus dem kleinen Unterschrank unter dem Waschbecken. Einen Moment lang hielt ich inne und sah mich um. Aber es half ja alles nichts. Das hier war mein Leben, und ich würde das Beste daraus machen. Energisch begann ich, die Sachen meines Vaters in die Wäschekörbe zu räumen, die Carsten freundlicherweise vergessen hatte. Und dann legte ich los. Ich wischte alle Oberflächen ab, wedelte den Staub weg, reinigte die Schränke und befüllte den freigewordenen Platz mit meinen Klamotten, Unterlagen, Büchern und Kisten.

Bernie, den Bruder von Moppidoppi, fand ich sonderbarerweise im Ärmel meines Wintermantels wieder. Carsten musste ihn einfach dort hineingestopft haben. Vielleicht hatte ihn der Anblick eines Kuscheltiers – eines sehr staubigen und demolierten Kuscheltiers – erschreckt, oder Bernie hatte sich selbstständig in Sicherheit gebracht. Ich zog ihn vorsichtig hervor und trug ihn zu seinem Bruder auf das Bett. Für einen Moment sah es tatsächlich so aus, als würden die beiden sich freuen, sich wiederzusehen. So wie früher, als mein Vater ihnen seine Stimme geliehen hatte, um sie für mich lustige Abenteuer erleben zu lassen.

Mein Vater hatte viele Talente gehabt. Er hat sich für alles auf der Welt interessiert. Warum er bis zu seiner Pensionierung als Sachbearbeiter im Bürgeramt gearbeitet hat, hatte ich nie verstanden. Vierzig Jahre lang hatte er jeden Tag den gleichen Stempel auf das gleiche Formular gedrückt. Meine Mutter war Bankkauffrau gewesen, in der örtlichen Filiale der Sparkasse in Kronshagen. Ein krisensicherer Job, weswegen sie mich damals nach dem Abi genötigt hatte, ebenfalls eine Ausbildung dort zu absolvieren. Dabei hasste ich Zahlen, und in den drei Jahren der Ausbildung war ich allmählich eingegangen wie eine vertrocknete Primel. Ich hatte mich schlicht zu Tode gelangweilt, aber wenigstens hatte ich so ausreichend Zeit gehabt, meine Flucht in die große weite Welt zu planen.

Meine Eltern hingegen hatten Laboe nie verlassen. Noch nicht mal in den Ferien, die hatten sie nämlich nur fünf Kilometer entfernt, ausschließlich auf diesem Campingplatz hier verbracht. Über vierzig Jahre lang. Immer der gleiche Stellplatz. Keine Überraschungen, keine Herausforderungen, alles beim Alten.

Als Schränke und Tischplatte sauber waren, machte ich mit

dem Boden weiter. Ich schrubbte das Linoleum und reinigte die Polster der Sitzbank mit dem Polsterschaum, den ich unter der kleinen Spüle entdeckt hatte. Danach roch es zwar furchterregend chemisch, aber alles sah ziemlich sauber und ordentlich aus, sodass ich mich daran machen konnte, meine Sachen einzuräumen.

Nach drei Stunden harter Arbeit kletterte ich die Leiter hoch, ließ mich auf die Bettkante sinken, nippte an meinem Kräutertee und sah mich um. Meine rosafarbenen Sofakissen gaben sogar dem Eiche-rustikal-Look einen modernen Touch. Die goldene Tasse hatte ich auf die blitzblank polierte Küchenzeile gestellt, und ihr glitzerndes, florales Muster harmonierte wunderbar mit den Rissen in der uralten Arbeitsplatte. Außerdem hatte ich meine pastellfarbenen Liebesromane feinsäuberlich in die offenen Regale über der Sitzecke einsortiert. In den restlichen Regalen standen jetzt die hellgrünen Kisten in unterschiedlichen Größen, in die ich den Rest meiner Habseligkeiten verstaut hatte. Alles hatte jetzt seinen Platz, und es sah richtig gut aus. Meinem Papa hätte das sicherlich gefallen.

Ich lehnte mich mit meiner Tasse zurück und betrachtete mein Werk. Meine helle Wolldecke machte sich gut auf dem Bett. Wollweiß, rosa und Eiche harmonierten unerwartet angenehm miteinander. Wer hätte das gedacht?

Hinter dem Plastikfenster sah ich Trudi und Gitte, bepackt mit Schüsseln und Töpfen, zu Roberts Vorzelt eilen. Kurz danach verließen auch Harald und Mitzi ihren Wohnwagen und machten sich auf den Weg. Ich reckte den Hals, sah ihnen hinterher, nahm noch einen Schluck Tee und ließ die Beine baumeln. Ob die Camper vorhatten zu grillen?

Mein Magen knurrte.

Ich hatte noch ein klein wenig Müsli und Mandelmilch. Vorsichtig stellte ich den Tee ab und nahm das Biomüsli aus dem Küchenschrank. Etwas, das in einem so winzigen Wohnwagen wie diesem hier problemlos möglich war. Alles war überall in Griffweite.

Zweifelnd betrachtete ich die kläglichen Reste in der Tüte. Ich hatte eh keine Zeit zu essen. Oder gar zu grillen. Ich musste zusehen, dass ich den Platz wieder auf Vordermann bekam. Und dafür brauchte ich Handwerker. Also angelte ich mir mein Handy vom Regal über dem Bett und startete eine neue Googlesuche.

Wir brauchten alles, aber wenigstens keinen Elektriker, das würde Erik übernehmen. Doch die Schranke musste dringend repariert werden, und das Warmwasser. Die Mängelliste in den Sanitäranlagen musste ebenfalls zügig in Angriff genommen werden. Einer der defekten Wasserhähne spritzte jedes Mal wie ein hysterischer Springbrunnen in alle Richtungen.

Ich starrte auf meine Liste. Wenn wir die Stellplätze sperrten, auf denen die Platten hochkamen, verloren wir zwar ausgerechnet die 1A-Plätze mit direktem Meerblick, aber so konnte wenigstens diese Aufgabe ein wenig nach hinten geschoben werden. Blieb die Frage, wer genau eigentlich die Feuerlöscher wartete? Und konnte ich nicht wenigstens das Klohaus und die Anmeldung selbst streichen? Streichen konnte ich, das hatte mir mein Vater beigebracht.

Ich suchte gezielt nach den einzelnen Gewerken, griff mir mein Klemmbrett und notierte alle Handwerker im Umkreis, die ich auch direkt nacheinander anrief.

Oder es zumindest versuchte, denn dreißig Minuten später war klar: Handwerker waren das neue Gold! Also Handwerker, die überhaupt ans Telefon gingen und Zeit für einen Termin hatten, der noch in diesem Jahrtausend stattfinden würde. Ein Gartenbauer hatte mir direkt einen Vorabtermin für nächstes Jahr angeboten, und den auch nur, um mir dann erstmal ein Angebot zu erstellen.

»Was ist hier eigentlich los?«, fragte ich Moppidoppi und Bernie, die einträchtig nebeneinandersaßen und mir schweigend zuschauten. Ich lehnte mich zurück und entdeckte, dass ich wenigstens eine Nachricht bekommen hatte, von meiner Freundin Sarah aus Hannover, die ich viel zu selten sah. Ich hatte ihr vor einigen Tagen geschrieben, dass ich vorerst aufgrund des Todes meines Vaters an der Ostsee sein würde.

Jetzt schrieb sie: *Das tut mir sehr leid! Wollen wir die Tage mal telefonieren? Vielleicht nächsten Dienstag um halb sieben? Da hole ich Ole vom Turnen ab und bin im Auto.*

Ich schob das Handy zur Seite. Ja. Danke. Nächsten Dienstag um halb sieben. Ein kleines Zeitloch, in das ich mich als Freundin quetschen würde. Wir waren alle so beschäftigt, und die paar Menschen, die ich außerhalb meines Jobs überhaupt noch kannte, hatten inzwischen alle Kinder bekommen, womit ihr Zeitkonto noch mehr ins Minus gerutscht war.

Dabei kannte ich viele Menschen. Aber alle hatten ihren ganz eigenen Kontext – Job, Yoga, Kochkurs … –, außerhalb dessen wir keinen Kontakt pflegten.

Ich drehte mich um und robbte ganz nach oben an den Rand des Betts. Von hier aus konnte man bis zum Anmeldehäuschen blicken, wo noch immer die kleine Kerze auf dem Gedenktischchen meines Vaters flackerte.

Ob für mich jemand eine Kerze anzünden würde, wenn ich starb?

Wieder hob ich das Handy und blickte auf die vielen alten Nachrichten, die jetzt wie aus einer anderen Welt wirkten. Nachrichten von Menschen, mit denen ich Yoga machte, für die ich vor Corona gearbeitet hatte, die ich fotografiert hatte und mit denen ich vegan kochen gelernt hatte. Aber würde einer von denen zu meiner Beerdigung kommen? (»Franziska ist gestorben. Gehen wir zu ihrer Beerdigung?« »Du, sorry, keine Zeit. Die Arbeit türmt sich, und ich kann dafür den Yogakurs nicht schon wieder ausfallen lassen.«) Ich drückte das Handy in die Matratze und schob es von mir weg.

Plötzlich fühlte ich mich wie Heike. Also wie damals, als ich noch nicht meinen zweiten Vornamen Franziska zu meinem ersten gemacht hatte, und auch noch nicht Martin Lichtenstein, meinen alten Jugendfreund, geheiratet hatte. Die Ehe dauerte sagenhafte fünf Monate, aber den Nachnamen hatte ich behalten, um mich direkt danach komplett umzubenennen.

Aus Heike Momsen wurde Franziska Lichtenstein. Heike Momsen klang schwerfällig und ein bisschen plump. Wie das Mauerblümchen in der Schule, das keine Freunde hatte und auf dem Schulhof immer sehnsüchtig die coolen Mädchen beim Rauchen beobachtete. Heike Momsen blieb ihr ganzes Leben lang in dem kleinen Ort, in dem sie aufgewachsen war, sah nichts von der Schönheit der Welt und kümmerte vor sich hin.

Franziska Lichtenstein hingegen schmiss kurz vor der

Prüfung ihre Lehre als Bankkauffrau, verließ die drückende Enge der Kleinstadt, machte in Hannover eine Ausbildung zur Fotografin und sich anschließend direkt erfolgreich selbstständig. Franziska bereiste die Welt und meisterte die Herausforderungen des Lebens.

Mit einem Ächzen drehte ich mich auf den Rücken. Franziska musste schnell wieder an den Start gebracht werden. So konnte es nicht weitergehen.

Seufzend schloss ich die Augen.

Ich musste in meinen Klamotten eingeschlafen sein. Draußen war es dunkel. Gedämpfte Stimmen waren zu hören. Jetzt strichen einzelne Lichtkegel durch die Dunkelheit. Ich richtete mich auf und schob die hässliche Spitzengardine zur Seite, konnte aber nichts erkennen. Einbrecher gab es hier wohl eher nicht. Die wären eh bloß über die hochstehenden Platten gestolpert, hätten sich den Kopf aufgeschlagen und mich hinterher verklagt. Mich, weil mir der ganze Schlamassel hier allem Anschein nach bald gehören würde.

Ich kletterte vom Bett und trat gegen die Tür, damit sie aufschwang. Weit entfernt hörte ich einen Ruf.

»Mitzi!«, schallte es über den dunklen Platz.

Schnell griff ich mir den Parka meines Vaters und sprang hinaus. Ein Lichtkegel kam auf mich zugeeilt und hielt abrupt vor mir an.

»Wir suchen Mitzi«, erklärte mir Eriks Stimme aus dem Off.

»Wie kann sie denn verschwinden?«, fragte ich und blinzelte gegen das blendende Licht der Taschenlampe an.

»Das passiert halt manchmal. Wir müssen sie suchen, damit sie nicht ertrinkt oder im Straßengraben erfriert.«

»Okay«, erwiderte ich und drehte mich um, um die Stirnlampe meines Vaters zu greifen, die seit ich denken konnte im Netz an der Eingangstür hing. Ich setzte sie auf und nickte Eriks Schatten zu.

»Mütze. Ist ziemlich eisiger Wind«, sagte er knapp und machte sich an seiner eigenen Taschenlampe zu schaffen. Kein Mann der vielen Worte.

Ich griff erneut um die Ecke, wo ich meinen Kälteschutz in einer Bastbox griffbereit verstaut hatte, fand meine Mütze, zog die Lampe vom Kopf, installierte beides neu und war startklar.

»Wir gehen zum Wasser. Ist eh besser zu zweit.« Erik drückte mir eine weitere Taschenlampe in die Hand und marschierte so schnell los, dass ich Mühe hatte, ihm zu folgen. »Bin sonst immer mit Klaus losgegangen«, fügte er leise hinzu.

Ich leuchtete auf die blattlosen Büsche vor uns. »Wieso ist das besser?«, fragte ich ein wenig atemlos. Erik hatte ein ganz schönes Tempo drauf.

»Camper sind üblicherweise keine Outdoor-Experten. Zwei Camper gehen nicht so schnell verschütt wie einer. Wir haben nämlich schon mal jemanden verloren«, erklärte Erik.

»Habt ihr ihn wiedergefunden?«

»Ja, aber es macht wenig Spaß, erst Mitzi zu suchen, um dann erneut aufzubrechen, weil ein Camper im Wald verschollen ist.«

»Aber wie kann Mitzi denn einfach so verloren gehen?« Ich keuchte Erik hinterher. Er blieb stehen und leuchtete mir ins Gesicht. »Sie ist dement.«

»Weiß ich«, setzte ich an, doch er ließ mich nicht ausreden.

»Harald kann sie ja nicht ans Bett fesseln. Nachts schließt er den Wohnwagen von innen ab. Aber heute konnte er nicht schlafen und war noch mal im Anmeldehäuschen. Dabei hat er vergessen, von außen abzuschließen. Sollte nicht passieren, passiert aber halt mal.« Und dann brüllte er so laut, dass mir das Trommelfell zuckte: »Mitzi!«

Ich folgte ihm den Weg zum Strand hinunter. Der Mond stand hell am Himmel und tauchte die sanften Wellen der Ostsee in ein fahles Licht. Aus allen Richtungen erschollen Rufe.

»Mitzi!«, rief ich jetzt ebenfalls und leuchtete mit Eriks wattstarker Taschenlampe über das Wasser und den Strand. Es sah aus, als würde ich mich in einem gruseligen Katastrophenfilm befinden. Schaudernd lief ich Erik hinterher, der schon wieder einige Meter voraus war. Er hatte längere Beine und trug auch keine pinken Gummistiefel, sondern feste Arbeitsschuhe. Überhaupt sah er aus, als käme er direkt von einer Baustelle und nicht aus dem Bett. Ich hingegen stolperte kraftlos durch den feinen Sand. Und ich hatte mir tatsächlich eingebildet, ich wäre fit. Yoga-gestählt. Aber weit gefehlt.

Hier unten am Wasser war es eiskalt. Vielleicht würde es heute sogar noch Bodenfrost geben. Wenn man eine solche Nacht schutzlos draußen verbrachte, konnte man erfrieren. Der Gedanke erschreckte mich, und ich musste an Harald denken, der schreckliche Angst um seine Mitzi haben musste.

»Mitzi! Wo bist du?«, brüllte ich deswegen aus Leibeskräften, um das bittere Gefühl der plötzlichen Angst loszuwerden. Harald hatte doch gerade erst meinen Vater verloren …

Ich erhielt tatsächlich eine Antwort.

»Laura?«, fragte eine flüsterleise Stimme irgendwo rechts aus der Dunkelheit.

»Ja, Mitzi!«, rief ich und rannte los, wild mit der Taschenlampe die Gegend absuchend.

Ich fand sie vor der Wildrosenhecke. Sie hockte im Sand, die Arme um sich geschlungen, und blickte mir entgegen, so klein und zerbrechlich wie eine der Porzellanpuppen, die meine Mutter früher gesammelt hatte.

»Laura, es ist so kalt«, flüsterte sie.

»Ich weiß«, erwiderte ich, riss mir den Parka von den Schultern und legte ihn ihr über den dünnen Körper. Dann drehte ich mich zu Erik um, der noch am Strand entlanglief.

»Hab sie gefunden!«, rief ich in die Nacht, hockte mich zu Mitzi hinunter und legte meine Arme um ihre Schultern, um sie zu wärmen. Unter dem Parka trug sie nämlich nur ein geblümtes Nachthemd.

Kurz darauf tauchte Erik hinter mir auf. Als er uns sah, zog er sein Handy aus der Tasche und tippte etwas, vermutlich schrieb er Harald. »Ich habe ihnen geschrieben, dass sie umdrehen können. Komm, Mitzi. Lass uns nach Hause gehen.« Er beugte sich zu ihr hinunter, doch sein Ansinnen fand keinen Anklang.

Mitzi schüttelte energisch die grauen Locken. »Wer sind Sie? Ich gehe doch nicht einfach mit Ihnen mit!« Erstaunt sah ich sie an. Sie wirkte total verändert, fast wütend. »Da könnte ja jeder kommen!«

»Das ist okay, Mitzi. Ich kenne ihn. Wir können ihm vertrauen«, sagte ich leise und streichelte ihre magere Schulter. In Mitzis Augen glitzerte der Mond, und sie sah mich so liebevoll an, dass ich schlucken musste. »Ach, Laura. Wie gut, dass du jetzt da bist.«

»Komm«, sagte ich und reichte ihr eine Hand. Sie legte ihre kleinen Finger in meine, und vorsichtig zog ich sie hoch. Zusammen gingen wir, jetzt wesentlich langsamer, über den Strand zurück. Mitzi schwieg, hielt sich aber weiterhin an meiner Hand fest.

Harald kam uns mit mehreren dicken Decken über dem Arm entgegen. Er hüllte seine Frau darin ein und legte ihr fest den Arm um die Schulter, als wollte er sie festhalten, damit sie nicht wieder verschwand.

Im Gehen wandte Mitzi sich um. »Laura soll mitkommen. Ich gehe nicht ohne Laura!« Sie stemmte sich gegen den Griff ihres Mannes, und zwangsläufig blieben die beiden stehen.

»Ich bin hier, Mitzi. Ganz in der Nähe. Geh ruhig mit. Wir sehen uns morgen.« Ich lächelte, was sie in der Dunkelheit zwar nicht sehen, wohl aber hören konnte.

»Gut«, sagte sie dann zögerlich, aber mit fester Stimme. »Wir sehen uns morgen zum Schwimmen.« Und ganz sanft dirigierte Harald sie zum Wohnwagen zurück.

Ich war davon ausgegangen, dass alle schon wieder zurück ins Bett gegangen waren, doch keinem schien nach schlafen zumute zu sein. Schweigend standen sie zwischen den kahlen Bäumen, und ich mit ihnen.

»Ich koche mal Kaffee«, murmelte Robert schließlich und verschwand in Richtung seines Vorzelt-Konstrukts.

»Mein Gott. Mein Herz. Es schlägt, als wollte es aus meiner Brust springen«, brummte Gitte, der die kleinen Löckchen wild in alle Richtungen abstanden. »Noch mehr Schrecken kann ich nicht aushalten. Ich kann nicht glauben, dass Klaus nicht mehr da ist«, fügte sie dumpf hinzu und setzte sich ebenfalls in Bewegung.

»Ich habe noch Kuchen«, verkündete Georgie und verschwand in die entgegengesetzte Richtung. Giovanni folgte Robert, und Trudi wischte sich die Augen. Erik hatte ihr den Arm um die Schultern gelegt.

»Ich möchte die ganze Zeit zu Klaus gehen. An seinem Wohnwagen klopfen und ihm sagen, dass wir Mitzi gefunden haben und dass es jetzt Kuchen gibt. Er hätte so gerne Kuchen gegessen«, sagte sie leise, dann seufzte sie und marschierte mit hängenden Schultern zu Roberts Vorzelt.

Ich stand da, die Stirnlampe auf den Boden gerichtet. Mein Atem erzeugte kleine Dampfwölkchen vor meinem Mund. Als auch Erik sich nun wortlos in Bewegung setzte, sah ich ihm hinterher und zog unelegant die Nase hoch. Kurz bevor er hinter einem der Wohnwagen verschwand, blieb er stehen und drehte sich zu mir um.

»Komm«, sagte er.

»Kaffee trinken?«, fragte ich leise, und er nickte.

»Sind doch eh jetzt alle wach.« Er lächelte. Nur ein ganz klein wenig, aber es wärmte mein Herz in dieser furchtbar kalten Nacht.

Ich räusperte mich. »Nee du, lass mal. Ich glaube, die Camper sind nicht so gut auf mich zu sprechen.«

Erik kam langsam zurück und blieb vor mir stehen. Er musste sich ein wenig hinunterbeugen, um mir ins Gesicht sehen zu können, denn er war mindestens einen Kopf größer als ich. Seine Locken steckten unter der schwarzen Mütze, womit der fahle Schein der Taschenlampe sein Gesicht in Szene setzte – die hohen Wangenknochen und die vollen Lippen. Die grauen Augen brauchten kein Licht, sie schienen in der Dunkelheit zu leuchten.

»Komm«, sagte er erneut, und jetzt nahm er einfach meine Hand. Seine Finger waren ganz warm, und das reichte aus, um meine Füße in Bewegung zu setzen.

Es war halb fünf Uhr morgens, und ich saß mit einer Tasse dampfendem Filterkaffee in der Hand auf einem gestreiften Campingstuhl in einem Vorzelt. In meinem Kaffee befanden sich Kuhmilch und Zucker. Hinter mir brummte ein Heizlüfter und pustete warme Luft.

Auf Roberts Tisch brannte eine Kerze für meinen Vater.

Der Kaffee tat unendlich gut. Ich blinzelte, denn langsam wurde ich müde. Außerdem knurrte mein Magen, was er vor zwölf Uhr mittags sonst nie tat. Ich hatte ihn schließlich daran gewöhnt, dass er vorher selten etwas bekam.

Auch nicht, wenn Georgie herrlich duftenden Topfkuchen direkt vor meine Nase stellte.

Alle bis auf Harald, der bei Mitzi geblieben war, saßen schweigend um den Tisch herum, und als ich den Kuchen ignorierte, griff Gitte schließlich zu und reichte den Teller herum.

»Gib mir mal deine Handynummer«, verlangte Robert plötzlich und brach damit das allgemeine Schweigen.

»Warum?«, fragte ich.

»Weil wir dich in die Campinggruppe aufnehmen. Darum.«

Auf einmal wurde mir seltsam warm ums Herz. Ich räusperte mich und nahm noch einen Schluck Kaffee.

»Aber keine Katzenbilder schicken«, sagte ich.

Robert grinste, Trudi lachte, und sogar Gitte konnte sich ein verhaltenes Lächeln nicht ganz verkneifen. Ich schrieb meine Nummer auf den Block, den Robert mir hingeschoben hatte. Ganz analog.

»Mitzi denkt, Franziska sei Laura«, sagte Erik in die nun folgende Stille hinein. Er lehnte, ebenfalls mit einem Kaffee bewaffnet, mit dem Rücken am Sideboard, auf dem eins dieser typischen, hässlichen Trockengestecke stand. Den Kopf musste er bei seiner Größe dabei ein wenig schräg legen.

»Sie sieht ihr halt sehr ähnlich«, sagte Trudi. »Möchte jemand Eierlikör?«

»Wenn ich jetzt Eierlikör trinke, könnt ihr mich auch in den Wildrosen suchen«, murmelte Erik, goss Kaffee nach und nahm sich ein Stück goldfarbenen Kuchen.

»In drei Tagen kommen die ersten langjährigen Camper. Ich nehme zurzeit alle Anrufe entgegen«, sagte Robert plötzlich geschäftlich und starrte mich mit hochgezogener Augenbraue an, als erwarte er eine Reaktion.

»Schön!«, sagte ich mit Nachdruck. Das war ja auch schön, immerhin würden doch ein paar Gäste anreisen.

Dann musste ich plötzlich schlucken, denn mir fiel der Inhalt des roten Schuhkartons ein. Ich wollte den glücklichen Campern gerade von dem furchtbaren Damoklesschwert berichten, das ich ganz unten im roten Karton gefunden hatte, und öffnete schon den Mund, aber dann sah ich, wie sehr Robert sich bemühte, so geschäftlich zu sein, obwohl ihm ganz anders zumute war. Ich sah, dass Trudis Augen immer noch verdächtig glitzerten, und dass Gitte die ganze Zeit an ihren

Nägeln kaute, während sie die Kerze für meinen Vater betrachtete.

Also klappte ich den Mund wieder zu, trank einen beherzten Schluck Kaffee und sagte: »Ich versuche, Handwerker zu bekommen. Ich habe alles im Griff.« Energisch stellte ich meine Kaffeetasse auf den Tisch.

Trudi stellte ihre Tasse mindestens ebenso energisch daneben. »Wir machen jetzt alles fertig für die Saison. Klaus hat diesen Platz so liebevoll geführt, und dementsprechend ist es jetzt unsere Pflicht, in seinem Sinne weiterzumachen. Das sind wir Klaus schuldig!«, rief sie. »Und am Ende wird es so schön, dass du den Platz gar nicht mehr verkaufen willst.« Sie lächelte mich an und griff sogar nach meiner Hand.

Mir blieb gar nichts anderes übrig, als zu nicken.

»Die Schranke geht nicht auf.« Gitte hörte auf, an ihren Nägeln zu kauen, und strich sich durch die Locken. »Das ist nicht meine Vorstellung, von alles im Griff haben.«

Ich atmete tief durch. »Die Schranke baue ich heute Vormittag persönlich ab. Gute Nacht«, sagte ich und erhob mich steif.

Als ich Roberts Vorzelt verließ, merkte ich überrascht, dass Erik mir folgte.

»Muss eh los. Dann kann ich dich auch rumbringen«, sagte er, und so schlugen wir gemeinsam den Weg zu meinem Wohnwagen ein.

»Warum warst du eigentlich heute Nacht hier? Du wohnst hier doch gar nicht«, fragte ich und blinzelte gegen den Schlaf in meinen Augen an.

Er warf mir einen Seitenblick zu und grinste, was ich trotz der Dunkelheit gut erkennen konnte.

»Ich bin in der WhatsApp-Gruppe«, erwiderte er, als würde das alles erklären. Dann öffnete er mir zuvorkommend die klemmende Tür meines Wohnwagens, tippte sich an den imaginären Hut und verschwand zwischen Klohäuschen und Anmeldung in den Wald.

KAPITEL 8

Ich ging noch mal für zwei Stunden ins Bett, und als der Wecker klingelte, bekam ich nach dieser anstrengenden Nacht kaum die Augen auf. Draußen war es still, nur die Vögel sangen. Ich machte einen langen Arm und schob das Fenster ein wenig auf. Jetzt konnte ich auch die sanften Wellen der Ostsee hören. Die Luft war frisch, und es duftete nach Meer. Ich atmete tief ein, rollte mich auf die Seite und spähte durch die kitschigen Vorhänge, die offenbar in Wohnwagen gesetzlich vorgeschrieben waren. Alle hier hatten solche Gardinen.

Draußen liefen gerade Georgie und Giovanni Hand in Hand, ihre Waschsachen unter den Arm geklemmt, zum Klohäuschen. Sie lachten miteinander und wirkten glücklich. Als ich die beiden das erste Mal gesehen hatte, hatte ich geglaubt, sie würden nicht zueinander passen. Dieser so extrem gepflegte und gutaussehende Sonnyboy Georgie und dazu Giovanni, als spießigster Bewohner des Platzes, mit den Socken in den Birkenstocksandalen und der allgegenwärtigen grünen Funktionsjacke. Insgeheim schalt ich mich jetzt für diese dumme Einschätzung. Was wusste ich schon von Beziehungen? Meine Ehe hatte schließlich ganze fünf Monate gedauert, und Carsten war kaum mehr als eine Zweckbeziehung gewesen. Eine sehr anstrengende Zweckbeziehung. Wir hatten uns auf der Launch-Party für einen Sportklamottenhersteller kennengelernt, für den ich die Instagram-Kampagne als Fotografin betreut hatte. Ich war geschmeichelt gewesen von Carstens Avancen, und kaum hatte ich mich versehen, waren wir irgendwie zusammen. Als ich allerdings merkte, dass Dr. Carsten Hellweg vielleicht doch nicht so kompatibel mit meinem Leben war, kam Corona. Ich musste meine Wohnung aufgeben und hatte immerhin die Wahl zwischen Carstens schicker, wenn auch ein wenig steriler Wohnung und dem Anmeldehaus auf dem Platz der glücklichen Camper. Wo ich schlussendlich jetzt doch irgendwie gelandet war.

Ich wusste also ganz offensichtlich gar nichts von der Liebe. Im Gegensatz zu meinen beiden Mitcampern, die jetzt, noch immer Hand in Hand, vor dem Gedenk-Tisch für meinen Vater stehen blieben. Georgie schob die Kerze ein wenig zur Seite, richtete eine umgefallene Karte wieder auf und legte Giovanni einen Arm um die Schultern, woraufhin dieser seinen Kopf an Georgies Wange lehnte. Nach ein paar Sekunden verschwanden die beiden im Waschhäuschen.

Ich rieb mir das Gesicht, rollte mich zur Seite und kletterte vom Bett. Dann machte ich mich an die Morgentoilette, wobei ich mir diesmal nur einmal das linke Knie stieß. Mein Körper schien Fortschritte im Abschätzen meiner eigenen Ausmaße in diesem winzigen Raum zu machen. Ich schminkte mich ausgiebig, deckte mit Engagement und unter Einsatz aller verfügbaren Produkte meine Sommersprossen ab und trug sogar den neuen warmroten Lippenstift auf. Alles wurde besser, wenn man Lippenstift dazu trug.

Als mir nach Tagen wieder Franziska Lichtenstein aus dem

kleinen Spiegel entgegenblickte, war sie mir für einen kleinen Moment fast fremd. Ich rieb ein wenig von dem intensiven Lippenstift mit Toilettenpapier wieder ab, dann setzte ich mich mit einem Tee an den kleinen Tisch, um meine To-do-Liste des heutigen Tages zu studieren.

Ich würde heute zum Baumarkt nach Kiel fahren und Farbe kaufen. Das war leicht, mit Farben kannte ich mich als Fotografin schließlich aus, und streichen konnte ich auch, das hatten mein Vater und ich früher oft gemeinsam gemacht. Dann musste ich allerdings irgendwie noch die Schranke abmontieren, oder bestenfalls reparieren. Hier hoffte ich auf eine göttliche Fügung, zum Beispiel auf einen vom Himmel fallenden Hausmeister, den ich gleich behalten und im Anmeldehäuschen einquartieren konnte. Die Reparatur von Schranken gehörte nicht zu meinen Kernkompetenzen, aber zur Not würde ich schon ein YouTube-Tutorial finden. Außerdem stand auf meiner Liste, dass ich Dinge für den kleinen Shop im Anmeldehaus kaufen musste, damit die bald anreisenden Camper sich wenigstens ein Butterbrot schmieren konnten, wenn wir schon keine Gastronomie hatten. Und natürlich würde ich weiter versuchen, jemanden zu finden, der sich der unzähligen Baustellen auf dem Platz annahm. Bestenfalls vor dem nächsten Jahrhundert.

Ich schnappte mir mein Handy und fing wieder an, alle notierten Handwerker abzutelefonieren. Doch erneut gingen meist nur die Anrufbeantworter ran, oft klingelte es gleich direkt ins Leere.

Leer war übrigens auch mein eigener spärlicher Lebensmittelvorrat. Ich stand auf, griff nach der Müslipackung und drehte sie auf den Kopf. Heraus rieselten vier Krümel.

»Ja toll«, murmelte ich. Ich würde also neben den Regalen im Anmeldehäuschen auch meine eigenen Lebensmittelvorräte auffüllen müssen. Suchend sah ich mich um. Es gab noch ein verschrumpeltes Stück Gurke. »Noch toller«, sagte ich und schlüpfte in meine Campingplatz-Outdoor-Uniform: Parka und Gummistiefel. Was jetzt nicht mehr so schlimm war, weil ich meine Sommersprossen hinter der dicken Schicht Make-up versteckt hatte und Lippenstift trug. Parka, Gummistiefel und Lippenstift passten hervorragend zusammen, weil das eher nach ironischem Statement aussah als nach fehlendem Stilgespür.

Jetzt musste ich nur noch dem Klohaus einen Besuch abstatten. Mein eigenes Wohnmobilklo würde ich unter keinen Umständen benutzen, denn dann würde ich die Brühe irgendwann zu dem stinkenden Abfluss hinter dem Klohaus tragen müssen. Manche Camper spannten ihre Klokassetten auf kleine Rollwägelchen und zogen sie hinter sich her. Ich fand allein die Vorstellung, mein Pipi quer über den Platz hinter mir herzuziehen, verstörend.

So trat ich also in gewohnter Manier die Tür auf und sprang hinaus. Es war gar nicht mal so kalt, wie die vergangene Nacht es hatte erwarten lassen. Die Sonne schien allmählich ihre Kraft wiederzufinden. Ich atmete tief durch und genoss die unerwartet milde Luft.

Auf dem Weg zum Klo wurde ich von Gitte und Trudi überholt, die mich, bewaffnet mit Heckenscheren und Eimern, fast vom Weg abdrängten.

»Man muss hier mal anfangen und nicht den ganzen Tag auf der faulen Haut liegen«, zischte Gitte im Vorbeigehen.

»Sei nicht so unfreundlich«, sagte Trudi zu ihr, drehte sich im Laufen um und nickte mir freundlich zu. »Wir machen ein bisschen Unkraut«, flötete sie.

»Ich liege doch nicht auf der faulen Haut, Gitte! Ich fahre gleich in den Baumarkt!«, rief ich den beiden hinterher, was Gitte aber nur so heftig den Kopf schütteln ließ, dass ihre Löckchen flogen.

Neben dem Anmeldehäuschen blieb ich einen Moment vor dem Gedenktisch meines Vaters stehen. Jemand hatte sein Bild noch mit einer schwarzen Schleife versehen. Ich rückte ein paar Karten zurecht und hörte links von mir ein Klappern. Als ich mich umdrehte, entdeckte ich Erik, der sich in Hoodie und Jeans an der Schranke zu schaffen machte.

»Moin«, grüßte ich ihn überrascht.

»Moin«, sagte er und sah auf. Sein Blick blieb einen Moment an mir hängen, und seine grauen Augen leuchteten. Ich hatte noch nie jemanden mit solchen Augen gekannt. Er musterte mich immer noch, und gerade, als ich das kommentieren wollte, erklärte er: »Geht wieder.«

Noch immer von seinem eindringlichen Blick irritiert, sah ich stumm auf die Schranke, was Erik wohl als Unverständnis interpretierte.

»Sie geht wieder auf und zu«, konkretisierte er seine Worte und tippte die Schranke an, die sich daraufhin einwandfrei und geräuschlos öffnete.

»Wow!«, sagte ich erleichtert. »Wie großartig ist das denn!« Ich räusperte mich. »Vielen Dank!« Ein Punkt weniger auf meiner unendlich langen To-do-Liste. Der Tag fing besser an als erwartet. Musste am Lippenstift liegen.

»Da nicht für«, erklärte Erik und begann sein Werkzeug einzuräumen.

»Ich wollte gleich in den Baumarkt fahren. Brauchst du etwas? Wenn du mir aufschreibst, was du für die Elektrik benötigst«, ich deutete hinter das Klohäuschen, wo die elendige Elektrosache für mich verortet war, »kann ich das mitbringen.«

Erik blickte auf, hielt inne und grinste. Er hatte Grübchen in den Wangen. Wie in einem billigen Liebesroman. Mein Fotografinnenauge blieb an den dunklen Wimpern hängen, die einen angemessenen Rahmen für seine verwirrend hübschen Augen bildeten. Mein Fotografinnenauge hielt sich immer mit Details auf. Dabei war Erik gar nicht mein Typ. Ich stand auf Männer in Anzügen. Außerdem lebte er genau in dem Kaff, dem ich vor vielen Jahren entkommen war.

»Heike, heute ist Sonntag.« Ich mochte allerdings auch Männer, die sich meinen Namen merken konnten.

»Franziska«, murmelte ich deswegen ganz automatisch. Ich hatte mir ehrlich gesagt gar nicht die Frage gestellt, welcher Wochentag wohl sein könnte.

»Okay: Franziska, heute ist Sonntag.«

Ich schwieg und dachte nach. Nun machte es auch Sinn, dass wirklich keiner der Handwerker ans Telefon gegangen war. Irgendwie stand ich immer noch ganz schön neben mir. Die Wochentage nicht auf dem Schirm zu haben, war mir noch nie passiert. Ich hob entschuldigend die Hände. Mein Blick glitt über seinen Kopf hinweg zum Strand. Die Sonne stand schon hoch am Himmel, die Farben waren kitschig schön. Weißer Sand, blaues Wasser, hellblauer Himmel, Schäfchenwolken. Es duftete bereits ganz leicht und verlockend nach den Sommern meiner Kindheit, und irgendwie fabulierte mein Gehirn noch den köstlichen Geruch nach Pommes mit Ketchup hinzu, woraufhin mein Magen ein energisches Knurren von sich gab.

»Ich bin wohl noch ein bisschen aus dem Tritt«, sagte ich entschuldigend. »Dann fahre ich morgen zum Baumarkt und jetzt erstmal zur Tankstelle. Ich habe nichts mehr im Kühlschrank.«

Wortlos stand Erik auf, schnappte sich seine Utensilien, trug sie zu seinem VW Bus und verstaute sie. Zurück kam er mit einer Bäckertüte, die er mir entgegenhielt. »Frühstück«, erklärte er.

Fragend sah ich ihn an. Als er sie jedoch noch einmal bekräftigend in meine Richtung hielt, nahm ich die duftende Tüte an mich. Ein Blick hinein offenbarte mir zwei frische Croissants. Das fand mein Magen brillant, er knurrte erneut, der Verräter.

»Danke«, murmelte ich. Ich konnte das natürlich nicht essen. Wenn ich morgens überhaupt etwas aß, dann ausschließlich Frischkornbrei mit ungezuckerten Früchten, sonst geriet ich in kürzester Zeit aus der Form. Oder bekam Durchfall. Beides war nicht sehr erstrebenswert.

Erik drehte sich erneut um, kramte auf der Ladefläche seines Busses und kam mit einem grünen Koffer zurück, den er mir ebenfalls in die Hand drückte. Ich legte die Bäckertüte in die Fensterbank des Anmeldehäuschens und öffnete den Koffer. Ein Profi-Schwingschleifer! Mit viel Schleifpapier!

»Hast du da drin einen eigenen Baumarkt?«, fragte ich verdutzt.

»Das ist …«, setzte er an, doch ich brauchte für den Inhalt des Koffers keine Erklärung und winkte ab.

»Danke«, erklärte ich stattdessen hocherfreut. »Damit kann ich die Häuschen abschleifen.« Erik nickte langsam. Ich sah in seinem Gesicht, dass er nicht damit gerechnet hatte, dass ich wusste, womit er mich da beglückte. »Das ist mein Lieblingswerkzeug«, erklärte ich.

Früher hatte ich mit so einem Gerät, nur einem Modell aus der Steinzeit, alles geschliffen, was nicht schnell genug wegkam. Mein Vater hatte mir alle möglichen Möbel und Türen gebracht, und wir hatten tagelang geschliffen und gestrichen. Irgendwie war das mal, in grauer Vorzeit, unser gemeinsames Hobby gewesen. Schleifen und Streichen.

Erik ließ wieder die Grübchen spielen, nickte mir kurz zu, setzte sich in seinen Bus und fuhr vom Parkplatz.

»Tschüss, Erik«, murmelte ich ihm hinterher. Dann öffnete ich die Bäckertüte und naschte von den Croissants. Aber nur so viel, dass ich keine akute Unterzuckerung bekam. Zwei Croissants bestanden vermutlich zusammen aus einem ganzen Stück Butter. Ich marschierte zurück in den Wohnwagen, um mir einen Kräutertee zu kochen, und entdeckte dabei, ganz hinten im Schrank, eine vergessene Dose Tomaten. Daraus würde ich sicherlich eine Tomatensuppe kochen können. Also war mein Abendessen auch gesichert. Ein vollwertiges, fettarmes und gesundes Abendmahl.

Zufrieden, aber noch immer mit knurrendem Magen, machte ich mich an die Arbeit. Im Schuppen fand ich eine Leiter und begann, das Klohaus abzuschleifen. Es war herrlich – und staubte wie Hölle. Zum Glück befanden sich in dem

Koffer auch zwei original verpackte FFP2-Masken. Eine davon setzte ich mir auf und arbeitete weiter.

Die alte Farbe löste sich, Farbpartikel flogen in kleinen glitzernden Wolken um mich herum, und während ich zufrieden vor mich hinarbeitete, stellte ich mir vor, wie mein Papa mich von irgendwo beobachtete. Vermutlich auf einem gestreiften Campingstuhl sitzend, ein Bier in der Hand, sonnenverbrannt und mit einem Grinsen im Gesicht.

Siehst du Papa, ich kann es noch, dachte ich mir.

Im Laufe des Tages bearbeitete ich sämtliche Holzhütten auf dem Platz mit dem wunderbaren Schwingschleifer. Ich liebte dieses Werkzeug. Die Dinger machten Meter, und immer wenn man sie ausstellte, vibrierten die eigenen Hände, als hätte man mit einem Stromkabel gekuschelt. Die körperliche Arbeit tat mir gut, und jedes sauber geschliffene Brett bedeutete, dass ich langsam, aber sicher meine lange Liste abarbeitete.

Die Camper beobachteten mich bei meinem Treiben, während sie selbst Büsche und Hecken schnitten, Wege fegten und Müll aufsammelten. Als ich um halb sieben, es wurde langsam dunkel, die kleine Maschine wieder in ihrem Koffer verstaute, brachte Trudi mir wortlos drei Weißbrot-Sandwiches mit Butter, Mayonnaise, Käse und Röstzwiebeln. Mir lief das Wasser im Mund zusammen. Ich hatte solchen unfassbaren Hunger. Als Trudi mir freundlich zunickte und sich wieder umdrehte, übermannte es mich. Ich packte eines der Sandwiches und biss so beherzt hinein, dass mir die Mayo quer über das Shirt kleckerte. Nur einen Bissen, ermahnte ich mich selbst, und dann verschlang ich alle drei Brote. Im Stehen.

Am nächsten Morgen hatte ich mir sehr früh den Wecker gestellt. Endlich war Montag. Endlich konnte ich in den Baumarkt fahren und mit meinem Projekt »Make the Campingplatz great again« vorankommen. Ich machte mich in Windeseile fertig, brachte meine gesamte Make-up-Ausrüstung zum Einsatz und schlüpfte in meine Klamotten, diesmal nicht Gummistiefel und Parka, sondern Marlenehose und Ballerinas, dazu noch eine cremefarbene Strickjacke, band mir die Haare locker zusammen und sprang aus dem Wohnwagen. Dann marschierte ich los und traf auf der Bank vor dem Anmeldehäuschen Harald und Erik, die dort in trauter Zweisamkeit bei einem Kaffee zusammensaßen. Das Foto meines Vaters stand hinter ihnen in der Fensterbank. Es sah aus, als hielten sie zu dritt ein Kaffeekränzchen.

»Das Mädchen hat sich aber schick gemacht«, sagte Harald anerkennend und prostete mir mit seinem Kaffee zu. Erik blinzelte mich an.

»Fast hätte ich sie nicht erkannt«, bestätigte er. Täuschte ich mich, oder lag da etwas in seinem Blick? Skepsis? Er kannte mich bisher ja nur in Parka und Gummistiefeln.

»Ich fahre zum Baumarkt«, erklärte ich. »Was soll ich noch mitbringen?«

»Fünfzehn Beton-Gehwegplatten, 50x50, und Maurer- und Putzmörtel, und warte …« Erik kniff die Augen zusammen, als würde er nachdenken. »Scharfen Splitt, nicht zu fein. Außerdem brauchen wir ganz dringend noch eine Teleskop-Astschere, damit Gitte nicht mehr wie ein Affe in den Bäumen rumklettern muss. Zwei neue Schellen für die Regenrinnen an den Klohäuschen … und Farbe.«

»Aaaah«, sagte ich gedehnt und zückte meine Einkaufsliste, um dann zu meinem mittlerweile leicht eingestaubten Cabrio zu schielen, das unter einem Baum auf dem Parkplatz vor der Schranke stand.

Was Erik nicht entging.

Er stand auf. »Wir nehmen den Bulli.«

Ich sah ihn an. Hatte er etwa gar nicht für einen gemeinsamen Kaffee mit Harald hier gesessen, sondern auf mich gewartet? Aber seinen skeptischen Blick eben hatte ich mir nicht nur eingebildet. Erik schien ein wenig irritiert. Offenbar von mir.

»Wie nett«, sagte ich und steckte die Hände in die Hosentaschen. Er sah mich definitiv komisch an. Hatte er jetzt auch was gegen mich? Und wieso war er ständig hier? Wohnte er hier irgendwo?

Harald erhob sich ebenfalls. »Bringt bitte auch noch ein wenig Schmierfett mit. Damit ich endlich Heikes Wohnwagentür reparieren kann.« Er nickte uns zu und stellte seine leere Tasse in die Fensterbank, neben das Bild meines Vaters.

»Nimm Kriechöl. Ist besser«, sagte Erik beiläufig und war schon auf dem Weg zu seinem Bus.

»Dann Kriechöl.« Harald nickte zustimmend und verschwand. Hier tat man offenbar, was Erik sagte.

Ich folgte dem Tonangeber zu seinem Bus und kletterte auf die Beifahrerseite.

»Hast du eigentlich kein Zuhause?«, fragte ich ihn, als er die Fahrertür ins Schloss zog.

»Doch, klar«, erklärte er lässig, zog seine Jacke aus und schnallte sich an. Leider trug er unter der Jacke nur ein T-Shirt – was der Temperatur im Auto, das in der Sonne gestanden hatte, durchaus angemessen war, trotzdem aber leider suboptimal.

Angestrengt sah ich aus dem Autofenster und trommelte mit den Fingern auf die Türverkleidung. Erik hatte nämlich Tattoos. Also nicht nur ein oder zwei, sondern große Sleeve-Tattoos, die seine Arme mit kunstvollen Bildern überzogen, und das mochte ich nicht ansehen. Weil ich so fürchterlich auf Tätowierungen bei Männern stand, zumindest heimlich.

Bisher hatte ich nur völlig körperkunstfreie Freunde gehabt. Carsten hatte immer ein entsetztes »Oh Gott« von sich gegeben, wenn wir jemanden mit solchen Kunstwerken im Fernsehen oder in der Stadt gesehen hatten, wohingegen ich immer gerne einen zweiten Blick riskiere. Und Martin, mein Ex-Mann, hätte nicht mal im Traum daran gedacht, sich ein Tattoo zuzulegen. Er war mehr so der Typ Wohlstandsbäuchlein und Pullunder, der wochenlang über die Anschaffung eines neuen Rasenmähers sinnieren konnte.

Ich blickte also starr hinaus auf die vorbeiziehenden Felder und Knicks. Die Landschaft hier oben war wirklich hübsch, und nun hatte ich endlich mal Zeit, diese Tatsache ausgiebig zu würdigen. Bei einem weiteren zufälligen Seitenblick zu Erik hatte ich nämlich zudem noch festgestellt, dass er nicht nur tätowiert, sondern auch ziemlich muskulös war. Er hatte sehnige Unterarme, kräftige Oberarme und außerordentlich schöne Hände. Starke Hände, keine zarten Pianistenfinger. Stand ich auch drauf.

Ich zog die Strickjacke enger um mich und starrte in den Wald, den wir gerade durchquerten. Es gab wenig unpassendere Zeitpunkte, einen Kerl scharf zu finden, als diesen hier.

Das war mir auf vielen Ebenen klar. Aber leider nicht auf der, die mich dazu nötigen wollte, Erik noch mal intensiver anzuschauen.

Tat ich aber nicht, stattdessen hielt ich den Blick starr auf die noch blattlosen Bäume gerichtet. Erik machte mich nervös, und wenn ich nervös war, fing ich an zu plappern. Keine herausragende Charaktereigenschaft, war aber so.

»Was machst du sonst noch, wenn du nicht gerade die Campingplatzschranke reparierst?«

Erik bog links ab und schaltete hoch. Er warf mir einen kurzen Blick zu. »Dies und das.«

»Ist das eine Berufsbezeichnung?« Ich sah noch immer aus dem Fenster.

»Das ist meine Lebensbezeichnung. Ich mache dies und das.«

»Ja, aber womit verdienst du dein Geld?«

Er lachte. »Wir drehen uns im Kreis. Das merkst du selbst, oder?«

»Du lebst von dies und das?« Jetzt musste ich ihn doch wieder ansehen. Erik nickte, diesmal ohne den Blick von der Straße zu nehmen.

»Deswegen hast du an einem Montagmorgen Zeit, mit mir in den Baumarkt zu fahren«, stellte ich fest.

»Ich habe immer Zeit für die Dinge, die mir wichtig sind«, erwiderte Erik.

Darüber musste ich erstmal nachdenken, weil es bei mir genau andersherum war. Ich hatte nie Zeit für die Dinge, die mir wichtig waren. Weswegen ich oft gar nicht mehr genau wusste, was das eigentlich war. Ich hatte ja eh keine Zeit dafür.

Der Gedankengang ließ sich noch erweitern, nämlich um die Frage: Was war ihm denn jetzt genau wichtig?

Zum Glück bog Erik in diesem Augenblick auf den Parkplatz des Baumarkts ein.

Eine halbe Stunde später stand ich vor dem Farbenregal und entschied mich für ein pastelliges Mintgrün.

Der Verkäufer sah mich zweifelnd an. »Sie wollen damit echt einen ganzen Campingplatz streichen?«

»Nur das Klohaus und die Anmeldung und den Schuppen«, sagte Erik grinsend, die Hände in den Taschen seiner schwarzen Arbeitshose versenkt.

»Ihre Entscheidung.« Der Mann zuckte mit den Schultern und verschwand im Lager, um uns mit der entsprechenden Farbmenge einzudecken. Kurz darauf kam er mit sieben Eimern Farbe zurück, die Erik und ich auf unseren Wagen hievten.

»Und dann brauche ich noch Blumen«, erklärte ich und schob schon mal los.

»Blumen«, murmelte Erik und setzte sich ebenfalls in Bewegung. »Blumen?«

»Wir pflanzen Blumen. Lila und rot. Das ist farblich hübsch und passt gut zum neuen Farbkonzept.« Ich hielt an, um den Wegweiser an der Decke zu studieren. Die Gartenabteilung lag in der anderen Richtung.

»Farbkonzept«, wiederholte Erik und kratzte sich am Kinn.

Ich hob eine Augenbraue. »Genau. Farbkonzept«, murmelte ich und wendete dann etwas umständlich den unhandlichen Einkaufswagen, um in die Gartenabteilung zu kommen.

Hier blühte und grünte es wie verrückt. Wie wunderbar – noch mehr Farbe! Gemächlich wanderte ich die langen Tische entlang und entschied mich dann doch für eine Farbkombination aus Weiß und Blau. Laut Schild hießen die neuen Campingplatzbewohnerinnen Hornveilchen und Vergissmeinnicht. Blumen schadeten nie. Das war wie mit Lippenstift. Sie würden vielleicht auch ein klein wenig über den restlichen maroden Zustand hinwegtäuschen.

Ich begann den Wagen zu beladen, bis er fast Schlagseite hatte.

»Ich habe das ja für ein Gerücht gehalten«, sagte Erik, beobachtete mich einen Moment reglos, kam dann aber doch, um mir zu helfen und Paletten mit Pflanzen zu stapeln. »Aber es scheint wahr zu sein: Frauen richten ein, bevor überhaupt renoviert ist.«

Ich schnaubte kurz, ließ das aber unkommentiert.

Auf dem Weg zur Kasse machten wir noch einen Abstecher in die Elektroabteilung, wo Erik diversen Kleinkram zwischen das Blumenparadies und die Farbeimer quetschte. Dann organisierte er noch einen weiteren Einkaufswagen und belud den zu meiner Freude mit Beton-Trittplatten. Er schien tatsächlich vorzuhaben, sie zu verlegen. Das sparte gleich noch ein Gewerk. Allerdings rechnete ich im Kopf so gut es ging die Preise mit und kam zu dem Ergebnis, dass der ganze Elektro-Kleinkram und die Platten das Doppelte von der Farbe und den Blumen kosteten. Aber ohne Strom und begehbare Wege waren wir nun mal aufgeschmissen.

Gemeinsam schoben wir unsere Baumarkt-Beute zur Kasse, und während ich jeweils die einzelnen Blumentöpfe zum

Abscannen des Preises hochhielt, lud Erik hinter mir nahezu mühelos den ganzen restlichen Krempel auf das Laufband der Kasse. Die Kassiererin scannte und strahlte, und als sie kurz hinter der Kasse hervorkam, um den Mörtel und die Gehwegplatten mit dem kleinen Gerät zu erfassen, zwinkerte sie Erik sogar zu. Ihre Glückseligkeit galt ganz und gar ihm, vermutlich weil er sich so lässig und selbstsicher bewegte, seine Tattoos perfekt zu ihm passten und seine grauen Augen blitzten.

Es war vermutlich ganz normal, dass ich vorhin im Auto so auf ihn reagiert hatte. Er war echt ein Hingucker und ich nicht blind. Die Frau an der Kasse auch nicht, zumindest flirtete sie, dass der Baumarkt bebte. Erik allerdings ignorierte es. Er blieb einfach freundlich und höflich, während ich mit der EC-Karte meines Vaters bezahlte.

Auf dem Parkplatz hielt ich die vollbeladenen Einkaufswagen fest, während Erik die Hecktüren seines Vans öffnete. Ich linste hinein und erwartete die verranzte Ladefläche eines Elektriker-Bullis zu sehen, aber der Innenraum wirkte sonderbar wohnlich und sauber. Links hinter der geschlossenen Fahrerkabine war eine schwarze Leselampe angebracht. An den Seiten befanden sich geschlossene Regale, und der Boden bestand aus Holdzielen. Die aber natürlich nicht echt waren, wie ich nach einer prüfenden Berührung feststellte. Unter der Decke hing ein Gestell, und wenn mich nicht alles täuschte, lugte darunter ein Zipfel Bettzeug hervor.

»Ist das ein Wohnmobil?«, fragte ich verdutzt und nahm die Palette mit Blumen entgegen, die Erik mir reichte.

»Der Bulli? Der ist mal dies, mal das«, erwiderte Erik.

Aha. Gut, dass ich gefragt hatte.

KAPITEL 9

Mister Dies & Das fuhr weiter zu einem Großhändler, wo ich diverse Dinge für mich und den Shop kaufte. Mittlerweile war der Bulli komplett voll, und mir war völlig schleierhaft, wie ich das alles jemals in mein Auto hatte bekommen wollen. Ich hatte die Dimension dieses Einkaufs völlig unterschätzt.

Wir bogen gerade auf die Landstraße zum Campingplatz ein, als Erik mich fragte: »Du bist Fotografin?«

»Ich bin selbstständige Fotografin«, erwiderte ich und tippte wieder meinen Rhythmus auf der Türverkleidung. Oder zumindest war ich es gewesen.

»Hat mir Klaus stolz erzählt. Was fotografierst du?«, fragte er weiter.

»Menschen«, erklärte ich, erstaunt, dass mein Vater fremden Leuten von meinem Beruf berichtet hatte. »Ich habe viele Kunstprojekte gemacht und oft für große Agenturen gearbeitet. Als freie Mitarbeiterin.« Okay, und vor Corona hatte ich ganz gut von Hochzeiten gelebt. Das war nur leider nicht sehr prestigeträchtig, deswegen erwähnte ich es selten. Meine wahre Leidenschaft war schließlich die Porträtfotografie. Direkte und unvermittelte Blicke in die Gesichter von Menschen, die mehr zeigten, als es Worte jemals vermochten. »Vor ein paar Tagen ist mir ein großer Auftrag durch die

Lappen gegangen, in den ich schon viel investiert hatte«, hörte ich mich plötzlich sagen, dabei hatte ich gar nicht vorgehabt, das zu erzählen. Aber offenbar hatte es mir auf der Zunge gelegen, weil es wohl irgendwie zu meiner Geschichte dazugehörte.

»Das tut mir leid«, sagte Erik. »Hat dir schon mal jemand gesagt, dass du ständig herumzappelst?« Wie ertappt hielt ich still. »Warum bist du jetzt eigentlich Franziska? Und wo ist Heike?«, fragte er plötzlich.

Ich riss meinen Blick von den Feldern neben der Straße los und sah ihn an. Offensichtlich hatte er sich mit den Fragen davor nur warmgelaufen. »Mein Name ist Franziska Lichtenstein«, antwortete ich.

»Warst du mit deinem Ex verheiratet? Der dir die Sachen gebracht hat?« Der Buschfunk funktionierte also einwandfrei. Carstens Besuch hatte Eindruck hinterlassen.

»Vor Carsten war ich verheiratet. Daher der Nachname. Den habe ich behalten.«

Erik brummte irgendetwas Unverständliches, dann sagte er: »Dein Vater hat viel von dir gesprochen. Er hat oft erzählt, was du machst. Aber er hat dich immer Heike genannt.«

»Nenn mich bitte einfach Franziska.« Himmel, würde diese Diskussion nie aufhören?

»Kann ich nicht. Dann schickt Klaus mir einen Blitz vom Himmel«, erwiderte er. »Ich nenne dich Franzheike.« Er grinste, und sein Gesicht hellte sich auf, was seine grauen Augen blitzen ließ. Offenbar hatte er jetzt seine Betriebstemperatur erreicht. »Oder Heikiska. Das ist noch besser.«

Entgeistert sah ich ihn an, doch er grinste unbeeindruckt

weiter und sah für einen Moment aus, als wäre er der Pubertät erst knapp entwachsen. »Also, Heikiska, ich habe einen Kumpel, der sich morgen um das warme Wasser kümmert. Er schuldet mir noch was. Handwerker bekommst du so schnell nicht, das hast du vermutlich mittlerweile selbst bemerkt. Aber dein Ansinnen, es zu versuchen, war ehrenhaft.«

Puh. Da musste ich wohl sogar das Heikiska schlucken.

»Danke«, sagte ich leise.

»Harald und ich kümmern uns um die Platten. Robert wollte auch helfen, aber der hatte schon zu viele Bandscheibenvorfälle für diese Arbeit«, fuhr er fort.

»Was bekommst du dafür?« Schnell kalkulierte ich, wie viel Geld noch auf dem Konto meines Vaters war. Nach dem Baumarkt-Großeinkauf waren die Reserven bedenklich geschrumpft, und das bei immer noch null Zufluss.

Erik schaltete runter und schob sich dann mit der freien Hand eine Strähne, die sich aus seinem lässig geschlungenen Haarknoten gelöst hatte, hinters Ohr. »Wieso denkst du, ich sollte etwas dafür bekommen?«

»Weil du sehr viel Arbeitszeit in den Platz steckst«, antwortete ich überrascht.

Erik schnaubte. »Klaus war mein Freund. Er wäre verwundert, wenn ich dir *nicht* helfen würde. Das ist meine Vorstellung von Freundschaft.« Er warf mir einen Seitenblick zu und wirkte tatsächlich erstaunt.

Ich musste kurz schlucken und drehte den Kopf, um wieder aus dem Fenster zu schauen, wo sich jetzt riesige Rapsfelder erstreckten. Noch war von der gelben Pracht nichts zu erahnen, aber schon in wenigen Wochen würden die Pflanzen in voller Blüte stehen und mit der Sonne um die Wette leuchten. Meine Mutter hatte es geliebt, mit dem Fahrrad durch die Rapsfelder zu fahren. Gelb war ihre Lieblingsfarbe gewesen. Sie war immer auf der Suche nach Dingen gewesen, die gelb waren. Sofakissen, Schals, Kaffeetassen … Nach ihrem Tod hatte mein Vater alles Gelb aus seinem Leben verbannt. Dann hatte er seine gesamte Altersvorsorge auf den Kopf gehauen und diesen alten, abgewrackten Campingplatz gekauft. Er hätte es mit dem angesparten Geld so schön haben können. Er hätte sich vielleicht eine kleinere Wohnung nehmen und ein geruhsames Leben führen können. Aber er musste plötzlich seine Abenteuerlust entdecken, und nun hatte ich das alles an der Backe. Danke, Papa.

»Warum hat mein Vater den Platz so verkommen lassen?«, fragte ich das, was mir als Erstes durch den Kopf schoss. Wenn Erik und er Freunde gewesen waren, konnte er mir das ja vielleicht erklären.

Erik sah erneut zu mir herüber. Doch jetzt hatte sein Blick etwas Stechendes. Ich hatte offenbar einen wunden Punkt berührt.

»Er hat den Platz nicht verkommen lassen«, sagte er und klang plötzlich gefährlich leise. »Wie kommst du dazu, so etwas zu sagen? Er hat getan, was er konnte.«

»Entschuldige, aber das Ding sieht aus wie ein Schrottplatz.«

Erik schwieg einen Moment, aber es war die Sorte Schweigen, bei der man nur seine Munition lud. Ich wollte gerade meinen Worten die Schärfe nehmen, sie erklären, da schnaubte er und blinkte rechts. Er fuhr von der Landstraße auf den Seitenstreifen und ging dort heftig in die Eisen. Zum Glück war die Straße leer, trotzdem krallte ich mich erschrocken am Türgriff fest. Auf der Ladefläche polterte es.

»Bist du bescheuert?«, rief ich, aber Erik schnallte sich ab und drehte sich wütend zu mir herum, und zwar so schnell, dass ich erschrocken zurückzuckte.

»Der Schrottplatz ist für viele Menschen ein Zuhause«, fuhr er mich an. »Du hast deinen Vater nicht gut gekannt, oder?« Seine grauen Augen waren plötzlich steinhart.

»Das geht dich gar nichts an, Erik«, erwiderte ich kühl, obwohl mich seine Worte tief getroffen hatten. »Fakt ist, dass der Platz in einem furchtbaren Zustand ist. Und es gibt kein Marketing. Kein Social Media. Keine Buchungsplattform. Nichts, womit man Kunden gewinnen könnte. Woher sollen also die Gäste kommen? Vom Himmel fallen? Und wenn sie kommen, stehen sie vor verrotteten Klohäuschen. Es gibt weder warmes Wasser noch Strom. Was hat er denn gedacht? Dass dieser Campingplatz außerhalb der normalen Welt existiert und das Geld in den Wildrosenhecken wächst?«

Erik betrachtete mich aus wütend zusammengekniffenen Augen. Aber ich hielt seinem Blick stand.

»Das, was jetzt ansteht, sind normale Instandhaltungsmaßnahmen«, sagte er betont ruhig. »Das muss jedes Jahr aufs Neue erledigt werden. Ständig gehen auf so einer Anlage Dinge kaputt. Das hat nichts mit deinem Vater zu tun. Du hast schlicht und ergreifend keine Ahnung und solltest dir kein Urteil erlauben.«

»Es ist alles marode«, erwiderte ich stur. Wenigstens damit hatte ich recht. Und vielleicht sollte ich jetzt die Klappe halten.

Erik schwieg einen Moment und sah nach vorne auf die Straße. Neben uns fuhren ein paar Autos vorbei.

»Vielleicht ist ihm gegen Ende ein wenig die Puste ausgegangen. Er war in den vergangenen Wochen sehr müde, und so ist einiges liegen geblieben. Aber wir hätten uns in den kommenden Tagen sowieso darum gekümmert. Es ist März. Jedes Jahr im März wird auf dem Platz kräftig gearbeitet. Das hat alles ziemlich wenig mit dir zu tun. Harald, Robert, Trudi, Giovanni, Georgie und Gitte haben diese Dinge in den letzten Jahren immer gemeinsam mit Klaus angepackt. Sie sind ein Team. Sie trauern, aber sie machen weiter. Und nein, keiner von ihnen ist ein Marketingexperte. Natürlich nicht. Trotzdem hat es funktioniert. Irgendwie.« Er seufzte. Seine Wut war verraucht. »Der Platz ist ihr Zuhause. Das Zuhause meiner Freunde. Ich will nicht, dass Gitte jeden Tag kalt duschen muss. Oder Mitzi über eine Platte stolpert und stürzt. Aus diesem Grund helfe ich ihnen. Und damit auch dir.« Er räusperte sich und umfasste das Lenkrad mit beiden Händen. Auf dem rechten Handrücken hatte er eine Narbe in der Form eines Blitzes. »Mir ist schon klar, dass es dir darum geht, den Platz gewinnbringend zu verkaufen. Was ich durchaus verstehe.« Er zuckte die Schultern. »Aber du solltest wissen, dass das Thema Dauercampen in Deutschland rechtlich nicht ganz sauber geregelt ist. Die Gemeinde in Laboe hat da bisher ein Auge zugedrückt. Du musst die Camper also irgendwie möglichst unauffällig mitverkaufen. Sieh bitte einfach zu, dass keiner dieses Paradies vernichtet.«

Ich schwieg.

Es wäre alles viel leichter gewesen, wenn ich gar nicht hergekommen wäre. Wenn ich die Menschen auf dem Platz nie gekannt hätte. Wenn mir das alles egal gewesen wäre. Denn natürlich war es das nicht. Ich holte tief Luft.

»Ich werde mich darum bemühen.« Die Worte klangen ein wenig heiser, woraufhin Erik mich aufmerksam musterte.

»Mehr will ich gar nicht. Ich will nur, dass du Klaus' Erbe respektierst. Er hat etwas geschaffen, und zwar ein Zuhause für seine Freunde. Mag sein, dass du aus einer anderen Welt kommst, aber akzeptiere bitte einfach, dass Vogelsang-Storch mit all seinen Mängeln ein wunderbarer Ort ist. Vielleicht nicht für dich, aber für viele andere Menschen.«

Er schnallte sich wieder an, wartete eine Lücke im Verkehr ab und gab Gas.

Wortlos fuhren wir zum Campingplatz zurück, wo wir unsere Schätze unter das Vordach des Klohäuschens schleppten. Als alles ausgeladen war, schloss Erik die Türen, stieg in seinen Bulli und fuhr ohne ein weiteres Wort davon.

Ich sah ihm nach. Nun war also gesamt Vogelsang-Storch sauer auf mich. Eriks Worte hatten im Grunde nur betont, was ich sowieso empfand: Ich gehörte hier einfach nicht her. Leider hatte ich keine Ahnung, wo ich sonst hingehörte, also straffte ich die Schultern, riss mich zusammen und ging erstmal ins Klohaus, um mir die Hände zu waschen.

Dort traf ich Robert, der auf einem Hocker saß und mit einem niedlichen kleinen Hochdruckreiniger die Fugen bearbeitete. Als er mich sah, stellte er das Gerät ab.

»Kann nicht schwer heben. Deshalb mach ich hier sauber«, erklärte er. »Auf der Theke in der Anmeldung liegt eine

Liste der Camper, die am ersten April anreisen. Fünf weitere kommen im Laufe des Monats. Die Eislieferung ist auch bestellt und sollte in ungefähr zwei Wochen kommen.« Er zog die Nase hoch und stellte seinen Miniatur-Hochdruckreiniger wieder an.

»Danke«, murmelte ich und sah ihm noch einen Moment bei der Arbeit zu. Dann wusch ich mir die Hände und marschierte weiter ins Anmeldehäuschen.

Bisher hatte ich es vermieden, den Raum zu betreten. Aber irgendwann musste es wohl sein.

Als ich die Tür öffnete, roch es klamm und kalt. Die Holzverschalung sah noch genauso aus wie vor zwanzig Jahren. Von der Decke hing eine Glaslampe mit orangefarbenen Blumen, hinter denen man die Leichen unzähliger verstorbener Fliegen erahnen konnte. Der Anmeldetresen war aus dem gleichen Holz wie die Wände, sodass man sich hier drin fühlte wie in einer Apfelsinenkiste.

Ich mochte das kleine Haus nicht. Hier war mein Vater gestorben. Auf einer Karpfenliege. Was auch immer das war.

Diese Apfelsinenkiste war der Dreh- und Angelpunkt des Campingplatzes. Schon zu meiner Kindheit hatte es hier alles gegeben, was das Camperherz begehrte. Anfangs hatte es nur einen Kühlschrank gegeben, mittlerweile aber standen sogar zwei an der hinteren Wand aufgereiht – einer für Getränke, einer für Käse, Aufschnitt und die Dinge, die man nun mal so benötigte. Daneben glänzte in knalligen Farben eine relativ neue Eistruhe. Ihre Vorgängerin stand hier schon, als ich gerade laufen konnte.

Alle drei Kühlmöglichkeiten waren ausgeschaltet. Ich öffnete eine nach der anderen, lugte hinein, schüttelte mich kurz und schleppte dann erstmal die Dinge von meinem Einkauf, die dringend gekühlt werden mussten, in den Wohnwagen meines Vaters, um sie dort ins kleine Kühlfach zu stopfen. Zum Glück war ich eine erfahrene Tetris-Spielerin.

Anschließend bewaffnete ich mich mit Putzzeug und machte mich dann daran, die Kühlschränke im Anmeldehäuschen zu reinigen. Das schien mein Vater offenbar sehr lange nicht mehr getan zu haben. Er konnte von Glück sagen, dass der Platz so abgelegen war, dass das Gesundheitsamt ihn offenbar nicht auf dem Schirm hatte, denn sonst hätten sie ihm den Verkauf von Lebensmitteln direkt untersagt. Es war ziemlich ekelig, und ich musste mehrmals durch den Mund atmen, aber irgendwann war es geschafft. Nach einer Stunde war ich fertig und steckte alle drei Stecker in die Steckdosen, woraufhin alle drei Geräte brav ansprangen. Um nur wenige Sekunden später gemeinschaftlich mit einem leisen Knacken wieder auszugehen.

»Nee. Bitte nicht«, stöhnte ich und rüttelte am Getränkekühlschrank. »Geh sofort wieder an!«, befahl ich ihm, doch er war nicht kooperativ. »Scheiße!« Fluchend lehnte ich mich gegen die Wand.

Robert kam um die Ecke gehumpelt, das kleine Hochdruckreiniger-Ding wie eine Waffe vor sich her tragend.

»Der Strom ist aus«, sagte er vorwurfsvoll.

»Das ist mir nicht entgangen«, erwiderte ich.

Im nächsten Moment bog Gitte ein. »Strom ist aus. Auf dem kompletten Platz«, verkündete sie vorwurfsvoll und stemmte die Hände in die Hüften.

»Kein Strom!«, rief jetzt auch Trudi quer über den Platz.

Robert fummelte sein Smartphone aus der Hosentasche. »Ich rufe Erik an«, verkündete er.

Oh, nein! Alles, nur jetzt nicht Erik. Suchend sah ich mich um. Hinter der Theke, eingelassen in die Bretterverschalung der Wand, befand sich eine kleine, rostorange gestrichene Stahlklappe. Als ich hinlief und sie öffnete, präsentierte sich mir ein Sicherungskasten. Alle Sicherungen waren feinsäuberlich beschriftet. Kühlschränke. Eistruhe. Licht Schranke. Licht Platz vorne. Licht Platz hinten. Klohaus. Und so weiter. Die Sicherungen waren alle nicht drin. Ich drückte sie rein, es knackte, und im nächsten Moment sprangen alle drei Kühlschränke gleichzeitig an.

»Geht auch ohne Erik«, verkündete ich und drehte mich zu Robert und Gitte um, in der stillen Hoffnung, dass die Sicherungen nicht gleich wieder rausflogen. »Franziska macht das schon. Gewöhnt euch dran.«

Und dann fing ich an, die Anmeldung zu streichen. Von innen und von außen. In einem fröhlichen Mintgrün.

Am Abend war ich steif vom vielen Streichen, zumal mir die Schleifaktion vom Vortag noch in den Knochen steckte, aber die Anmeldung war nicht wiederzuerkennen. Die Kühlschränke waren blitzeblank, gut bestückt, und vor allen Dingen: Sie liefen!

Ich packte alles zusammen, ließ die Fenster ein Stück offen, damit der Farbgeruch abziehen konnte, und schlenderte langsam über den Platz zurück zum Wohnwagen meines Vaters.

Dort räumte ich das Putzzeug weg und trat dann noch einmal auf die Wiese hinaus. Die Luft war immer noch lau, und weit entfernt hörte ich die ersten Vögel ein Abendkonzert geben.

Vorsichtig hob ich die Arme zum Himmel und dehnte meine Rückenmuskeln. Dann beugte ich mich mit geradem Rücken nach vorne und berührte mit den Fingern das Gras. Ich atmete tief durch und rollte mich, Wirbel für Wirbel, wieder auf. Dabei spürte ich jeden einzelnen Muskel im Körper. Streichen war ganz schön anstrengend. Aber das Ergebnis konnte sich sehen lassen. Bei meinem nächsten Besuch im Baumarkt würde ich noch Weiß kaufen, um die Rahmen der Fenster und die Tür von dem Mintgrün abzusetzen.

Ich schüttelte mich, um meine Muskulatur weiter zu lockern. Bevor ich es mir anders überlegen konnte, stemmte ich die Tür auf, griff unter die Sitzbank und zog meine arschteure Yogamatte hervor. Ich rollte sie aus, warf sie auf die Wiese und stellte mich an ihren Rand. Aus dem Augenwinkel sah ich Trudi, die neben einem Baum stand. Sie trug eine große Flasche mit grellgelbem Inhalt in den Händen. Ich ließ den Oberkörper vornüberfallen und umfasste meine Fußgelenke. Trudi beobachtete mich. Vermutlich hatte sie noch nie in ihrem Leben jemanden Yoga machen sehen. Und vermutlich war sie wieder auf dem Weg in Roberts Vorzelt. Zum Grillen. Oder Kohlrouladen essen. Es war mir egal.

Ich trat rückwärts in den herabschauenden Hund und lief in dieser Position ein wenig auf der Stelle. Als ich den Kopf drehte, sah ich Gitte an mir vorbeiwandern, ein Baguette fest an den Oberkörper gepresst, den Blick starr geradeaus gerichtet. Trudi eilte ihr hinterher und zeigte auf mich. Die beiden tuschelten. Ich fühlte mich unangenehm an meine Schulzeit erinnert. Als ich noch Heike Momsen gewesen war, über die alle Mädchen der Schule lästerten.

Ich hob ein Bein und trat damit vor in den tiefen Ausfallschritt. Aus dieser Haltung richtete ich mich zum Krieger auf und bog dann langsam den Oberkörper nach hinten. Reverse Warrior. Ich kam zurück, löste auf und trat zurück in den Hund, um direkt durch mein Vinyasa zu fließen. Sollten sie doch ihre gefäßschädigenden Würstchen mampfen. Juckte mich nicht.

Der nächste Morgen begann mit neuen Gehwegplatten, die wie durch Zauberhand überall auf dem Platz verteilt lagen. Da ich nur Gitte und Giovanni sehen konnte, die in trauter Eintracht mit einem Kaffee vor dem Klohäuschen herumstanden, mussten wohl Gnome oder Erdgeister am Werk gewesen sein.

Mit steifen Muskeln humpelte ich zum Briefkasten, der neben dem Eingang zum Anmeldehaus hing. Mir tat alles weh, sogar die kleinen Finger. Ich hatte den Muskelkater meines Lebens, bemühte mich aber, mir nichts anmerken zu lassen. Die Camper hielten mich ja eh schon für sonderbar, da mussten sie nicht auch noch erfahren, dass mich ein einzelner Arbeitseinsatz derartig fertigmachte.

Zumal mich nun wirklich alle Camper furchtbar fanden. Erik seit gestern auch. Der Streit mit ihm ging mir nicht mehr aus dem Kopf. Mir war nicht klar gewesen, dass auch er so einen persönlichen Bezug zu diesem Platz hatte. Die ganze Nacht hatte ich über seine Worte nachgedacht. Er hatte behauptet, dass ich meinen Vater wohl nicht gut gekannt hatte. Das hatte mich verletzt und wütend gemacht, aber wenn ich ehrlich war, war ich in den letzten Jahren wirklich kaum noch hier gewesen. Nach dem Tod meiner Mutter war unser Kontakt mehr oder weniger im Sande verlaufen.

Zudem hatte ich mir nie ernsthaft Gedanken darüber gemacht, ob man dauerhaft auf einem Campingplatz leben konnte. Dabei hatte mein Vater hier gelebt. Er hatte keine andere Wohnung gehabt, der Wohnwagen war sein Zuhause gewesen. Trudi, Gitte und die anderen schienen ebenfalls hier zu wohnen. Aber waren sie auch tatsächlich hier gemeldet? Ging das überhaupt?

Ich öffnete den Briefkasten und klaubte einen ganzen Stapel Post heraus. Darunter war auch ein Schreiben vom Amtsgericht, versehen mit dem Aufkleber meines Nachsendeantrags, den ich in einem Moment klaren Denkens online gestellt hatte. Franziska Lichtenstein, Campingplatz Vogelsang-Storch, Vogelweg 1 in Laboe. Meine Hände zitterten ein wenig, als ich den Brief aufriss, hervorzog und überflog. Das Testament war eröffnet worden, ich war die einzige Erbin des einzigen Vermögens, das aus diesem Campingplatz bestand. Der weitere Ablauf war in Beamtendeutsch verfasst, sodass ich nur ungefähr jedes fünfte Wort verstand. Klar war nur, dass mir Formulare geschickt werden würden, die ich auszufüllen hatte. Danach gab es noch einen Termin beim Notar, und dann gehörte der Platz mir.

Ich faltete den Brief wieder zusammen, steckte ihn zurück in den Umschlag und starrte ihn einen Moment lang an. Wie unspektakulär das war. Ich hatte mir eine Testamentseröffnung in den hochherrschaftlichen Räumlichkeiten eines Notars vorgestellt. Schwere Vorhänge, ein Kamin, deckenhohe Bücherregale. Aber so war es nicht. Es gab einen Brief, und die Dinge nahmen ihren Lauf. Eine Bewertung des Platzes hatte es beim Kauf durch meinen Vater gegeben, anhand der Summe konnte ich mir selbst ausrechnen, dass die Erbschaftssteuer mir nicht die Haare vom Kopf fressen würde, denn das Grundstück war nicht so viel wert, wie man landläufig annehmen könnte. Es lag mitten in einem Naturschutzgebiet und konnte nicht anderweitig genutzt oder gar vergrößert werden. Für die Rendite-Maßstäbe, mit denen Carsten seine ganze Welt bewertete, war das vermutlich nicht gut. 110.000 Euro hatte mein Vater damals bezahlt. Ich würde hoffentlich mehr bekommen, schließlich würde der Platz am Ende sehr viel besser aussehen. Aber nach Abzug der laufenden Kredite und der riesigen, monströsen Einmalzahlung würde mir vermutlich auch nicht viel übrigbleiben.

Ich atmete tief durch, denn die im Herbst fällige Kreditrate hatte ich vorübergehend dankenswerterweise vergessen. Jetzt war sie mir wieder eingefallen. Meine Zukunftsaussichten waren aktuell nicht sonderlich rosig.

Ich humpelte in die Anmeldung, legte die Post neben die alte Kaffeemaschine und setzte mich dann für einen Moment hinter die Theke. Es gab keinen richtigen Bürostuhl, nur einen alten dunkelgrünen Holzstuhl mit einem knallroten Kissen, die beide entsprechend aus ihrer neuen mintgrünen Umgebung herausknallten.

Ich sah mich um. Überall lauerte Arbeit auf mich, aber wenigstens liefen die Kühlschränke noch immer leise brummend vor sich hin. Auf dem uralten Computer hatte ich vor wenigen Tagen Windows 97 gegen eine aktuelle Version getauscht, womit wir jetzt Word und andere Annehmlichkeiten nutzen konnten. Einen Drucker gab es auch, und da sich mein alter Laptop partout nicht mehr starten ließ, würde ich von nun an den Steinzeitrechner meines Vaters nutzen müssen. Seine Rechnungen hatten jahrelang aus handschriftlichen Zetteln oder dem Inhalt eines kleinen Quittungsblocks bestanden.

Was wir immer noch nicht hatten, war ein Buchungssystem oder gar eine eigene Homepage. Der Campingplatz existierte in der Onlinewelt überhaupt nicht. Bei Google fand sich nur ein einziger Eintrag, noch dazu mit falscher Adresse. Mir war schleierhaft, wie die Menschen hierherfinden sollten. Die wenigen Buchungen, die mir Harald feinsäuberlich auf Papier notiert hatte, mussten allesamt von langjährigen Besuchern stammen.

Ich strich noch einmal über das warme Holz der Tischplatte, dann erhob ich mich schwerfällig, schob mir den Brief vom Amtsgericht in die Hosentasche und schloss die Tür hinter mir wieder ab.

Die Sonne schien auch heute aus allen Knopflöchern, und ich blinzelte in die Helligkeit. Direkt vor mir hüpfte eine kleine Amsel auf dem Boden herum, den Schnabel voller Nistmaterial. Sie legte den Kopf schief und betrachtete mich für einen Moment aus ihren Knopfaugen. Ich erwiderte ihren Blick und blieb ganz still stehen. Zum ersten Mal seit Tagen spürte ich die Sehnsucht, auf den Auslöser meiner Kamera zu drücken, den kleinen Vogel bei seiner überaus wichtigen Tätigkeit vor die Linse zu bekommen, ihn zu verewigen. Die Amsel hatte genug davon, angestarrt zu werden, und flog mit einem schrillen Ton auf, um direkt hinter der Schranke auf dem Dach von

Eriks Bulli zu landen. Wieder legte sie den Kopf schief und sah mich prüfend an.

»Aha. Keine Gnome oder Erdgeister«, erklärte ich ihr erleichtert. Erik war wieder da! Trotz unseres Streits. Wer sonst hätte zu so früher Stunde schon tonnenweise Gehwegplatten über den Platz schleppen können? Ich lugte um die Ecke auf den Parkplatz, aber von Erik war weit und breit nichts zu sehen.

Langsam humpelte ich weiter zu meinen neu erstandenen Schätzen, die unter dem Vordach lagerten. Zahlreiche Farbtöpfe und noch mehr Blumen. Eines von beiden musste ich heute in Angriff nehmen: weiterstreichen oder pflanzen. Ich bückte mich umständlich und nahm zwei Blumentöpfe aus einer der Paletten. Die konnte ich ja wenigstens schon mal dorthin tragen, wo ich sie hinterher in die Erde bringen wollte.

Als ich um die Ecke bog, traf ich auf Gitte und Giovanni, die immer noch vor dem Klohaus herumstanden. Erstaunt blieb ich stehen, die Blümchen fest umklammert. Beide schauten mit leicht verträumter Miene in den blauen wolkenlosen Himmel. Einen Moment lang beobachtete ich sie schweigend, bis Giovanni sich zu mir umdrehte und verhalten lächelte.

»Willst du einen Kaffee?«, fragte er, woraufhin Gitte die Augen verdrehte und demonstrativ in die andere Richtung blickte.

Ich nickte, dankbar, dass wenigstens Giovanni mir nicht feindlich gesinnt zu sein schien. Der Brief in meiner Hosentasche wog plötzlich so viel wie eine ganze Wagenladung Gehwegplatten. Aus dem Augenwinkel schielte ich auf den kleinen

Tisch mit Papas Bild. Er hatte mittlerweile ein selbstgezimmertes Dach bekommen, und wenn ich morgens aus dem Wohnwagenfenster blickte, konnte ich sehen, wie Trudi alles mit einem weichen Tuch abwischte. Dabei redete sie jedes Mal ununterbrochen. Ich glaube, sie erzählte meinem Vater, was auf dem Platz so passierte. Die Kerze auf dem Tischchen brannte Tag und Nacht.

Danke, Papa, dachte ich bei mir. Danke, dass du mir all diese Dauercamper vermacht hast. Das hat mein Leben wirklich nicht einfacher gemacht.

Giovanni griff in das Körbchen, das zu seinen Füßen parkte, entnahm ihm eine Tasse, goss Kaffee aus einer Thermoskanne hinein und drückte mir das warme Getränk in die Hände.

»Danke«, sagte ich und wollte noch etwas hinzufügen, doch da legte Gitte demonstrativ ihren Finger über die Lippen. Offenbar wurde mir jetzt schon der Mund verboten. Ich runzelte die Stirn und sah sie böse an, doch dann hörte ich etwas.

Jemand sang. Gar nicht weit entfernt. Giovanni grinste mich an, und Gitte nickte in meine Richtung, weiterhin den Finger über den Lippen. Die Stimme sang *Chasing Cars* von Snow Patrol, natürlich a cappella, und zwar in einer samtigen Tiefe, die mir einen Schauer über den Rücken laufen ließ.

»Wer ist das?«, formte ich tonlos mit den Lippen, doch Gitte schüttelte nur den Kopf und tippte sich ans Ohr. Offenbar waren beide gekommen, um zuzuhören. Dem, der dort irgendwo hinter dem Klohaus sang. Jetzt war es Kaleo. *Way down we go*. Verdammt, war der Typ gut. Ich stand wie festbetoniert und lauschte den Worten. *And we go …*

Das Lied brach ab, etwas rumste, der Mann übersprang den

Refrain und sang dann einfach weiter. Giovanni lächelte mir zu und schloss die Augen. Das Lied brach erneut ab. Ich hörte Schritte und konnte gar nicht so schnell gucken, wie Gitte und Giovanni mit ihren Kaffeetassen in der Hand verschwanden. Ein wenig überrumpelt blieb ich, mit Giovannis Korb zu meinen Füßen und dem Kaffee in der Hand, zurück.

Um die Ecke kam … Erik. Er trug ein Kabel und diverses Werkzeug in den Händen und hatte sich eine Zange unter den Arm geklemmt. Er schien in Gedanken versunken, doch als er mich sah, blieb er stehen und musterte mich. »Was machst du da?«

»Ja. Wie soll ich das erklären? Dein Fanclub hat mich auf einen Kaffee eingeladen und ist dann geflohen. Mich hat er zurückgelassen.« Manchmal half nur schonungslose Ehrlichkeit. Ich hoffte, dass Erik sich nach dem Streit von gestern nicht einfach wieder umdrehte.

Und das tat er auch nicht. Zwar verdüsterte sich seine Miene für einen kurzen Augenblick, doch dann lächelte er vorsichtig. »Gitte und Giovanni«, sagte er schließlich und klang gar nicht wütend.

Ich nickte bestätigend. »Du könntest damit berühmt werden. Wieso kannst du so singen?«

Er zuckte die Schultern. »Kann ich einfach. Ich will aber gar nicht berühmt werden. Alle Plätze haben wieder Strom. Jetzt suche ich Harald, und wir verlegen die Platten neu. Du siehst … keine Zeit zum Berühmtwerden.«

Er zuckte die Schultern und betrachtete mich einen Moment lang schweigend. Ich erwiderte seinen Blick, und in dieser Stille passierte etwas. Am Ende schenkte er mir doch tatsächlich ein richtiges Lächeln, nickte mir zu und marschierte in Richtung von Haralds Wohnwagen.

Nach wenigen Schritten blieb er allerdings noch einmal stehen und drehte sich um. »Übrigens, was ich dir gestern noch sagen wollte …«

Ich räusperte mich. »Bevor wir uns gestritten haben?«, fragte ich leise.

»Nein«, erwiderte er. »Das wollte ich eigentlich danach sagen.« Der Blick seiner grauen Augen hielt mich fest. »Klaus hat nie Blumen gepflanzt. Dafür hatte er kein Händchen, wie er selbst immer gesagt hat. Blumen gab es auf diesem Platz also noch nicht. Die extremste Farbe, an die Klaus sich gewagt hat, war das Dunkelgrün, mit dem er seinen Stuhl im Anmeldehaus gestrichen hat. Farbe gab es hier also auch noch nicht. Und manchmal ist Veränderung auch gut.«

Grüßend tippte er sich an die Stirn und ging, während ich ihm, die Kaffeetasse in der einen, meine Blumen in der anderen Hand, noch eine ganze Weile hinterhersah.

Kapitel 10

Den restlichen Tag verbrachte ich mit dem Schreiben vom Amtsgericht in der Hosentasche. Es war mittlerweile total zerknittert, aber ich trug es weiter mit mir herum, als wäre dieser Brief eine direkte Verbindung zu meinem Vater. Da drin stand immerhin sein Vermächtnis an mich. Es begleitete mich, während ich auf allen vieren über die Plätze krabbelte, die in wenigen Tagen vermietet sein würden, und Blumen pflanzte.

Leider war ich nicht sehr versiert im Pflanzen von Blumen. Aber so schwierig konnte es ja nicht sein, oder? Ich grub mit der kleinen Schaufel ein Loch, entfernte den Plastiktopf vom Wurzelballen, stopfte die Pflanze in eben jenes Loch und schaufelte die Erde wieder darauf, die ich vorher ausgebuddelt hatte. Das Ergebnis war ein bisschen traurig, weil die armen Pflanzen ziemlich zerdrückt aussahen und die Blätter hängen ließen, als wollten sie mir sagen, dass ihr neuer Standort sie nicht glücklich machte.

»Ja, lebt damit. Mich hat auch keiner gefragt«, murmelte ich und rutschte mit schmerzenden Muskeln ein paar Meter weiter, um das nächste Loch auszuheben. Diesmal ging es schwer, der Boden war plötzlich sehr steinig, und ich bohrte die Spitze der kleinen Schaufel mit aller Kraft und beiden Händen in die Erde.

»Du musst die gießen!« Gitte war neben mir aufgetaucht. »Und das Loch größer machen. Und ein bisschen Hornspäne und Kompost mit reingeben.« Ich blickte auf.

»Ich hab das noch nie gemacht«, sagte ich entschuldigend.

Gitte zog die Augenbrauen so hoch, dass sie fast unter den Löckchen verschwanden, drehte sich um und kam kurz darauf mit einer Gießkanne und einem kleinen Spaten zurück. Mit dem spitzen Schaufelblatt buddelte sie in Windeseile ein Loch, das dreimal so groß war wie der Ballen der Blume. Meine Löcher waren so klein, dass die Blumen beim Hineinstopfen die Luft anhalten mussten. Ich hatte gedacht, Hauptsache Erde. Das war offenbar eine Fehleinschätzung gewesen.

Gitte kippte noch Erde und helle Krümel aus einem Eimer hinterher, trat alles fest und goss eine halbe Kanne Wasser auf ihr Kunstwerk. »So macht man das«, erklärte sie.

»Danke«, erwiderte ich, stand mühsam auf und nahm den mir entgegengehaltenen Spaten in Empfang. Gitte wirkte unschlüssig. Vielleicht dachte sie darüber nach, welche Boshaftigkeit sie mir noch mit auf den Weg geben konnte.

»Wieso pflanzt du jetzt eigentlich Blumen?«, fragte sie schließlich. Ich zögerte einen Moment. »Weil es hübsch ist. Farbe ist immer gut. Die können hellblau blühen«, erklärte ich und deutete auf die noch kahle kleine Pflanze zu meinen Füßen. »Jeder Platz, der ab dem ersten April vermietet ist, bekommt welche. Ihr natürlich auch.«

Sie nickte wortlos und verschwand dann wieder, während ich auch noch die restlichen Blumen in die Erde brachte. Mit der Zeit lockerten sich meine Muskeln ein wenig, und der Muskelkater ließ nach. Bewegung half offenbar, aber irgendwann saß ich völlig erledigt auf dem kleinen Hocker, der mir als Trittstufe diente, vor dem Wohnwagen. Mit einer Hand hielt ich mich an einer Tasse Tee fest, mit der anderen trieb ich mich bei Instagram herum.

»Heißes Wasser! Wir haben heißes Wasser!«, ertönte plötzlich ein Ruf über den Platz, der mich aus meiner Lethargie riss.

Ich hob den Kopf. Oh wie wunderbar! Eine heiße Dusche würde mich jetzt sehr glücklich machen. Und meinen Muskelkater erst! Außerdem sah ich völlig derangiert aus. Mein Mascara hatte sich verabschiedet und hing krümelig unter den Augen herum, mein Make-up hatte helle Streifen, dort wo mir Schweißtropfen die Stirn hinuntergelaufen waren, und mein Nagellack hatte mir den Kontakt mit Mutter Erde ziemlich übelgenommen. Kurz dachte ich daran, sofort aufzuspringen, doch da eilten schon Harald mit Mitzi am Arm, Gitte, Giovanni und Georgie an mir vorbei, allesamt mit Bademänteln und Kulturtaschen bewaffnet. Trudi tauchte ebenfalls auf, aber sie steuerte auf mich zu.

»Eierlikör?«, fragte sie und hielt mir eine kleine Flasche mit gelbem Inhalt und zwei kleine Gläser entgegen. Ich nickte ergeben. Mehr konnte ich eh nicht. Ich war echt erledigt.

»Wir müssen später gehen. Das ist im Klohaus jetzt wie beim Sky einen Tag vor Weihnachten«, erklärte Trudi.

Ächzend hob ich meinen bleischweren Körper auf die Trittstufe vom Wohnwagen und schob Trudi den Hocker zu. Sie setzte sich und reichte mir ein Glas.

»Klaus hatte doch so schöne Camping-Stühle, die musst du mal aufstellen«, sagte sie.

Ich brummte zustimmend und nippte an meinem Eierlikör.

Er brachte meine Geschmacksnerven zum Explodieren. Auf eine sehr positive Art. Bei meinem ersten Kontakt mit Trudis Eierlikör am Abend meiner Ankunft hatte mir die gelbe Plörre auch schon so gut geschmeckt – ich hatte diese Wahrnehmung allerdings auf meinen äußerst desolaten Zustand geschoben. Aber dem war nicht so. Das Zeug war einfach krass gut.

»Was machst du da rein, Trudi?«, fragte ich, ein lustvolles Stöhnen unterdrückend. »Koks?«

Trudi lächelte fein und nippte ebenfalls. »Das hat nichts mit diesem Fertigzeug aus der Fabrik zu tun, was? In meinem Eierlikör ist alles echt. Von Grund auf.«

Ich trank noch einen Schluck, setzte das Glas kurz ab, genoss die süße Schärfe im Mund und exte den Rest dann weg. Normalerweise trank ich Rotwein. Oder Weißwein. Von alkoholischen Süßspeisen war ich seit meiner frühsten Jugend weg. Meine Mutter hatte das Zeug immer aus kleinen Waffelbechern mit Schokoladenüberzug getrunken. Camper machten das so. Vielleicht war das eine alte Tradition aus der Gründerzeit des Campings, die über Jahrzehnte gepflegt wurde. Was auch immer es war, das Zeug schmeckte jedenfalls himmlisch.

Trudi kippte mir nach. »Was machst du da die ganze Zeit an deinem Handy?«, fragte sie und deutete auf mein Smartphone, das ich immer noch in der Hand hielt.

»Ich überlege, dem Platz einen eigenen Account bei Instagram zu verpassen. Eine Website bekomme ich auf die Schnelle nicht hin. Aber Instagram kann ich.«

Trudi zuckte entschuldigend die Schultern. »Ich kenne mich mit dem Internet nicht so gut aus«, sagte sie leicht verschämt.

»Instagram ist eine Plattform, auf der Menschen ihre Bilder teilen können. Für mich als Fotografin ist das toll, und ich mag es sehr. Ich hatte grad überlegt, ein paar Bilder vom Platz zu machen und den Account ›ZumglücklichenCamper‹ zu nennen. Mit den entsprechenden Hashtags wird man dann auch gesehen.«

Trudi nickte. »Hashtags. Ja.« Sie grinste, tätschelte mir das Knie und erhob sich. Doch sie schien noch über etwas nachzudenken. »Nimm Gittes Art nicht so persönlich«, sagte sie schließlich. »Die hat einfach furchtbare Angst, dass wir vom Platz fliegen.« Sie nickte mir zu und spazierte dann mit ihrer kleinen gelben Flasche zurück zu ihrem Wohnwagen und den Gartenzwergen.

Der Eierlikör hatte meinen Organismus wieder auf Trab gebracht. Ich schüttelte die Müdigkeit ab, kletterte in den Wohnwagen und holte meine neue Pentax aus dem Oberschrank. Ein bisschen wehmütig betrachtete ich sie einen Moment. Dann packte ich sie aus, schraubte das Objektiv auf und strich über das schwarze Gehäuse. Bevor ich wieder ins Grübeln kam, riss ich mich zusammen und sprang zurück auf den Rasen. Das gelang mir ganz geschmeidig, offenbar half Eierlikör auch gegen Muskelkater. Eine Wunderwaffe.

Wir brauchten Bilder. Also hob ich die Kamera und sah mir durch den Sucher die Welt um mich herum an. Reduzierte das große Ganze auf diesen kleinen Ausschnitt.

Mein erstes Fotomotiv war ein Gänseblümchen in voller Pracht. Langsam wanderte ich weiter und suchte. Das Bild, das ich verewigen, festhalten, zeigen wollte. Was stellten sich die Menschen unter einem richtig schönen Campingplatz vor?

Ich hatte natürlich die Konkurrenz gestalkt und festgestellt, dass die Website des riesigen Campingplatzes auf der anderen Seite von einem absoluten Profi erstellt worden war. Bilder von glücklichen Menschen, luxuriöse Nasszellen, perfekte Infrastruktur, ebene Stellplätze, Spiel und Spaß perfekt in Szene gesetzt. Hatten wir alles nicht, bis vielleicht auf die glücklichen Menschen. Das jedoch zur Zeit auch nur bedingt. Aber wir hatten Gänseblümchen und Gartenzwerge. Einer hockte hinter einem Busch und schien mir zuzuwinken. Ich legte mich auf den Bauch, um eine gute Perspektive zu bekommen. Jetzt sah es aus, als würde er mir nicht nur zuwinken, sondern mich auch bitten, ihm zu folgen. Ich schoss eine ganze Bilderserie und sah sie mir direkt an.

»Großartig«, murmelte ich. Der Zwerg strahlte in rot und gelb, und der noch kahle Busch, in dem er hockte, bezauberte mit glitzernden Sonnenstrahlen, die seine Äste hellgrün schimmern ließen. Der Zwerg sah ziemlich fröhlich aus. Ein richtig tolles Bild. Ich musste kurz die Kamera sinken lassen, als mir klar wurde, dass ich mich gerade völlig für einen Gartenzwerg begeisterte. Offenbar war ich gebrainwashed worden. Oder hatte einen Eierlikörschwips.

Ich hockte mich wieder hin und schoss noch ein paar Fotos von den Baumwipfeln über mir. Die Abendsonne beschien den ersten zarten Flaum der Blätter, und die Strahlen fielen mit einem geheimnisvollen Glitzern bis auf den Boden. Alles glänzte golden, das Baumdach über mir schien förmlich von innen heraus zu glühen. Ich drehte mich um die eigene Achse und suchte eine Perspektive, von der aus ich das Anmeldehäuschen im Hintergrund hatte. Mit dem perfekten Licht des Abends sah sogar mein Wohnwagen wunderbar heimelig aus, und das mintgrüne Häuschen dahinter wirkte wie eine Bullerbü-Requisite.

Ich wanderte weiter, fotografierte Details und ließ die Kamera dann die Weite der Ostsee einfangen. Die Wildrosenhecken blühten zwar noch nicht, aber der Strand war strahlend weiß, der Himmel babyblau. Im Hintergrund sah man die Kieler Förde. Auf den Bildern schien es, als würden wir uns an der Südsee befinden, und nicht in Vogelsang-Storch.

Ich kroch in einen kleinen Busch neben der Hecke, um ein kunstvoll gearbeitetes Vogelhaus zu fotografieren, das jemand dort in lichter Höhe aufgehängt hatte, als ich beim Schwenk plötzlich Erik vor die Linse bekam. Irritiert hielt ich inne und sah über die Kamera hinweg. Erik saß am Strand, leicht schräg, den Blick auf das Meer gerichtet, sodass ich ihn voll im Profil hatte.

Da ich im Busch hockte, hatte er mich nicht bemerkt. Unschlüssig verharrte ich ganz still. Mein Finger zuckte. Die untergehende Sonne setzte Erik perfekt in Szene. Genau wie ich es mir vorgestellt hatte. Das Licht tanzte über seine hohen Wangenknochen und betonte seine ausgeprägten Züge. Der Mann war nicht hübsch. Er war … besonders. Ihn umgab diese einnehmende Aura, wie Menschen sie manchmal besaßen, die sich ihrer selbst absolut sicher waren, die keine Selbstzweifel mit sich herumtrugen.

Mein Finger drückte den Abzug. Erschrocken hielt ich inne. Ich konnte doch nicht einfach heimlich Bilder von ihm machen! Trotzdem drückte mein Finger weiter, bis eine ganze Serie entstanden war und ich ein wenig beschämt leise den Rückzug antrat.

Zurück am Wohnwagen holte ich mir endlich Papas Liegestuhl aus der Außenklappe und stellte ihn auf. Dann kochte ich mir einen frischen Kräutertee und legte mich, dick in eine Decke gewickelt, auf das ultimativ hässliche, blau-weiß gestreifte Ding. Es war erstaunlich bequem, und bevor ich mich durch die Auswahl meiner Bilder klickte, sog ich für einen Moment die würzige Abendluft tief in meine Lungen.

Ich liebte meinen Beruf, genoss es, den perfekten Bildaufbau zu finden, die kleinen Details des Lebens in ihrer erstaunlichen Schönheit zu zeigen. Aber mein eigentliches Talent, das wusste ich, lag darin, hinter die Kulissen zu blicken. Meine Kamera fing ein, was der Welt verborgen bleiben sollte. Das war gar nicht immer gut. Menschen wollten schöne Fotos von sich, auf denen sie vorteilhaft und hübsch in Szene gesetzt waren.

Aber meine Bilder gaben oft vielmehr Einblick in das, was hinter der Maske stattfand und eigentlich verborgen bleiben sollte. Eine sanfte Weichheit, die die Augen eines CEOs zum Glitzern brachte, auch wenn er selbst ein ganz anderes Bild von sich in der Öffentlichkeit präsentierte. Eine vor der Welt verborgene Angst, die in den Gesichtszügen einer Ärztin lauerte. Die tief im Innern brodelnde Wut einer Mutter, die diese sogar vor sich selbst verbarg.

Wenn ich für große Zeitungen arbeitete, musste ich meine Bilderauswahl mit Vorsicht treffen. Ich wollte niemanden bloßstellen, aber es hinderte mich auch keiner daran, die Aufnahmen, die nicht für den Druck bestimmt waren, an den Menschen zu schicken, den ich porträtiert hatte.

Ich griff nach meiner Kamera und scrollte mich erstmal

durch die Fotos, die ich eben geschossen hatte. Die Ausbeute war großartig. Dieser Campingplatz war der glatte Gegenentwurf zu dem perfekt inszenierten Luxus-Platz ein paar Kilometer weiter. Der *Platz der glücklichen Camper* war furchtbar spießig, aber zugleich auch down to earth. Naturnah und ursprünglich. Und wunderschön. Die Stimmung auf den Bildern war erfüllt von einer friedlichen Heiterkeit, die mir im echten Leben bisher entgangen war.

Als ich zum letzten Bild vom Vogelhaus kam, hatte ich Herzklopfen. Normalerweise machte ich keine Fotos von Menschen, die mir nicht ihr Einverständnis gegeben hatten. Das ich es in diesem Fall getan hatte, sprach nicht für mich. Ich hielt die Luft an und schob langsam das Vogelhaus auf dem Display zur Seite.

»Wow«, brummte ich. Vielleicht hatte ich noch nie jemanden derartig gut getroffen. Ich sah das nächste Bild an. Erik schien einfach an diesen Strand zu gehören. In diese Welt. Als gäbe es keine Zweifel daran. Er war angekommen. An diesem Strand, in diesem Moment. Ich sprang zwischen den Bildern hin und her, seltsam berührt. Sah man so aus, wenn man seinen Platz im Leben gefunden hatte?

Langsam ließ ich die Kamera sinken und blickte in den dunkler werdenden Abendhimmel. Was hatte Erik, das ihn so zufrieden machte? »Dies und das« konnte doch nicht die Antwort sein.

Ich selbst war selten wirklich zufrieden. Immer krallte sich eine latente Unzufriedenheit in mein Herz. Immer konnte etwas noch besser sein, besser werden. Es war nie genug, und das war sehr anstrengend.

Ich legte die Kamera zur Seite und schloss für einen Moment die Augen. Heike Momsen hatte mir nicht genügt. Sie hatte in einem engen Leben gelebt, das ihre Eltern für sie vorgesehen hatten, weil sie selbst nichts anderes kannten. Meine Eltern hatten keine Sehnsüchte gehabt, keine Vorstellung vom Leben außerhalb dieser selbstgesteckten Grenzen. Aber dann kam Franziska Lichtenstein, und die hatte sich alles genommen. War ausgebrochen und aufgebrochen. Sie hatte die Banklehre geschmissen, ihre Sachen gepackt und ein Künstlerleben in Hannover gelebt.

Ich zog die Nase hoch und öffnete die Augen wieder. Leider war auch diese Franziska chronisch unzufrieden. Mit sich. Mit dem Leben. Der Welt – die ich lieber durch die Kamera betrachtete, weil sie dann sehr viel schöner war.

Ich schob all diese Gedanken energisch zur Seite, sehnte mich kurz nach Trudis Eierlikör, löschte Eriks Bilder und schickte die restlichen an mein Handy. Ich würde nur die vorhandenen Filter bei Instagram benutzen, wenn überhaupt. Es musste nichts nachbearbeitet oder verbessert werden. Auf diesem Platz war halt alles echt. #nofilter war das Konzept. Ich sortierte die Bilder vor, erstellte einen neuen Account und lud ein Bild nach dem anderen hoch. Texte würde ich mir später einfallen lassen. Erstmal galt es nur, die Bildsprache zu kreieren. Als ich fertig war, legte ich auch das Handy zur Seite und schloss die Augen. Ich hörte der Ostsee zu, lauschte dem Abendgesang der Vögel und spürte die Schwere des Schlafes nach mir greifen, als plötzlich jemand sagte: »Da ist sie ja!«

Mühsam öffnete ich mein linkes Auge. Gitte und Giovanni

standen vor mir. Beide in einem schmückenden Sportdress mit bunten Matten unter dem Arm.

»Hallo«, sagte ich schwach. War Gitte gekommen, um ihren Ärger mal wieder an mir auszulassen? Falls ja, war ich dem jetzt nicht gewachsen.

Aber sie spitzte nur die Lippen, sah an mir vorbei, sah mich wieder an. Das tat sie ein paar Mal, bis Giovanni sie in die Seite stieß. Dann endlich sagte sie: »Giovanni und ich machen jeden Abend Yoga. Unten auf dem Steg. Immer um sechs.« Sie rollte ein wenig mit den Augen und vergrub die Hände in der Hosentasche. Ich starrte sie an. Die beiden machten Yoga?

»Du kannst mitmachen«, spuckte Gitte mir schließlich fast vor die Füße, drehte sich um und marschierte davon. Giovanni nickte freundlich und klatschte auffordernd in die Hände, aber mein Körper bewegte sich nicht. Er war in einer tiefen, wohligen Entspannung gefangen, die sich nicht auflösen ließ. So einen Zustand kannte er nur selten.

Allerdings war Gittes Einladung der Grundstein für eine sich anbahnende achtsame Kommunikation, die ich nicht verstreichen lassen durfte. Ich rief also jede einzelne meiner Körperzellen zur Ordnung und schwang ganz langsam die Beine über den Rand der Liege. Wie in Trance schlich ich in den Wohnwagen, schlüpfte in meine Yogahose, nahm mir meine Matte und folgte Giovanni zum Steg.

Hoffentlich war Erik nicht mehr da. Ich konnte kein Yoga machen, wenn er mir dabei zusah. Bei den anderen störte mich das nicht, bei ihm schon.

Aber Erik war weg. Er schien sich in Luft auflösen zu können. Hatte er überhaupt ein Zuhause? Schlief er im Bulli? Was tat er den ganzen Tag? Was verdammt noch mal war dies und das?

»Ich mache vor. Ihr macht nach«, erklärte Gitte ernst.

Giovanni schlüpfte bereits aus seinen Birkenstocks, und ich seufzte. Weil ich so müde war, und weil ich seit zwei Jahren den wohl teuersten Yogakurs bei der erleuchtetsten Yogalehrerin in ganz Hannover besuchte. Keine Ahnung, woher Gitte ihre Yogakenntnisse hatte, aber ich würde ganz sicher keine Anfängerübungen machen. Okay, heute vielleicht schon.

Gitte reckte sich und sank vornüber in die wohl perfekteste Vorbeuge, die ich je gesehen hatte. Leise leitete sie an. »Einatmen. Ausatmen. Halbe Vorbeuge.«

Ich beeilte mich, meine Matte auszurollen und in Position zu kommen. Gab mich den Bewegungen hin, floss mit in meinem Atem. Stehende Drehung. Der Muskelkater in meinem Po rebellierte. Rückbeugen. Gitte hatte ein ziemlich gutes Programm, durch das sie uns führte. Nach wenigen Minuten lief mir der Schweiß den Rücken hinunter. Meine Muskeln arbeiteten auf Hochtouren und wurden immer geschmeidiger.

Giovanni hatte die ganze Zeit über ein sanftes Lächeln auf den Lippen. Ihn schien das alles noch nicht mal aus dem Atemrhythmus zu bringen, von Gitte ganz zu schweigen. Irgendwann, weit nach den Umkehrhaltungen im Hund, lagen wir endlich auf unseren Matten und begaben uns in die liegende Drehung. Ein Bein angewinkelt nach links, die Arme auf dem Boden ausgestreckt. Es war eine Wohltat. Ich hätte schnurren können. Die sanften Geräusche der Ostsee, die singenden Vögel im Hintergrund, das sanfte Rauschen des lauen Windes wurden so intensiv, dass mir die Augen zufielen. Mein Atem wurde noch tiefer, strömte ein und aus. Ich war zwar noch wach, aber nur auf einer weit entfernten Ebene. Der Rest von mir war in eine tiefe Ruhe gesunken.

Irgendwann hörte ich, wie Giovanni leise sagte: »Sie ist eingeschlafen.«

Gitte lachte. Ich stellte mir vor, wie sie vor mir standen und mich ansahen, aber ich konnte mich nicht rühren. »So ein Küken. Kann nichts ab.«

In dieser Nacht schlief ich so tief und traumlos, dass ich am nächsten Morgen, als energisch gegen die Wohnwagentür geklopft wurde, völlig benommen aufwachte.

»Gehen wir duschen?«, rief Trudi von draußen.

Ich gab ein grunzendes Geräusch von mir. Wie spät war es? Warum konnte Trudi nicht allein duschen gehen?

»Was?«, rief ich mit belegter Stimme. Vielleicht hatte ich mich ja verhört.

»DUSCHEN!«, artikulierte Trudi überdeutlich hinter der Tür. Ich vergrub das Gesicht in meinem Kissen.

»Geh schon mal vor!«, rief ich dann und erspähte, wie Trudi am Wohnwagenfenster vorbei Richtung Klohaus wanderte. Offenbar war das mit dem Duschen irgendein mir unbekanntes Freundschaftsritual. So wie man früher immer zusammen aufs Klo gegangen war.

Ich setzte mich auf und fuhr mir durch die Haare. Da ich hier noch ein wenig länger festhing, konnte es nicht schaden, die dargebotenen Freundschaftsanfragen anzunehmen. Ich würde mit Gitte Yoga auf dem Steg machen und mit Trudi duschen. Alles besser, als mit zusammengekniffenen Augen gemustert zu werden, weil ich dieses Paradies zerstören wollte.

Rasch schob ich diesen unschönen Gedanken beiseite und kletterte von meinem Bett, um mich direkt danach schmerzerfüllt an der Küchenzeile festzuhalten.

Oh. Mein. Gott.

Der Muskelkater gestern war schon hart gewesen, dieser hier aber kam direkt aus der Muskelkater-Hölle. Gittes Yoga-Session hatte mich fertiggemacht. Ich hatte doch tatsächlich gedacht, fit zu sein. Humpelnd suchte ich mir meine Sachen zusammen, musste dabei aber immer wieder innehalten und tief durchatmen. Ich hatte Muskelkater an Stellen, an denen ich Muskeln nicht einmal vermutet hatte.

Im Klohaus begrüßte mich heißer Wasserdampf. Ich begann meine Pflegeartikel auf der kleinen Ablage unter dem Spiegel aufzubauen. Gesichtsmaske, Haarmaske, Nagellack, mein neuer Jaderoller, Pinzette für die Augenbrauen und mein heißgeliebter Bodybalm reihten sich feinsäuberlich nebeneinander auf. Zufrieden betrachtete ich meine Utensilien.

Trudi kam mit einem gelben Duschhandtuch um den Körper geschlungen um die Ecke. Sie strahlte, während ihr die nassen Haare am Kopf klebten. »Geht doch nichts über eine heiße Dusche«, sagte sie zufrieden. »Ab morgen dusche ich wieder kalt. Aber hin und wieder mag ich es doch heiß.« Sie kicherte über ihren eigenen Witz.

»Ich bin Erik sehr dankbar, dass er sich darum gekümmert hat. Wenn wir auf einen Handwerker gewartet hätten, wären wir dem warmen Wasser auf Wochen nicht näher gekommen«, erwiderte ich, schnappte mir meinen Gesichtsreiniger, schäumte ihn auf und bearbeitete meine Wangen damit. Nachdem ich mich abgetrocknet hatte, schaufelte ich mir das chemische Peeling auf die Haut. Man brauchte sehr viel warmes Wasser, um es wieder runterzubekommen, weswegen ich es in meinem streichholzschachtelgroßen Wohnwagenklo gar nicht erst ausprobiert hatte. Trudi beobachtete mich aus dem Augenwinkel, während sie sich die Haare mit einem Handtuch trockenrubbelte.

»Erik ist immer sehr hilfsbereit. Er kann so viel«, erklärte sie und begann sich, die Haare zu kämmen.

»Was macht er eigentlich so? Wohnt er in Laboe? Oder in Kiel? Er scheint ja ständig hier zu sein«, fragte ich möglichst beiläufig.

Trudi war natürlich nicht dämlich. Sie roch den Braten sofort. »Er ist Single«, erklärte sie fröhlich und drehte sich zu mir.

»Ja, nee. Das wollte ich gar nicht wissen«, erwiderte ich ernst. Okay. Ich wollte es wissen, aber ich musste es ja nicht so direkt zugeben. »Ich meinte eher so beruflich.«

Trudi dachte einen Moment nach. »Erik war mal mit Iris verheiratet«, erklärte sie, fügte aber schnell hinzu: »Die sind aber geschieden. Er hat bei seinem Vater im Betrieb gearbeitet. Damann-Elektrik in Heikendorf. Dann war er lange weg, auf Weltreise. Seit ein paar Jahren ist er wieder hier. Klaus und er waren sehr gute Freunde, die haben ständig zusammen rumgewerkelt. Und immer schweigend. Das war so witzig, die beiden haben nie wirklich viel miteinander gesprochen, aber sich immer gut verstanden. Was vielleicht das Geheimrezept für eine gute Freundschaft ist.«

»Sich anzuschweigen?«, fragte ich und warf die Wattepads, mit denen ich mir den bröckeligen letzten Rest Nagellack von den Nägeln gerieben hatte, in den kleinen Mülleimer neben dem Waschbecken. Ja, das hatte mein Vater gut gekonnt. Schweigen. Worte waren noch nie seins gewesen.

Trudi grinste. »Du weißt schon, was ich meine. Was ist das da alles?«, fragte sie und deutete auf meinen aufgebauten Schönheitskram.

»Haarkur, Nagellack, Peeling. Bedien dich.«

Trudi trat neben mich. »Ich weiß gar nicht, wie man das benutzt. Aber so Nagellack hätte ich schon gerne mal.« Sie wackelte mit den Fingern. Ich bückte mich und kramte meine verschiedenen Lacke aus der Kulturtasche. »Dunkelrot, Pink, Dunkelbraun, Orange und Mint. Wie das Anmeldehaus. Was darf es sein?«

Zögerlich nahm Trudi die einzelnen Fläschchen in die Hand und drehte sie hin und her. »Ich hab es einmal ausprobiert, aber alles danebengemalt.«

Erstaunt sah ich sie an. Für mich waren all diese Schönheitsrituale völlig normal. Sie gehörten zu meinem Leben. »Ich lackiere dir die Nägel«, bot ich an.

»Ich hatte nie viel Geld für solche Sachen«, sagte Trudi plötzlich. »Mein Mann ist früh gestorben, da waren die Kinder noch klein. Und jetzt bin ich zu alt dafür.«

»Für Nagellack?«, fragte ich ehrlich erschüttert.

Trudi kniff die Augen zusammen und nickte.

»Trudi, du bist doch nicht alt. Für Nagellack und Lippenstift kann man gar nicht zu alt sein!«

Sie spitzte die Lippen, dachte einen Moment lang nach und

hielt mir dann das dunkelrote Fläschchen entgegen. »Wenn es doof aussieht, machen wir es wieder ab.«

Die Maske in meinem Gesicht fing an zu spannen, es wurde Zeit, sie abzuwaschen. Aber Trudi zog sich schon einen kleinen Hocker heran und setzte sich, das Badehandtuch fest um den Körper gewickelt. Sie hielt mir ihre Hand entgegen. Ich schüttelte die kleine Flasche, öffnete sie und streifte den Pinsel an der Flaschenöffnung ab. Vorsichtig lackierte ich einen Nagel nach dem anderen. Trudi beobachtete mich genau, doch irgendwann wanderte ihr Blick durch die offenstehende Tür hinaus auf den Campingplatz. »Ich habe Angst, dass wir vom Platz geworfen werden, wenn du ihn verkaufst«, sagte sie plötzlich.

Ihre Worte versetzten mir einen Stich. Dabei hatte sich nichts geändert. Ich hatte einen maroden Campingplatz und einen Haufen Schulden geerbt, und meine einzige Alternative war, ihn zu verkaufen. Es fühlte sich nur plötzlich nicht mehr so einfach an.

Vorsichtig lackierte ich ihren kleinen Finger, der in Trudis Fall wirklich winzig war.

»Ich weiß«, erwiderte ich leise, aber das Stechen wollte nicht weggehen.

Trudi sah wieder zu mir. »Weißt du, ich kann mir nicht mal die Platzmiete hier leisten.« Sie schwieg und sah mich an. »Giovanni und Georgie bezahlen für mich. Klaus wollte erst gar kein Geld von mir, aber so ein Campingplatz kostet halt sehr viel im Unterhalt.«

Ich räusperte mich und sagte mit rauer Stimme: »Ich versuche jemanden zu finden, der euch alle hier wohnen lässt.«

Trudi legte ihre freie Hand auf meinen Arm, und ich hielt inne. »Das ist lieb von dir. Aber das kannst du ja nicht versprechen.«

Dann seufzte sie tief, und ich auch.

KAPITEL 11

Endlich wurde es April. Die Saison startete, und die Camper kamen. Die meisten von ihnen standen doch tatsächlich – ich konnte es kaum glauben – pünktlich am 1. April um neun Uhr vor unserer frisch reparierten Schranke. Camper waren schon ein sonderbares Volk.

Leider brachten die neuen Gäste Regen mit. Und Tränen.

Weinend standen die wiederkehrenden Alt-Camper um Papas Foto herum. Und dazwischen ein Mann mit Zelt unter dem Arm, der mit alledem nichts zu tun hatte und tatsächlich nur zelten wollte. Hinter ihm wartete eine Horde Kinder, die das Geschehen irritiert beobachteten.

Trudi reichte den Trauernden Eierlikör. Man kannte sich seit Jahren – wenn ich das Durchschnittsalter grob kalkulierte, vermutlich sogar seit Jahrzehnten. Auch ich bekam Eierlikör und zahllose Beileidsbekundungen von Menschen, die mich ganz offensichtlich noch kannten, mir aber vollkommen fremd waren. Ein dicker Knoten bildete sich in meinem Magen. Mein Vater fehlte in dieser Runde, das war offensichtlich. Ich wünschte mir, er wäre jetzt hier, würde all diese Menschen begrüßen und mir sagen, was ich jetzt tun sollte.

Harald trat zu mir, riss sich mein Klemmbrett unter den Nagel und machte sich Notizen. Offenbar hatte er es sich zur

Aufgabe gemacht, trotz der Trauer und des allgemeinen Trubels den Überblick zu bewahren, und dafür war ich ihm unendlich dankbar.

Vor der Schranke parkten drei Wohnmobile und vier Autos mit riesigen Wohnwagen im Schlepptau. Es war wie ein Stau auf der Autobahn zu Ferienbeginn. Ich stellte mir vor, wie mein Vater diesen Ansturm jedes Jahr bewältigt und die An- und Abreise dieser Menschen seit Jahren strukturiert hatte. All das folgte offensichtlich einer tieferliegenden Ordnung, auch wenn ich selbst sie noch nicht verstanden hatte.

Zwischendurch versuchte ich, den armen Mann mit dem Zelt und seinen Kindern zu versorgen, was gar nicht so einfach war, weil ich die Preisliste meines Vaters nicht verstand. Die war nämlich, um es vorsichtig auszudrücken, kompliziert.

Ein Zeltplatz kostete 5 Euro.

Jede dort schlafende Person 50 Cent.

Ein Hund kostete 1,50 Euro.

Ein Wohnwagen oder Wohnmobilstellplatz kostete 10 Euro pro Nacht, egal wie viele Leute drin schliefen.

Wer länger als zwei Wochen blieb, zahlte 50 Prozent weniger.

Wer fünf Wochen im Voraus buchte, bekam 10 Prozent Rabatt.

Kinder unter fünf zahlten nichts. Danach pro Lebensjahr 10 Cent, bis die maximalen 50 Cent erreicht waren.

Ich überschlug grob im Kopf, dass wir am heutigen Tag knapp über dreißig Euro einnehmen würden, was vermutlich noch nicht mal den Stromverbrauch dieser Leute deckte, für den sie natürlich keinen Aufschlag bezahlen mussten. Duschen war ebenfalls kostenlos. Dabei waren die Wasserkosten auf den Kontoauszügen nicht zu verachten.

Etwas verloren notierte ich die Daten des Familienvaters, der jetzt eng an den Anmeldetresen gerückt war und sein kleinstes Kind obendrauf gesetzt hatte. Die anderen vier Kinder hatten begonnen, lautstark herumzunölen. Das war alles ein wenig anstrengend.

»Mein Beileid«, sagte er leise. Ich sah kurz auf und lächelte gezwungen. »Sollen wir vielleicht woanders hingehen?«, fügte er hinzu.

Entsetzt schüttelte ich den Kopf. »Bitte nicht.« Das fehlte noch! Der einzige voll zahlende Kunde wollte wieder abhauen. »Wir haben Gartenzwerge!« Ich reckte den Kopf und spähte über den Tresen. Die Kinder blickten missmutig zu mir hoch. »Wir haben sehr viele Gartenzwerge, und wer sie alle findet und mir sagt, wie viele es sind, der bekommt …« Ich zögerte, weil ich eigentlich sagen wollte: eine Tüte Gummibärchen. Mit Kindern kannte ich mich nicht so gut aus, aber ich wusste, dass Eltern in Bezug auf Zucker manchmal empfindlich reagierten. Der hagere Vater zumindest sah so aus, als würde er eher asketisch leben. Zuckerfrei, bestimmt vegan und mit viel Sport. Ein bisschen so wie ich. Bis vor, äh, wenigen Tagen. Tonlos formte ich das Wort »Gummibärchen« und hob fragend die Schultern.

»Hat die Gummibärchen gesagt?«, schrie ein kleiner Junge mit einer roten Mütze und zeigte mit dem Finger auf mich.

Der Vater grinste. »Also: Wenn ihr alle Zwerge findet, bekommt ihr von der netten Platzwartin Gummibärchen!«, übersetzte er meinen tonlosen Vorstoß.

Entsetzt betonierte ich das Lächeln in meinem Gesicht fest. Hatte er gerade tatsächlich »die nette Platzwartin« gesagt? Dabei trug ich meine Marlenehose, ausreichend Make-up über den Sommersprossen und den neuen Lippenstift. Ich sah aus wie Franziska Lichtenstein. Aber das schien nicht so anzukommen.

Der Mann hob das Kind vom Tresen. »Alle zusammenbleiben, jeder passt auf jeden auf, keiner geht zum Wasser«, mahnte er, und die Kinderhorde marschierte geschlossen aus dem Anmeldehäuschen. Er gab mir 25 Euro – 5 Euro für 5 Tage, alle Kinder umsonst. (Ich sah mich nicht in der Lage, die 10 Cent auf die vielen Altersklassen umzurechnen). Ich schluckte trocken und packte das Geld in die Geldkassette. Davon konnten wir nicht leben und erst recht keine der Kreditraten bezahlen, aber darüber würde ich mir später Sorgen machen.

Ich arbeitete mich durch die vielen Menschen, die immer noch in der Anmeldung herumstanden und Eierlikör tranken, deutete dem Mann an, mir zu folgen, und griff mir zwei Regenschirme. Einen reichte ich gleich weiter, und so stapften wir über den triefend nassen Campingplatz bis zur Zeltwiese, ganz am Ende, direkt neben der Wildrosenhecke. »Wie viele Zwerge sind es denn?«, fragte der tapfere Outdoor-Vater mich, als er seine Zeltutensilien auf das nasse Gras legte.

»Siebzehn«, log ich, ohne rot zu werden und wünschte ihm noch einen schönen Aufenthalt.

Auf dem Rückweg zählte ich rasch alle Zwerge durch, die ich entdeckte, und rückte schnell noch die kopulierenden Schwerenöter vor Trudis Wohnwagen hinter den Reifen. Ohne die war ich bei einundzwanzig gelandet. Ich würde einfach die Gummibärchen verschenken, egal welche Zahl man mir nannte.

Zurück im Anmeldehaus sah ich, dass die trauernde Campergemeinde sich offenbar aufgelöst hatte. Dafür setzte sich nun eine Karawane von Wohnwagen und Wohnmobilen in Bewegung. Alle hatten ihre angestammten Plätze aus den Vorjahren bekommen. Harald sei Dank! Ich lief mit ihm zusammen hinter den Fahrzeugen her, damit er mir zeigen konnte, wie man den Strom anschloss, ohne dabei von umherirrenden Wohnwagen über den Haufen gefahren zu werden. Die Dinger bewegten sich nämlich mit Magie, zumindest sah es so aus. Martin zumindest, nach eigener Aussage ein alter Bekannter meines Vaters und Camper der ersten Stunde, stand einige Meter vor seinem Platz und tippte wie wild auf seinem Handy herum, während Frauke, seine Frau, hinter dem Wohnwagen hin und her sprang und rief: »Links! Mehr links, du Vollidiot! LINKS!«

Hätte Harald mich nicht beherzt am Ärmel zur Seite gezogen, wäre ich ganz sicher unter dem rangierenden Wohnwagen begraben worden.

»Was ist das denn?«, keuchte ich und klammerte mich an Haralds Arm.

»Fernbedienungen zum Einparken. Mover. Hat man jetzt«, erklärte Harald trocken und drückte mir das dreckige Stromkabel in die Hand. Er zeigte mir, wie man die Stromsäule mit dem Wohnwagen oder Wohnmobil verband, die Klappe einhakte und das Kabel richtig legte, wobei ich es schaffte, mir den Dreck großzügig über die frisch gewaschene Hose zu verteilen.

»Das hat Klaus immer persönlich gemacht. Niemand durfte sich selbst an- oder abstöpseln«, erklärte er streng.

Ratlos betrachtete ich meine schlammigen Hände. Ich würde künftig Handschuhe tragen müssen. Oder gleich einen Ganzkörperschutzanzug. »Warum?«

»Weil er das halt so gemacht hat. Damit keiner abhaut. Oder so. Genau weiß ich es nicht. Wir müssen dringend Rasen mähen«, sagte er dann übergangslos und starrte auf die Zeltplatzwiese neben uns. »Und das Klohaus ist auch noch nicht gestrichen«, ergänzte er mit einem bleischweren Seufzer.

Ich wischte meine Hände verstohlen an der Hose ab und tippte Harald an den Oberarm. »Ich habe alles im Griff«, sagte ich mit sehr viel Überzeugung in der Stimme. Dann sah ich prüfend zum Himmel und marschierte los. Im Wohnwagen sprang ich in meine Streichklamotten und machte mich daran, auch das Klohaus mintgrün zu streichen. Es musste schließlich vorangehen!

Mittlerweile hatte es aufgehört zu regnen, und der breite Dachüberstand der kleinen Häuser hatte die geschliffenen Bretter trocken gehalten. So kletterte ich auf die Leiter und begann zu pinseln. Dabei konnte ich beobachten, wie nach und nach die Neuankömmlinge vorbeikamen, um Karten auf den Tisch meines Vaters zu stellen. Auch die Frau, die ihren Mann grad noch als Idioten beschimpft hatte, lieferte eine Karte ab und stellte sich dann neben meine Leiter.

»Interessante Farbe«, erklärte sie und deutete auf die bereits gestrichenen Bretter. Ich lugte zu ihr hinunter.

»So findet man das Klo schneller«, erklärte ich, und sie grinste.

»Ich bin Frauke Meyer aus Böblingen«, schwäbelte sie und winkte mir zu.

»Franziska Lichtenstein.«

Sie zog die Stirn kraus. »Hä? Ich dachte, du bist Heike Momsen.«

»Klaus' Tochter auf jeden Fall«, erwiderte ich. Frauke kratzte sich am Kopf, beließ es aber dabei. »Was hast du mit dem Platz vor? Harald sagt, du willst verkaufen?«

Da war es wieder, das leidige Thema. Ich nickte mit einem knappen Lächeln und strich noch einmal über den Abschlussbalken der Außenwand.

»Warum willst du das hier verkaufen? Ist doch eine Goldgrube. Beste Lage!« Sie wedelte mit den Händen in der Gegend herum.

Ich schwieg einen Moment. Was ging Frauke aus Böblingen das eigentlich an? Trotzdem senkte ich den Pinsel und drehte mich halb zu ihr herum. Sie war schließlich zahlende Kundschaft. Auch wenn ihr Beitrag aufgrund des seltsamen Rabattsystems meines Vaters eher eine homöopathische Dimension hatte. »Wir sind leider noch nicht ausgebucht«, sagte ich unverbindlich, denn selbst wenn wir es wären, käme kein Geld in die Kassen. Dafür müsste ich erstmal die Preise erhöhen. Das behielt ich aber für mich.

»Dann musst du halt mal ein bisschen Werbung machen.«

Ein bisschen Werbung. Ja, klar. Dann würden die Camper in Scharen zu uns strömen.

»So einfach ist es nicht«, sagte ich noch unverbindlicher. Die einzige Adresse, die Google zu dem Campingplatz kannte, führte die Menschen direkt auf ein Rapsfeld, zwei Kilometer entfernt von hier. Die Suchmaschine hatte sich auf meine schriftliche Anfrage noch nicht dazu gemeldet.

»Mal ne Anzeige schalten oder so«, erklärte mir Frauke zufrieden, als wäre Anzeigen zu schalten ein wirklich ausgeklügeltes Marketing-Konzept. »Also ich fänd das echt schade, wenn du den Platz verkaufen würdest. Das hätte doch Klaus auch nicht gewollt. Nachher wird das auch so ein überkandidelter Luxus-Platz, wie der auf der anderen Seite von Laboe. So was wie diesen Platz hier gibt es doch gar nicht mehr. Zumindest nicht in so einer Lage.«

Ich wollte ihr sagen, dass wir nur dreißig Plätze hatten, und die Zeltwiese, und dass das einfach zu wenig war, selbst wenn ich die Preise angemessen erhöhte. Eine Erweiterung war durch das angrenzende Naturschutzgebiet ebenfalls nicht möglich. Und dann schwebte über dem verdammten Platz ja auch noch das finanzielle Damoklesschwert in Form der Einmalzahlung, die am 01. Oktober auf uns alle herabstürzen würde. Aber das ging Frauke nun wirklich gar nichts an.

»Ich mach mal ein bisschen Werbung und schalte eine Anzeige«, sagte ich deshalb, woraufhin sie zufrieden nickte und abzog.

Ich tunkte den Pinsel in die Farbe, und der nächste Camper kam um die Ecke geschlendert. Ein Herr mittleren Alters, den Schnäuzer kunstvoll hochgezwirbelt, braungebrannt und in bunten Shorts. Ihm gehörte das geländegängige Wohnmobil, das jetzt neben Trudis Wohnwagen stand.

»Hallo Heike, ich bin der Manuel. Ich wollte mich mal vorstellen.«

Ich ließ den Pinsel sinken und wollte gerade wieder »Franziska« rufen, ließ es dann aber. Vielleicht sollte ich mir einfach ein kleines Schild bestellen, auf dem stand: »Mein Name ist Franziska!« So eins, wie die Servicemitarbeiter in teuren Hotels sie trugen.

Ich nickte Manuel also nur kurz zu und schickte ein kleines Lächeln hinterher. Von wegen zahlende Kundschaft und so.

»Du, das ist ganz hübsch, was du da gemacht hast. Die Farbe und die Blumen auf den Plätzen. Da merkt man gleich die weibliche Hand.«

Ich nickte und lächelte einfach nur huldvoll weiter, während die Farbe vom Pinsel auf die Leiter tropfte.

»Na, dann will ich dich mal nicht weiter stören«, erklärte Manuel, drehte sich um und wanderte weiter zu dem kleinen Andenkentischchen. Dort blieb er stehen, beugte sich vor, griff nach dem Foto meines Vaters und hob es hoch. Als ich sah, dass er mit den Tränen kämpfte, drehte ich mich schnell wieder zum Klohaus um. So komisch ich Camper auch grundsätzlich fand, mein Vater hatte hier ein Zuhause gefunden. Einen Ort, an dem sein Fehlen die Menschen im Herzen bewegte.

Nachdenklich arbeitete ich weiter, kam aber nur schleppend voran. Weil doch tatsächlich ständig jemand um die Ecke bog, um mich etwas zu fragen. Dinge, die ich meistens nicht beantworten konnte, weil ich nun mal Franziska, die Fotografin, und nicht Heike, die Platzwartin war. Aber niemanden schien das zu interessieren. »Heike, eine Glühbirne im Waschhaus ist defekt.« »Heike, wie sieht es mit der Brötchenbestellung aus?« »Heike, der Zaun am Ende vom Platz ist umgefallen.« »Heike, kann man jetzt endlich bald mit Karte zahlen?« Heike, Heike, Heike. Jedes Mal musste ich von der Leiter steigen, Harald suchen, ihn fragen, die Antwort weiterleiten und meine To-do-Liste erweitern.

Ich kletterte gerade wieder auf die Leiter zurück, als ich aus der Ferne sah, wie Erik schwungvoll seinen Bus vor der Schranke parkte, einige Utensilien auslud und pfeifend damit quer über den Platz marschierte. Natürlich kannte er alle Alt-Camper beim Namen, wurde freudig begrüßt und machte sich dann daran, die defekten Platten auf den noch nicht belegten Plätzen zu erneuern. Wenn ich auch keine Ahnung hatte, was er sonst so tat, es war Verlass darauf, dass er irgendwann im Laufe des Tages hier auftauchte.

Ich stand hoch oben auf meiner Leiter herum und sollte eigentlich weiterstreichen, stattdessen genoss ich die Aussicht und sah Erik zu, wie er mit sicheren Handgriffen die defekten Platten entfernte, den Untergrund bearbeitete und glättete, die alten Platten stapelte und schließlich die neuen einfügte und mit einem Gummihammer auf eine Ebene brachte. Ich musste ihn eine ganze Weile angestarrt haben, denn irgendwann hielt er inne und drehte sich um. Genau in meine Richtung. Ich hatte sogar das Gefühl, dass er mir direkt in die Augen sah. Was auf die Entfernung natürlich Blödsinn war. Trotzdem fühlte ich mich ertappt, dabei hatte ich ja nur … Erik bei der Arbeit angestarrt. Hm, ja. Das war auch ein bisschen peinlich. Also hob ich grüßend die Hand. Die mit dem Pinsel, der mich gleich noch mit Farbe bekleckerte. Erik zeigte mir das Victory Zeichen und arbeitete dann ungerührt weiter.

In diesem Augenblick marschierte Gitte um die Ecke und steuerte direkt auf mich zu. Mit ihrer in meiner Gegenwart üblichen leicht verkniffenen Miene schnappte sie sich einen der Pinsel, der neben dem Farbtopf lag, und fing an zu streichen.

»Wird ja sonst nie fertig«, murmelte sie.

Und so strichen wir gemeinsam den Rest des Hauses. Bis wieder ein paar Camper um die Ecke kamen, um jetzt zum Glück mit Gitte einen kleinen Schwatz zu halten. Sie erzählten sich Anekdoten aus dem letzten Jahr, freuten sich, dass es nicht mehr regnete, sprachen über meinen Vater und weinten ein bisschen, was mich da oben auf der Leiter schlucken ließ. Gitte jedoch strich ungerührt weiter. Diese Frau brachte offenbar gar nichts aus der Fassung. Nicht mal die Tatsache, dass schließlich auch Trudi auftauchte und uns ein Gläschen Eierlikör reichte. Gitte konnte reden, am helllichten Tag Eierlikör trinken, zwischendurch weinen und trotzdem zügig streichen. Ganz anders als ich. Ich arbeitete nur noch im Schneckentempo, weil mir der Eierlikör direkt zu Kopf gestiegen war, weswegen ich auf der Leiter schon eine Sprosse nach unten klettern musste. Außerdem war mein Herz plötzlich ganz schwer geworden, denn zwischen dem Eierlikör, den Unterhaltungen und der ganzen Trauer um meinen Vater war mir klargeworden, dass ich, im Gegensatz zu ihm, nirgendwo zu Hause war. Hier zumindest nicht. In Hannover, wo ich nicht mal mehr ein Dach über dem Kopf hatte, auch nicht.

Ich schluckte trocken und legte den Pinsel zur Seite. Dieser Campingplatz hier war meinem Vater in den vergangenen Jahren nach dem Tod meiner Mutter ein Zuhause gewesen. Und nicht nur ihm, auch all den Menschen, die sich im Laufe des Tages unter meiner Leiter versammelt hatten. Sie gehörten zusammen, waren so vertraut miteinander, hatten gemeinsame

Rituale, eine gemeinsame Vergangenheit und eine gemeinsame Zukunft. Vorausgesetzt, ich fand einen guten Käufer für diesen Platz. Wenn nicht …

Zum Glück wurde ich sehr bald wieder aus meinen düsteren Gedanken gerissen. »Fünfundzwanzig Zwerge!«, verkündete ein kleines Mädchen in einer gelben Regenjacke, die Kapuze fast bis über die Augen gezogen. Ui. Entweder hatte ich bei meiner Zählung welche übersehen, oder sie hatten sich heimlich vermehrt. Was nicht ausgeschlossen war.

»Prima«, sagte ich betont fröhlich und kletterte von meiner Leiter hinunter. »Dann auf zum Anmeldehaus und zu den Gummibärchen!«

Die Kinderhorde stürmte los. Ich wollte ihnen gerade folgen, als Gitte mir etwas zurief, was ich in dem ganzen Gejohle nicht verstand. Ich drehte mich um und hob fragend die Schultern, und sie wiederholte ihre Worte, diesmal etwas lauter.

»Ich habe gesagt, dass wir heute Abend um sechs grillen. Kommst du auch?«

»Ja, gerne«, sagte ich schnell und klang ein wenig piepsig dabei.

Im Anmeldehäuschen händigte ich den Zwergen-Gewinn aus, sah den Kindern ein wenig gerührt nach und stand dann einen Moment einfach nur da. Nach der Leere und Stille der vergangenen Tage wirkte der Platz plötzlich sehr voll. Überall rannten Menschen herum, und die Sonne war zwischen den Wolken hervorgebrochen und tauchte alles in ein strahlendes Licht.

Tag eins als Platzwartin war eine echte Hausnummer gewesen, und er war noch nicht vorbei.

Ich blickte an mir hinunter. Ich sollte dringend duschen gehen, aber vor dem Klohaus stand eine ganze Camper-Gruppe herum, die mich bestimmt wieder mit Fragen bombardieren würde, wenn ich dort auftauchte. Dem fühlte ich mich gerade nicht gewachsen. Also verließ ich möglichst unauffällig das Anmeldehaus Richtung Strand. Ich brauchte dringend ein bisschen Ruhe. Vielleicht war ich wenigstens dort ein paar Minuten für mich.

Aber am Strand war Erik. Er saß auf dem weißen Sand, die Arme aufgestützt, und blickte zum Horizont. Ich blieb stehen. So, wie ich aussah, war er ganz sicher der Letzte, dem ich über den Weg laufen wollte. Ich rieb mir unter den Augen entlang und stellte fest, dass mein Mascara sich mal wieder verflüchtigt hatte und vermutlich irgendwo auf meinen Wangen klebte. Meine Klamotten waren voller Farbe, und als ich mir durch die Haare fuhr, entdeckte ich auch dort Farbrückstände.

Ich wollte mich gerade lautlos wieder zurückziehen, als er sich umdrehte.

Na großartig.

»Heikiska!«, sagte er, die Arme jetzt auf den Knien verschränkt.

»Klingt wie ein absonderlicher Gruß«, erwiderte ich peinlich berührt und fügte vorsichtshalber hinzu: »Ich sehe furchtbar aus.«

»Nee. Siehst gut aus. Deine Sommersprossen sind wieder da«, erklärte Erik und grinste mit zusammengekniffenen Augen, weil ihn die Sonne blendete. Dann wurde aus dem Grinsen ein Lächeln, was mich ganz sonderbar berührte, weil es wirkte, als wäre das Auftauchen meiner Sommersprossen etwas Gutes.

»Witzig«, murmelte ich nur. Vermutlich hatte ich mir mein gesamtes Make-up weggeschwitzt. Jetzt konnte Erik garantiert auch sehen, dass ich rot wurde.

»Also dafür, dass du den ganzen Tag Camper durch die Gegend gescheucht, Zwerge gezählt und das Klohaus gestrichen hast, siehst du sogar großartig aus«, erklärte er.

»Außerdem habe ich Landstrom zur Anwendung gebracht«, ergänzte ich und schob mir eine mit Farbe verklebte Strähne hinter das Ohr. Erik lachte und drehte sich wieder zum Wasser. Dabei lehnte er sich zurück und stützte sich auf die Unterarme. Seine Haare hatte er in einem unordentlichen Knoten mit einem – äh, war das ein Kabelbinder? Ich sah genauer hin –, ja, mit einem Kabelbinder zusammengefasst.

»Was machst du hier?«, erkundigte ich mich und trat neben ihn. Die Ostsee schickte kleine Wellen an den Strand, und die Sonne ließ die restlichen Wolken am blauen Himmel strahlen.

»Nichts«, erwiderte Erik.

Ich sah zu ihm hinunter. Niemand tat jemals nichts. Die Menschen sehnten sich danach, nichts zu tun, aber das konnte man offenbar nur nach mehrjähriger Meditationspraxis. Erik sah nicht so aus, als hätte er jemals in seinem Leben meditiert.

Er beobachtete mich und sagte dann: »Diese Aussage scheint dich verwirrt zu haben.«

Ich musste lachen.

»Ich tue tatsächlich nichts«, erklärte er. »Die Platten sind alle verlegt, und ich habe tatsächlich nichts zu tun. Das ist das Ziel beim Campen: einfach mal absichtslos rumzuhängen. Du hast jetzt einen Campingplatz. Ich finde, das gehört zu den Basisdingen, die du wissen solltest.«

Ich sah auf die Weite der Ostsee hinaus. »Absichtslos rumzuhängen?« Allein die Wortkombination klang doch absurd.

»Verstehst du nicht, was?« Erik richtete sich auf und klopfte dann sachte neben sich auf den Sand.

Ich setzte mich neben ihn. Erik duftete nach Kiefernadeln. Noch beeindruckender aber war die Tatsache, dass er so groß war. Natürlich war er einen ganzen Kopf größer als ich, aber ich spürte auch seine Präsenz sehr deutlich neben mir. Überdeutlich, um genau zu sein. Meine Yogalehrerin hätte an Erik ihre helle Freude gehabt. Sie hatte in jeder Stunde über Präsenz und Aura und den ganzen Kram fabuliert. Bisher hatte ich damit nicht viel anfangen können, aber nun saß ich neben Erik, und der verkörperte genau das. Er war ein Ruhepol. Ihn umgab keinerlei Spannung, kein Flirren, keine Hektik. Er war das glatte Gegenteil von mir.

Aus dem Augenwinkel schielte ich zu ihm rüber. Leider sah er im selben Moment auch zu mir, und so trafen sich unsere Blicke.

»Probier's aus«, sagte er leise. »Das absichtslose Rumhängen.«

Ich schnaubte leise. »Es gibt noch so viel zu tun«, erklärte ich und hob schnell das Gesicht zum Himmel.

»Okay.« Erik ließ sich auf den Rücken fallen und schloss die Augen.

Verdattert sah ich ihn an. Und als er nichts weiter sagte, erhob ich mich schließlich ein wenig gekränkt aus dem feuchten Sand.

»Heikiska verabschiedet sich«, erklärte ich und stapfte zurück zum Campingplatz. Es war wirklich extrem unhöflich, ein Gespräch so zu beenden. Man konnte doch nicht einfach die Augen schließen und sich zum Schlafen ablegen, wenn man gerade eine Unterhaltung führte.

Auf Höhe der Wildrosenhecke verlor ich ein wenig an Geschwindigkeit, blieb schließlich stehen und drehte mich noch einmal um. Erik lag immer noch da, die Füße gekreuzt, die Hände auf dem Bauch. Er strahlte eine tiefe Gelassenheit aus. Es war genau das Gefühl, das ich auf meinen heimlichen Fotos von ihm eingefangen hatte. Vielleicht konnte man es auch Zufriedenheit nennen. Vielleicht war Erik einfach zufrieden mit seinem Leben.

Stellte sich nur die Frage: Warum? Nur, weil er alles reparieren konnte? Das war doch sicherlich nicht der Schlüssel zum Glück.

Ich stand immer noch neben der Wildrosenhecke herum. Weit entfernt entdeckte ich ein paar Camper, die sich suchend umsahen. Wahrscheinlich suchten sie mich. Ich sollte zu ihnen gehen und mich um ihre Probleme kümmern. Leuchtmittel. Müllentsorgung. All die schönen Dinge, die jetzt zu meinem Leben gehörten, und die so gar nichts mit mir zu tun hatten. Dinge, die ich eigentlich gar nicht wollte.

Nach kurzem Zögern machte ich einen U-Turn und lief zurück zum Strand, um mich schwungvoll neben Erik in den Sand zu werfen.

Er drehte den Kopf und sah mich an. »Du bist wieder da«,

murmelte er, hob eine Augenbraue und wischte sich träge den Sand vom Bauch, den meine Vollbremsung dorthin befördert hatte.

»Ich muss dich was fragen«, setzte ich an. »Es ist wichtig. Was ist dein Ziel im Leben?« Ich musste es einfach wissen.

Erik blinzelte, schloss kurz die Augen und räusperte sich dann. »Äh, leben, würde ich sagen.«

»Das überzeugt mich nicht«, erwiderte ich, streckte die Beine aus und legte meinen Kopf in den Sand. Ich würde später in jeder Ritze Sand haben, aber das war jetzt erstmal egal. »Worauf arbeitest du hin?«, fuhr ich fort. »Was ist dein Antrieb? Wir haben doch alle irgendein Ziel. Sonst wären wir völlig orientierungslos.«

Erik fuhr sich über die Stirn und stützte sich auf die Ellenbogen. Er kniff die Augen zusammen und betrachtete mich nachdenklich. Vielleicht fragte er sich, ob er auf meinen Überfall reagieren oder sich einfach wieder mit geschlossenen Augen in den Sand legen sollte. Hatte er ja eben schon mal gemacht.

Er blinzelte einmal und antwortete dann doch: »Okay. Also, mein Ziel ist es, ein zufriedenes Leben zu führen. Und deins?«

Da musste ich nicht lange nachdenken. »Erfolgreiche Fotografin zu sein. Selbstständig. Frei und unabhängig«, antwortete ich wie aus der Pistole geschossen.

»Frei und unabhängig finde ich gut.« Ein Lächeln huschte über seine Züge. »In den Himmel zu schauen und dem Meer zu lauschen ist dann definitiv ein Schritt in die richtige Richtung. Nur wer frei ist, kann sich diesen Luxus gönnen.« Er drehte sich halb zur Seite und stützte sein Gesicht in eine Hand. Wieder musterte er mich, und es zuckte in seinem Mundwinkel. Ich war mir nicht sicher, ob er mich ernst nahm.

»Du bist also damals hier weggegangen, um dein Ziel zu verfolgen«, sagte er leise und gar nicht so, als würde er sich über mich lustig machen.

Ich schnaubte. »Ich bin hier weggegangen, um der furchtbaren Enge zu entkommen.«

»Hier ist es eng?«, fragte er in gespieltem Entsetzen. »Ich habe die halbe Welt bereist und bin hierher zurückgekommen. Hier ist nichts eng.« Er schüttelte den Kopf und kniff die Augen zusammen.

Ich drehte mich ebenfalls auf die Seite. Jetzt lagen wir direkt voreinander, und ich sah ihn mir ganz genau an. Er hatte kleine Fältchen um die Augen und ein paar blasse Sommersprossen auf Nase und Wangen. Sie fielen nicht auf, weil die Frühlingssonne ihm schon jetzt einen gebräunten Teint beschert hatte.

Erik musterte mich nicht minder interessiert. Sein Blick glitt über mein Gesicht, blieb kurz an meinen Lippen hängen, dann sah er mir wieder in die Augen.

Wir schwiegen, zwischen uns lag plötzlich ein warmes Schwingen. Dabei waren wir wie ein A und ein Z. Oder Tag und Nacht. Er war das genaue Gegenteil von mir, jemanden wie ihn hatte es in meinem Leben noch nie gegeben. Die Menschen, die ich bisher gekannt hatte, hatten immer Ziele gehabt, die es zu verfolgen galt und denen sich alles andere unterzuordnen hatte.

Absichtslos rumhängen tat niemand. Außer Erik, der mich immer noch intensiv betrachtete. Es knisterte zwischen uns.

Ich konnte es hören, und dabei hatte ich diese Redewendung bisher immer für abgedroschenen Blödsinn gehalten. Aber da nahm irgendetwas Verbindung auf, während wir dalagen und uns ansahen. Es war ein sonderbarer Moment, der mein Herz bewegte, bis Harald plötzlich von irgendwoher brüllte: »HEIKE! Komm mal bitte!«

»Ich muss gehen«, sagte ich leise, um diesen Augenblick noch einen bisschen festzuhalten.

»Wie schade«, flüsterte Erik, und da wusste ich, dass er es auch gefühlt hatte.

KAPITEL 12

Ein paar Tage später stand ich im Supermarkt vor dem Putzregal. Hier gab es Lappen in allen Farben und Größen, Müllbeutel, Reinigungsmittel für jede Ecke des Haushalts und Gummihandschuhe. Ich brauchte alles davon, allerdings in einer Menge, als beabsichtigte ich, eine ganze Reihenhaussiedlung zu reinigen. Was ja auch irgendwie stimmte. Noch so ein Aspekt, den ich nicht bedacht hatte. Geld für eine Putzfrau hatten wir nicht. Also putzte ich. Ich hasste Putzen, aber mir gehörte der Platz nun mal. Bald auch offiziell, denn der Erbschein war beantragt, und die bürokratischen Dinge nahmen ihren Lauf. In wenigen Wochen würde mir der »Campingplatz der glücklichen Camper« auch per Grundbucheintrag gehören. Herzlichen Glückwunsch. Nun war es also an mir, die Klos zu putzen.

Heute Abend würde die Trauerfeier für meinen Vater stattfinden. Jedes Mal, wenn ich daran dachte, wurde mir ganz übel, und ich zwang mich, tief in den Bauch zu atmen. Es war nur eine kleine Feier, redete ich mir immer wieder ein, kein Friedhof, kein wirklicher Abschied. Aber so richtig überzeugend war ich leider nicht.

Zum Glück tauchte Erik nun wieder auf und lenkte meine Gedanken in eine andere Richtung. Er trat neben mich und betrachtete ebenfalls die verschiedenen Reinigungsmittel.

»Schon eine Entscheidung getroffen?«, fragte er schließlich. Ich zuckte die Schultern. »Trudi sagt, man kann das auch mit Essig und Zitrone machen«, sagte er und steckte die Hände in die Hosentasche.

»Die Klos putzen?«

»Sagt Trudi. Ich habe gar kein Klo, das ich putzen könnte. Aber Trudi hat meistens recht.«

»Wie meinst du das?«, fragte ich.

»Na, wer weniger besitzt, wird umso weniger besessen«, erwiderte er und beugte sich zu mir herunter. Aus dem Lächeln war ein Grinsen geworden. War das ein Witz gewesen?

»Ha, ha«, sagte ich, abgelenkt von seiner plötzlichen Nähe.

Seine Wange berührte meine Haare. Nur ganz kurz, wie zufällig, aber es bescherte mir ein innerliches Beben. Dabei war es wirklich alles andere als erotisch, vor einem Putzmittelregal im Supermarkt zu stehen. Ich kannte noch nicht mal Eriks Nachnamen, wusste immer noch nicht, wo er lebte, aber dieser Blick aus seinen so auffallend grauen Augen verstärkte das Beben in mir noch.

Erik schien meine Reaktion zu spüren und auch noch Gefallen daran zu finden. Ich allerdings auch, und so fuhr ich mit den Fingerspitzen wie zufällig über seinen Handrücken. Ich spürte dem Schaudern nach, das die Berührung bei mir auslöste, und griff dann hastig nach gleich vier ökologischen Lavendelreinigern, um sie in den Einkaufswagen zu legen.

Wieder in Eriks Bulli musste ich erstmal tief durchatmen. Der Einkauf hatte über hundert Euro gekostet, und mein Kontostand war mittlerweile bedenklich gesunken. Aber Atmen war gut. Außerdem half es, die verdammten Schmetterlinge in meinen Bauch irgendwie unter Kontrolle zu bringen. Für die hatte ich gerade nämlich wirklich keine Zeit. Ich musste diesen Campingplatz erst auf Vordermann und dann möglichst bald an den Mann bringen, bevor der Kredit fällig wurde. Mein Ausflug nach Vogelsang-Storch war nur eine kleine Episode in meinem Leben, sagte ich mir. Ich brauchte wieder einen richtigen Job. Eine Wohnung. Ein neues Lebensziel, einen Backofen und ein Klo nur für mich allein. Einen Ort, an dem ich meine Dinge unterbringen konnte, und an diesem Ort waren wilde Schmetterlinge nicht vorgesehen.

Wir fuhren vom Supermarktparkplatz und bogen auf die Hauptstraße ein. Es begann wieder zu regnen, und der Scheibenwischer mühte sich quietschend, die Regentropfen von der Scheibe zu wischen. Ich steckte die Hände zwischen die Oberschenkel und lehnte den Kopf gegen die Nackenstütze. Eriks Van war herrlich gemütlich, und ich war hundemüde. Mein Job als Platzwartin war nämlich unerwartet anstrengend. Hochzeiten und Hochglanzfotos waren nichts gegen Campingplatzbesucher, denen Zweige den Wohnwagen zerkratzten, der Regen die Urlaubslaune verdarb und die mit ihrer Satellitenschüssel kein ZDF reinbekamen.

Ich sah zu Erik rüber, der ebenfalls müde wirkte. Vielleicht, dachte ich, waren wir beide müde, weil wir trauerten. Damals, als meine Mutter gestorben war, hätte ich am liebsten sechs Wochen lang nur geschlafen. Ich hatte mich mit aller Kraft zwingen müssen, morgens aufzustehen und weiterzumachen.

»Haben wir noch Zeit?«, fragte Erik mitten in meine Gedanken hinein.

»Wofür?«, fragte ich geistesabwesend zurück.

»Einen heißen Kaffee.«

Ich musterte ihn von der Seite. Ein Kaffee war exakt das, was ich jetzt brauchte. Konnte er Gedanken lesen?

Nein, wir hatten keine Zeit mehr für einen Kaffee. Um sieben begann Papas Trauerfeier, die mir so schwer im Magen lag. Es würden fast dreißig Leute daran teilnehmen. Und vorher musste ich noch ganz dringend den Makler zurückrufen, der mir endlich auf die Mailbox gesprochen hatte. Ich hatte also dementsprechend eine Menge, aber keine Zeit. Ich schüttelte den Kopf, sagte aber trotzdem »Ja«. Seltsam.

Erik setzte den Blinker und bog von der Landstraße ab. Wir fuhren durch kleine Ortschaften, die idyllisch zwischen Wäldern und Wiesen lagen, und landeten schließlich weit draußen auf einem alten Backsteinhof. Ein Hund bellte, vor der Haustür blühte ein gelber Strauch, und ich ließ die Scheibe herunter. Es duftete nach Frühling und nach Pferden. Aber auch hier hielten wir uns nicht lange auf. Erik steuerte den Van an einem großen Gebäude vorbei, das offenbar ein Stall war, und querte eine Wiese.

Ganz am Ende der Wiese wendete er und fuhr rückwärts in einen kleinen, überwucherten Weg hinein. Äste strichen über den Wagen, es schaukelte, und wenige Meter später stellte Erik den Motor ab.

»Also Kaffee.« Er schnallte sich ab und stieg aus.

»Wo willst du den denn jetzt hernehmen?«, fragte ich und folgte ihm auf der anderen Seite.

Er hatte die Hecktür schon geöffnet und war in den Laderaum geklettert, aber ich blieb stehen und sah mich staunend um.

Wir befanden uns am Rand einer Lichtung. Vor mir erstreckte sich ein kleiner See, der am Ufer dicht mit Schilf bewachsen war. Direkt vor uns stand ein wunderbar knorriger Baum, der zwar noch keine Blätter hatte, dessen ausladende Zweige aber bereits jetzt einen zarten grünen Schimmer zeigten. Eine Leiter lehnte an seinem Stamm und führte hinauf zu einem kleinen, aber feinen Baumhaus.

Hinter mir hörte ich ein leises Brodeln, und es duftete nach frischem Kaffee. Erstaunt lugte ich um die Ecke der Hecktür. Diesmal war das Bett nicht hochgezogen, es nahm den gesamten hinteren Bereich ein. Das Bettzeug war ordentlich zusammengelegt. Der Innenraum des Vans sah jetzt aus wie aus einem Camperwerbeprospekt. Auf der rechten Seite befand sich eine kleine Küchenzeile, sogar mit Waschbecken und Wasserhahn. Daneben ein einflammiger Gasherd, auf dem eine silberfarbene Espressokanne gemütlich vor sich hin zischte.

»Du wohnst tatsächlich hier drin«, stellte ich fest.

Erik nickte und goss den duftenden Espresso in zwei kleine Tassen. Dann kam er wieder zu mir nach hinten, setzte sich auf die Ladekante und reichte mir eine der Tassen. Ich nahm sie und hockte mich daneben.

Der starke Espresso war exzellent. Selbst Carstens Bezzera hätte hiervor den Hut gezogen.

»Hier stehe ich manchmal ein paar Tage«, sagte Erik. »Im Stall gibt es ein kleines Bad, das ich benutzen kann.«

Ich nippte an meiner Tasse und schloss für einen Moment die Augen. Er war also tatsächlich heimatlos.

Es war ganz still, nur die Vögel sangen im Hintergrund dem Frühling ein Lied. Der Kaffee in meiner Hand duftete köstlich, und Erik neben mir ebenfalls. Nach einem würzigen Rasierwasser und nach Kaffeebohnen. Es war alles so wunderbar friedlich. Mein Herzschlag hätte sich beruhigen können, tat er aber nicht. Dafür saß Erik einfach zu dicht neben mir.

»Das ist also dein Lebenskonzept?«, fragte ich nach einer Weile.

Er grinste kurz. »Ich würde es nicht als Lebenskonzept bezeichnen. Das ist sehr Heikiska-Jargon. Es ist schlicht das, was ich zurzeit tue.«

»Und wovon lebst du?«, fragte ich nach einem Schluck Espresso weiter.

»Ich brauche nicht viel. Wenn ich etwas brauche, arbeite ich auf dem Bau mit oder erledige irgendwelche Arbeiten. Ich kenne einige Leute, bei denen es immer viel zu tun gibt.«

Erstaunt betrachtete ich ihn. »Du bist ein Vagabund«, stellte ich dann fest.

Er dachte einen Moment nach. »Ja, vermutlich etwas in dieser Richtung. Mein Neffe ist sechs und sagt, ich sei ein Schneckerich. Weil ich umherziehe, aber mein Haus immer dabeihabe.«

Ich grinste. Ob nun Lebenskonzept oder nicht, es klang interessant. Vermutlich funktionierte es, weil man jemanden wie Erik einfach gerne in seiner Nähe hatte. Nicht nur zum Dinge Reparieren. Auch zum Angucken. Und Danebensitzen.

Ich trank meine kleine Tasse leer. »Warum stehst du nicht immer auf dem Platz der glücklichen Camper?«, fragte ich.

Erik zögerte und ließ sich mit der Antwort Zeit.

»Ich hatte den Deal mit Klaus, dass ich hin und wieder ein paar Dinge auf dem Platz repariere und dafür die Sanitäreinrichtungen nutzen kann. Dabei habe ich die meiste Zeit mit ihm Kaffee getrunken und am Strand gesessen.« Gedankenverloren ließ er den Rest in seiner Tasse kreisen, hatte meine Frage aber immer noch nicht beantwortet. »Ich will nirgends fest stehen …« Er brach ab. Offenbar musste er über seine nächsten Worte erst nachdenken. »Ich brauche das im Moment. Herumzuvagabundieren. Nicht zu wissen, wo ich nächste Woche bin.«

»Ich kann dir sagen, wo du nächste Woche bist«, sagte ich. Fragend hob er eine Augenbraue. »Hier«, erklärte ich fest. »Du umkreist den Platz der glücklichen Camper von allen Seiten.« Ich fuhr mit dem Zeigefinger einen imaginären Kreis vor seinem Gesicht ab. »Trudi sagt, dass du immer in der Gegend bist, seit du von deiner großen Reise zurückgekehrt bist. Und wir wissen beide: Trudi hat immer recht.«

Er zuckte die Schultern, sagte aber nichts.

»Und was meinst du mit ›im Moment‹?«, fragte ich weiter. »Wird sich das ändern? Wirst du wieder sesshaft?«

Erik sah mich mit gerunzelter Stirn von der Seite an. »Ich weiß es nicht«, erwiderte er schließlich.

»Also der Campingplatz hat bestimmt ein paar Quadratmeter für dich übrig. Und wahnsinnig viel zu reparieren.«

»Klingt wie eine Einladung«, stellte er fest, wirkte aber leider nicht sonderlich erfreut. »Ich bin kein Dauercamper. Das ist bei mir anders als bei den anderen. Sie könnten die Welt bereisen und fahren jedes Jahr nach Vogelsang-Storch.«

»Ich finde das schräg«, sagte ich.

Endlich grinste Erik. »Davon bin ich ausgegangen.«

»Wie hast du meinen Vater kennengelernt?« Ich lehnte mich ein bisschen in seine Richtung, um heimlich etwas Nähe zu tanken.

Erik blickte nachdenklich hinaus auf den See. »Es ist schon seltsam, dass wir so gut befreundet waren«, sagte er schließlich, ohne meine Frage zu beantworten.

Ich schüttelte den Kopf. »Nein, ist es nicht.«

Er schwieg und trank einen Schluck Kaffee. Es schien, als müsse er kurz nachdenken. »Ich habe lange bei meinem eigenen Vater im Betrieb gearbeitet«, sagte er schließlich. »Vor ein paar Jahren haben wir auf dem Platz die Außenbeleuchtung neu gemacht.«

Ich konnte ihn mir gar nicht als richtigen Elektriker vorstellen – ein Typ im Blaumann, der auf Baustellen fuhr und jeden Tag das Gleiche machte. »Und dann?«

»Klaus und ich haben uns gut verstanden. Von Anfang an. In den Jahren danach hatte ich eine ziemlich schwierige Zeit. Ich musste ein paar Entscheidungen treffen, und dein Vater hat mir dabei geholfen. Na ja, und dann wurde ich adoptiert. Von Gitte und Trudi und dem Rest.«

Erstaunt sah ich zu ihm hinüber. »Wie hat mein Vater dir bei deinen Entscheidungen geholfen?«

Erik senkte den Kopf und starrte in seine Tasse. Dabei entdeckte ich eine kleine schwarzblaue Ranke, die sich aus dem Nackenausschnitt seines Shirts Richtung Haaransatz bewegte.

Der Kerl hatte wirklich überall Tattoos. Ich wollte sie sehen. Dringend.

Mühsam riss ich mich zusammen und konzentrierte mich auf den blauen Himmel hinter dem großen Baum.

»Vorbilder zu haben ist etwas aus der Mode gekommen«, sagte Erik schließlich nachdenklich. »Aber ich fand Klaus' Grad an Zufriedenheit erstrebenswert.«

Ich presste die Lippen aufeinander. Das sah ich gänzlich anders. Mein Vater hatte sich immer mit zu wenig zufriedengegeben. Erik war einfach nicht der Typ, der ausgerechnet meinen Vater als Vorbild brauchte.

»Franziska«, sagte Erik und nannte mich damit wohl zum ersten Mal freiwillig bei meinem Namen. Erstaunt sah ich ihn an. Er hatte die Stirn in Falten gelegt, als hätte er plötzlich schlimme Kopfschmerzen. Oder als wollte er etwas sagen, das ihm nicht so recht über die Lippen kam. »Ich bin mir nicht sicher, ob ich heute Abend kommen kann.«

»Wie meinst du das?«, fragte ich verwirrt.

Erik blickte auf den idyllischen See vor uns. Als müsste er sich erst einen Ruck geben, drehte er sich schließlich zu mir um und sagte: »Ich bin verdammt schlecht im Abschiednehmen.«

»Ich auch«, sagte ich leise. »Mir ist schon den ganzen Tag übel, wenn ich nur daran denke. Ich habe furchtbare Angst, dabei passiert ja eigentlich gar nichts Schlimmes. Nette Menschen nehmen Abschied. Meinem Vater hätte das bestimmt gefallen.«

Erik legte den Kopf schief und betrachtete mich. »Auch wieder wahr«, erwiderte er langsam. Dabei klang er furchtbar niedergeschlagen. Instinktiv nahm ich seine Hand. Um ihn zu trösten, und um mich selbst kurz festzuhalten. Sein Daumen strich über meinen Handrücken, und eine ganze Weile saßen wir schweigend in der Heckklappe des Bullis und starrten aufs Wasser.

Es war schon recht spät, als wir wieder am Campingplatz ankamen, und während Erik wohin auch immer verschwand, marschierte ich erst zu Harald und übergab ihm die bestellten Einkäufe für den Abend, dann zum Wohnwagen, um mich umzuziehen, und dann direkt mit den neu erworbenen Putzmitteln zu den Klohäuschen. Ich würde mit den Herrenklos anfangen, denn vor denen hatte ich am meisten Respekt. Immerhin befanden sich jetzt doch sehr viele Menschen auf diesem Platz, die ihre eigenen Klos vermutlich nicht benutzten. Was auch besser so war, denn die Entsorgung für die Chemie-Klos hatte immer noch ihre Tücken und lief zwischendurch gerne über.

Vor der Tür blieb ich kurz stehen. Vermutlich sollte ich mich bemerkbar machen, bevor ich da reinmarschierte. Also rief ich: »Achtung! Hier ist eine Frau, und sie kommt jetzt rein!« Bewaffnet mit den neuen lila Gummihandschuhen und dem biologisch abbaubaren Kloreiniger marschierte ich hinein und begann zu putzen. Ohne allzu genau hinzusehen, schrubbte ich engagiert mit der Klobürste in der Kloschüssel herum und starrte dabei an die Wand.

Das hätte ich mir auch nicht träumen lassen, dass ich am Tag der Trauerfeier meines Vaters sechzehn Klos putzen würde. Carsten hatte natürlich eine Putzfrau, die seine zwei Klos reinigte. Ein durchaus angenehmer Luxus, den ich viel zu wenig geschätzt hatte, wie ich jetzt feststellte. Ganz besonders, als ein Neuankömmling ins Klohaus gestürmt kam, meiner ansichtig wurde, leise »Huch, hier wird geputzt!« murmelte und fluchtartig das Weite suchte.

»Ja, hier wird geputzt, und es macht keinerlei Freude«, murmelte ich in die sechste Kloschüssel.

Als ich zum Wohnwagen zurückkehrte, stellte ich zu meiner Freude fest, dass Harald meine Tür mit Kriechöl bearbeitet hatte. Sie ließ sich nun ohne Gewaltanwendung öffnen. Das war doch mal ein echter Fortschritt. Müde stand ich einen Moment im Wohnwagen, dann schlüpfte ich kurzerhand in meine Jogginghose und kletterte aufs Bett.

In meinem alten Leben hätte ich mich niemals tagsüber aufs Bett gelegt. Das passte einfach nicht zu mir. Ich musste immer in Bewegung sein. Zumindest hatte ich das mal gedacht. Doch seit meiner Ankunft hielt ich mich, wenn ich im Wohnwagen war, eigentlich nur auf diesem Bett auf. Hier lag ich rum und erledigte alles, was andere Menschen sitzend in einem Büro taten. Ich hätte auch ganz wunderbar an der kleinen Sitzgruppe arbeiten können, aber das tat ich nicht.

Vielleicht brauchte ich tatsächlich nicht mehr als eine Bett-Höhle mit Fenstern, von der aus ich das sanfte Rollen der Ostseewellen hören konnte.

Ganz kurz überkam mich der Drang, mich einfach wieder unter die Decke zu rollen und noch eine Runde zu schlafen, aber das ging nicht. Ich hatte so verdammt viel zu tun. Ganz vorneweg musste ich endlich den Makler zurückrufen, der mir vor zwei Tagen auf die Mailbox gesprochen hatte. Ich hatte das

Handy schon in der Hand, aber dann fing mein Darm an zu ziehen. Er grummelte unsanft, und ich legte das Handy weg und eine Hand auf meinen Bauch. Durchfall käme mir jetzt sehr ungelegen. Ich atmete tief ein und aus. Vielleicht war es doch sinnvoll, sich vor der Trauerfeier eine kleine Auszeit zu gönnen.

Die Einkäufe waren verteilt, Trudi und Robert kümmerten sich um das Essen, Gitte und Harald um die restlichen Vorbereitungen, und ich war so schrecklich müde. Eigentlich konnte ich diese kleine Stunde, die noch übrigblieb, einfach … nichts tun. Kurz staunte ich über diesen verwegenen Gedanken, dann stellte ich mir vorsichtshalber den Wecker, obwohl ich eigentlich nie einfach so einschlief … und schlief ein.

Der Wecker riss mich aus einem tiefen, traumlosen Schlaf. Ich brauchte ein paar Minuten, um wieder im Hier und Jetzt anzukommen. Dann schwang ich meine müden Glieder über die Bettkante, kletterte hinunter und schlüpfte in meine schwarze Hose und einen schwarzen Pullover. Das fand ich dann aber doch zu melodramatisch, es war schließlich keine Beerdigung, also tauschte ich zumindest den schwarzen Pullover gegen einen cremefarbenen. Ich schminkte mich noch einmal über, schlüpfte in meine Ballerinas und blieb dann mit der Hand an der Wohnwagentür einen Moment lang stehen. Plötzlich zitterten mir die Knie. Ich atmete tief durch, doch das half auch nichts, und so ließ ich mich zurück auf die frischgereinigten Polster der Sitzbank sinken.

»Verdammt«, brummte ich. »Reiß dich zusammen, Franziska Lichtenstein!«

Das half aber nicht.

Mein Papa war tot.

Er würde nie mehr wiederkommen. Ich umklammerte die Tischkante. Es war, als würde meine Seele das ganze Ausmaß erst jetzt richtig begreifen, richtig fühlen. Zitternd atmete ich ein und umschlang meinen Oberkörper mit den Armen, als ob das helfen würde. Lange saß ich einfach so da und dachte an meinen Papa, der immer, sobald der Frühling anbrach, eine gesunde Sommerbräune gehabt und den ganzen Sommer hindurch nach frisch gemähtem Gras geduftet hatte.

Bis es verhalten an meine Tür klopfte.

»Komme gleich!«, rief ich, und meine Stimme kiekste, als wäre ich im Stimmbruch.

»Alles okay?«, fragte Erik von draußen.

»Ja«, rief ich durch die geschlossene Tür, woraufhin besagte Tür sich öffnete. Ohne Geruckel, ohne dass ich dagegentreten musste. Harald hatte sie geölt, und das war das Ergebnis: Menschen konnten einfach so in meinen Wohnwagen kommen.

Wobei Erik nur vorsichtig um die Ecke spähte.

»Du lügst«, sagte er dann mit belegter Stimme. Ich zuckte die Schultern, stand aber auf. Wenigstens zitterten meine Beine nicht mehr wie Wackelpudding.

»Sind schon alle da?«, fragte ich, immer noch kieksig. »Oh, und du bist auch da«, fügte ich hinzu, ehrlich froh über diese Tatsache.

Erik nickte stumm. Zum ersten Mal, seit ich ihn kannte, trug er keine Arbeitshose mit einfachem Shirt, sondern ein schwarzes Hemd. Dazu eine dunkle Stoffhose mit knöchelhohen Schürstiefeln.

Ich angelte mir ein Taschentuch aus der Utensilienbox und putzte mir die Nase. »Bin gleich da«, sagte ich und eilte noch einmal in das kleine Bad. Ich sah aus, wie ich mich fühlte. Eilig band ich mir die Haare zusammen und legte etwas Lippenstift auf. Dann tuschte ich die Wimpern nach – jetzt aber mit wasserfester Mascara. »Contenance, Franziska«, sprach ich mir selbst Mut zu, dann ging ich zu Erik.

Schweigend liefen wir nebeneinander her zum Strand. Es waren tatsächlich schon alle da. In kleinen Grüppchen standen sie um ein bereits brennendes Lagerfeuer herum. Robert hatte einen Grill aufgebaut, und es duftete nach Würstchen. Zum Glück hatte ich noch eine Rote-Linsen-Suppe im Kühlschrank. Trudi eilte in einem schwarzen Kaftan umher und verteilte Eierlikör, dem außerordentlich gut zugesprochen wurde. Harald stand ein wenig abseits und hielt Mitzi fest im Arm.

»Ich hol mir ein Bier. Willst du auch eins?«, fragte Erik, doch ich schüttelte den Kopf. Alkohol machte mich rührselig. Das konnte ich nun gar nicht gebrauchen, also stellte ich mich neben Harald und seine Frau.

»Hallo Laura«, flüsterte Mitzi unter Haralds Schulter hervor.

»Heike«, flüsterte Harald. »Das ist Heike.«

»Hallo Mitzi«, sagte ich und rückte dichter an die beiden heran. »Hattest du einen schönen Tag?«

Sie lächelte, antwortete aber nicht.

»Entschuldige«, sagte Harald.

»Das ist kein Problem, von mir aus kann sie mich Laura nennen.«

Ich beobachtete die vielen Leute. Nicht alle trugen Schwarz.

Gitte trug sogar eine gewagte Kombination aus Gold und Rot. Jeder kannte jeden. Jeder wurde begrüßt, nur ich stand etwas verloren herum.

»Könntest du kurz bei Mitzi bleiben?«, fragte Harald mich, und sofort schob Mitzi lächelnd ihre Hand in meine.

Erik kam am Feuer vorbei, ein Bier in der Hand, und stellte sich zu uns.

»Hallo Mitzi«, flüsterte er.

»Erik«, flüsterte sie zurück und strich ihm über die Wange. Offenbar erinnerte sie sich für diesen Moment an ihn. »Junge, bist du wieder da?«

Erik lächelte ihr traurig zu. »Ich bin schon lange wieder da, Mitzi. Ich habe viel erlebt. Ich werde dir alles erzählen«, erklärte er leise.

Mitzi drückte meine Hand und sah mich mit einem beinahe verliebten Glitzern in den Augen an. »Er hat sich die Welt angesehen. Wenn sie so jung sind, müssen sie die Welt einfach sehen«, flüsterte sie.

Harald, der ein paar Schritte vorgetreten war, straffte die Schultern und räusperte sich. »Ich möchte etwas sagen«, erklärte er dann mit lauter Stimme, und sofort wurde es ganz still. Er zog ein paar kleine Zettel hervor und fummelte eine Lesebrille aus der Brusttasche. Als er sie aufgesetzt hatte, räusperte er sich erneut. »Als Klaus und ich siebzig geworden sind, haben wir uns versprochen, auf unseren Abschiedsfeiern jeweils etwas zu sagen. Also der, der dann noch da ist. Und das bin in diesem Fall ich.« Er schloss für einen Moment gequält die Augen und steckte den ersten Zettel zurück in die Hosentasche. »Klaus und ich kannten uns über vierzig Jahre. Wir sind zusammen durch dick und dünn gegangen und haben viel erlebt. Manchmal haben wir auch einfach nur gemeinsam auf die Ostsee geschaut. Als Laura gestorben ist, hat er zu mir gesagt: ›Ich kann es fast nicht aushalten, dass die Liebe meines Lebens fort ist.‹ Aber dieses ›Fast‹ reichte für ihn aus, um weiterzumachen. So wie Laura es gewollt hätte. Weitermachen. Sich an der Sonne, dem Leben, den Freunden erfreuen. So will ich es auch machen, denn Klaus hat sehr viel vom Leben verstanden.« Er hielt inne, nahm sich umständlich die Lesebrille ab und wischte sich mit den Fingern über die Augen. »Ich wollte noch sehr viel mehr sagen. Aber es geht nicht. Tut mir leid, Klaus. Worte waren ja noch nie so unser Metier.« Vereinzelt lachten ein paar Leute verhalten auf. »Ich möchte euch bitten«, fuhr Harald schließlich fort, »gemeinsam mit mir das Lied anzustimmen, das wir über all die Jahre zum Ende der Saison gesungen haben.«

Ein Raunen ging durch die Anwesenden, Gläser wurden beiseite gestellt, die Menschen rückten zusammen. Harald kam zu uns zurück, und der Kreis der Camper wurde immer enger, bis wir dicht an dicht um das Feuer standen. Nur Erik löste sich und trat vor in den Kreis, um sich auf den Boden zu setzen. Gitte brachte ihm eine Gitarre, und von links griff Trudi nach meiner Hand.

Die ersten Akkorde von *Gute Nacht, Freunde* ertönten, und ein wenig brummend fielen die Menschen um mich herum ein. Das Lied von Reinhard Mey war älter als ich, dennoch kannte ich den Refrain. Ich hatte es immer für verstaubtes Kulturgut gehalten, aber jetzt erkannte ich, wie wunderbar es eigentlich war.

»Gute Nacht, Freunde. Es wird Zeit für mich zu gehen …« Alle sangen aus voller Kehle, sogar Mitzi trällerte vor sich hin. Beim zweiten Refrain stimmte auch ich mit ein. Erik spielte, tief über die Gitarre gebeugt, das Gesicht zum Feuer gedreht.

Die letzten Noten verklangen, die Leute wurden still. Einige hielten sich an den Händen. Harald weinte, und auch Trudi drückte jetzt ihr Gesicht gegen meine Schulter, ihr Körper bebte.

»Ach, mein armer Liebling«, sagte Mitzi leise und umarmte Harald, während die Camper dicht um das Feuer herum versammelt stehen blieben. Ich hielt immer noch Trudi fest, die ihre Arme um meine Taille gelegt hatte, als wollte sie mich nie wieder loslassen. Ihr Kopf ruhte auf meiner Schulter, und es tat gut, einen anderen Menschen zu spüren.

Camper Manuel tauchte neben uns auf. Respektvoll blieb er ein paar Meter vor uns stehen und sah angestrengt in die anbrechende Nacht. Jetzt ließ ich Trudi doch los, die mir noch mal liebevoll in die Wange kniff, als wäre ich drei, und dann murmelte: »Ich hole dir mal einen Eierlikör. Das hier kann man ja ohne Eierlikör gar nicht überstehen.«

Manuel trat vor und machte zum Glück keine Anstalten, mich in den Arm zu nehmen oder so. Stattdessen hielt er mir die Hand hin, die ich ergriff.

»Mein aufrichtiges Beileid, Heike«, sagte er formvollendet und verbeugte sich.

Und dann wechselten sich Eierlikör und Menschen, die mir kondolieren wollten, ab. So lange, bis Erik mit leicht glasigen Augen vor mir auftauchte und mir einen Teller in die Hand drückte.

»Hier. Für dich. Von Robert. Du sollst was essen.« Auf dem Teller lag eine geröstete Gummischeibe. Fragend sah ich ihn an.

»Grillkäse. Den hat er extra für dich besorgt«, erklärte Erik.

»Oh.« Wie nett. Dankbar vertilgte ich die geröstete Gummischeibe. Weil ich eierlikörbetrunken war und emotional. Galt zu hoffen, dass ich nicht wieder weiche Knie bekam und vielleicht doch noch anfing, öffentlich zu weinen. Überhaupt sollte ich mich langsam mal ein wenig sammeln, denn ich war hier nicht einfach nur zu Gast, sondern auch die Tochter des Verstorbenen. Zudem gehörte mir der ganze Laden hier. Ich nahm noch ein paar weitere Beileidsbekundungen entgegen und stopfte aus Ermangelung anderer gesunder Speisen noch etwas mehr Weißbrot in mich hinein in der Hoffnung, dass dieses den vielen Alkohol in meinem Bauch aufsaugte und unschädlich machte.

Trudi trat zu mir, die Eierlikörflasche in der Hand. Diesmal hatte sie allerdings nicht vor, mich noch weiter abzufüllen, denn sie fragte: »Hast du Erik gesehen?«

Ich schüttelte den Kopf.

»Ich finde, er könnte noch ein bisschen Gitarre spielen und singen. Das wäre doch jetzt sehr schön«, sagte sie ernst und goss zwei anderen Campern, die ihr die Gläser hinstreckten, Eierlikör nach.

»Ich gehe ihn suchen«, erklärte ich, froh eine Aufgabe zu haben, die mich ein wenig ablenkte.

Erik saß vor dem Anmeldehäuschen auf der Bank und hielt eine Flasche Bier in der Hand. Die Gitarre lehnte neben ihm.

»Trudi möchte, dass du noch ein bisschen singst«, erklärte ich und setzte mich neben ihn.

»Ich bin doch keine Jukebox«, erwiderte er und nahm einen tiefen Schluck Bier. »Harald wollte, dass ich Gitarre spiele. Das war okay. Singen kann ich heute nicht.«

Ich schwieg und legte die Hände auf die Oberschenkel. Von hier aus sah der Platz richtig idyllisch aus. Das Feuer zauberte einen rot glitzernden Lichtpunkt in die Dunkelheit.

»Harald, Klaus und ich haben oft abends hier gesessen und noch ein Bier zusammen getrunken.« Erik drehte den Kopf, und das wenige Licht brach sich in seinen hellen Augen. »Dein Vater hat viel von dir erzählt. Viel von früher. Dass ihr zusammen gestrichen habt, du dich aber geweigert hast, deiner Mutter im Garten zu helfen. Es hat ihn gar nicht gegrämt, dass du dich nicht hast blicken lassen. Oder er hat es nicht gezeigt. Kann auch sein.« Er trank noch einen Schluck Bier und drehte die Flasche in den Händen. »Aber er hat immer von Heike gesprochen. Es gab keine Franziska«, sagte er.

Ich schwieg. Ich konnte die Zeit nicht zurückdrehen, aber ich hätte viel dafür gegeben, es zu tun. Mit feuchten Augen sah ich in den fast schwarzen Nachthimmel hinauf und zog die Ärmel meines Pullis über die Hände. Es war kühl geworden.

»Dein Vater hat die Menschen immer so genommen, wie sie waren, hat nicht ständig versucht, alles und jeden zu verbessern.« Erik räusperte sich, und ich sah angestrengt blinzelnd weiter in den Nachthimmel hinauf. »Wenn ich auf den Platz kam, hat er immer gesagt: ›Ach, Erik. Wie schön, dich zu sehen.‹ Und das hat er so gemeint. Er hatte immer Zeit für mich.«

Bei seinen Worten konnte ich die Stimme meines Vaters hören. Ich wusste genau, wie er geklungen hatte. Verzweifelt presste ich die Lippen zusammen, um nicht loszuheulen.

»Er hat sich wirklich gefreut, wenn ich kam«, sagte Erik leise. »Ich habe mich bei ihm immer willkommen gefühlt. Meist haben wir einfach zusammengesessen und uns erzählt, was an dem Tag so passiert war, und manchmal ist gar nichts Besonderes passiert. Klaus hat einfach diesen Platz geführt, Menschen einen Ort gegeben, an dem sie sich wohlgefühlt haben, und … gelebt. Er hat gelebt und war glücklich.« Aus dem Augenwinkel sah ich, wie er sich ungelenk mit dem Ärmel über das Gesicht fuhr. »Tut mir leid, ich bin betrunken. Ich sollte ins Bett gehen.« Er erhob sich und griff nach seiner Gitarre. Dann marschierte er ein paar Schritte los, blieb stehen, kam zurück und griff sich auch noch die Bierflasche. »Es tut mir so furchtbar leid, dass er tot ist.« Seine Worte klangen ein wenig verwaschen. »Ich habe ein Arschloch als Vater. Der mich enterbt hat, weil ich nicht so bin, wie er es will. Dein Vater, dein großartiger Vater, der von niemandem etwas erwartet hat, niemandem etwas getan hat, stirbt einfach so auf dieser verfickten scheiß Karpfenliege. Heike, es tut mir so leid.«

Er konnte nicht sehen, dass mir die Tränen über die Wangen liefen. Es war zu dunkel.

Erik hob den Kopf und sah ebenfalls hinauf zum Himmel. Dann legte er sich den Gitarrenhals über die Schulter. »Ich weiß übrigens, dass du Franziska heißt. Aber ich mag Heike lieber. Die mit den Sommersprossen.«

Und mit diesen Worten ging er in die Nacht hinaus, links am Klohaus vorbei und dann quer über den Platz, wo er am Ende vermutlich im Wald verschwinden würde, weil sein Bulli dort auf ihn wartete.

Ich rieb mit dem Ärmel meines Pullovers vorsichtig über

meine Augen und stand dann ebenfalls auf. Doch wo sollte ich hin? Ich wusste gar nichts mehr. Meine Seele hatte einen Kurzschluss. Mein Wohnwagen – Papas Wohnwagen – stand nur wenige Meter entfernt. Also lief ich in seine Richtung, blieb dann aber doch stehen. Ich wollte jetzt nicht allein sein. Also marschierte ich zurück zum Strand, wo die Leute immer noch ums Feuer standen und sich Geschichten über Klaus erzählten, sich berichteten, wo und wie sie ihn kennengelernt hatten, was er ihnen bedeutete. Wie sehr sie ihn vermissten.

Ich blieb am Rand stehen und hörte ihnen zu. Das Bild, das sie da von meinem Vater zeichneten, kannte ich nicht. Sie beschrieben einen anderen Menschen, einen glücklichen, zufriedenen Menschen, der ohne viele Worte überall mit angepackt und Menschen das Gefühl gegeben hatte, willkommen zu sein – der wirklich gelebt hatte.

Nun war er fort.

Irgendwo. Bei meiner Mutter, so hoffte ich. Der Schmerz dieses Verlustes ließ mich beben. Die Tränen nahmen mir die Sicht. Ich stand immer noch ganz allein am Rand, konnte nur zusehen, gehörte irgendwie nicht in dieses Leben. Ich gehörte nirgendwo hin, und wenn ich es nicht schaffte, diesen Platz zum Laufen zu bringen, würden all diese Menschen ihren Lebensmittelpunkt verlieren.

»Heike? Was machst du denn hier so ganz allein?«, fragte plötzlich Harald neben mir. Mitzi hatte sich bei ihm eingehakt. Die beiden waren offenbar auf dem Weg zu ihrem Wohnwagen, und ich hatte sie nicht kommen sehen.

Weinend zuckte ich die Schultern. »Laura!«, rief Mitzi augenblicklich, ließ Harald los und eilte zu mir. Mit unerwartet festem Griff packte sie mich an den Oberarmen. »Warum weinst du?«

»Mein Papa ist gestorben«, schluchzte ich. Man konnte mich kaum verstehen. Ihre Hände auf meinen Armen hatten alle Schleusen geöffnet.

Mitzi stellte sich wortlos auf die Zehenspitzen und umarmte mich ganz fest.

KAPITEL 13

Am nächsten Tag beschloss das Wetter, sich der allgemeinen Trauerstimmung anzuschließen, und schickte uns Tage voller Regen. Mal Sprühregen, dann wieder Dauerregen. Es war einfach nass von allen Seiten, und dazu auch noch unangenehm warm. Es fühlte sich fast an wie in einer überdimensionalen Sauna.

Die Wiesen wurden zu schlammig für die schweren Wohnwagen und Campingmobile. Ein neuer Gast reiste an, was mich veranlasste, kurz zu frohlocken, doch er blieb nur drei Stunden, fuhr sich in der Zeit viermal fest und reiste mürrisch wieder ab.

Der Rasen müsste gemäht werden, er umspielte schon neckisch die Knie, wenn man über die Wiese lief, aber wie sollte man ihn mähen, wenn es ständig regnete?

Ich starrte noch einen Moment aus dem Fenster des Anmeldehäuschens hinaus in das sonderbare Zwielicht, dann riss ich mich zusammen und streckte mich in meine Yoga-Vorbeuge, um meine Knöchel zu umfassen. Ein Perspektivwechsel tat ja oft gut. Wenn die Welt auf dem Kopf stand, entdeckte man manchmal ungewohnte Dinge. Ich entdeckte abbröckelnde Farbe an der hässlichen holzvertäfelten Decke. Die hatte ich nicht gestrichen.

Und Harald entdeckte ich auch, der draußen am Fenster mit einem aufgespannten Regenschirm vorbeieilte. Ich ging in die Rückbeuge und spürte, wie meine Wirbel knackten.

Gitte und Georgie hatten ihre Yoga-Einheiten vertagt, bis der elendige Regen endlich aufhörte, aber ich brauchte Bewegung. Also andere Bewegung, als tagtäglich die Klos und Duschen zu putzen und die riesigen Müllcontainer herumzuschieben. Denn das tat ich. Jeden verdammten Tag.

Erik war seit der Trauerfeier wie vom Erdboden verschluckt. Ich hatte ihn seitdem nicht mehr gesehen und ärgerte mich über mich selbst, weil ich alle fünf Minuten einen prüfenden Blick über den Platz schweifen ließ.

Er war doch bis jetzt immer wieder aufgetaucht!

Ich wollte, dass Erik zurückkam. Wieder sah ich aus dem Fenster und seufzte. Zu sehen war aber nur Trudi, die eine schwere Kiste an der Anmeldung vorbeischleppte, dicht gefolgt von Harald, der diesmal stehen blieb und den Kopf durch die Tür steckte, wobei er versuchte, seinen Regenschirm mit langem Arm draußen tropfen zu lassen.

»Heike, war die Eisfrau schon da?«, fragte er. Die Eisfrau schien auf dem Platz eine Legende zu sein, denn sie brachte, den Erzählungen nach, seit Jahrzehnten jedes Jahr die Eisbestellung und läutete damit den Sommer ein.

»Keine Eisfrau. Keine Sonne. Kein Geld. Keine Gäste«, erklärte ich schwermütig.

Harald lächelte. »Ich mag deinen Humor«, sagte er anerkennend, was mir schließlich ebenfalls ein kleines Lächeln entlockte.

»Schöne Bilder übrigens.« Harald deutete auf die frisch gerahmten Fotos hinter der Anmeldetheke. Ich hatte einfach die fünf schönsten Bilder vom Platz, die bei Instagram am meisten Zuspruch erhalten hatten, drucken und rahmen lassen, um sie hier aufzuhängen – unter anderem fünf Gartenzwerge, die ich kunstvoll in Szene gesetzt hatte. Wenn schon keinen Pool, dann doch wenigstens Zwerge.

Harald und Trudi verschwanden wieder auf dem Platz. Ich floss noch ein wenig durch meine Yogapraxis, und dann endlich war es so weit: Die legendäre Eisfrau kam mit einem riesigen Kühllaster angefahren.

Auf der Seite prangte der Schriftzug eines bekannten Speiseeisherstellers. Die Tür vom Laster öffnete sich, eine mittelalte Frau mit lilafarbenen Haaren kletterte aus dem Führerhäuschen und marschierte zur Anmeldung. Sie öffnete schwungvoll die Tür, blieb stehen, sah mich an und sagte: »Hallo. Magdalena. Wir kennen uns noch nicht, wa?« Eine Berliner Schnauze offenbar.

»Hallo Magdalena«, sagte ich und rollte schnell meine Yogamatte zusammen.

Sie nickte knapp. »Ich werde Klaus in meinem Herzen bewahren.« Heftig blinzelnd klopfte sie sich stahlhart auf die Brust. Etwas leiser fragte sie: »Ist Harald in der Nähe?«

»Er ist grad weg und sicherlich irgendwo auf dem Platz unterwegs.« Ich deutete in die Richtung, in die er verschwunden war. »Möchten Sie auf ihn warten?«

Abwehrend hob sie die Hände. »Bloß nicht! Dann muss ick heulen. Und wenn ick damit anfang, hör ick nüscht mehr auf. Hab noch fünf Lieferungen heute.«

»Okay. Dann kein Harald, nur Eis.«

Sie nickte mir zu, überlegte kurz, dann drehte sie sich auf dem Absatz um und marschierte mit strammen Schritten nach draußen. Allerdings nicht zum Laster, sondern zum Traueraltar meines Vaters. Dort positionierte sie erstmal ein wenig umständlich eine handgeschriebene Karte, nahm das gerahmte Foto, nickte meinen Vater zu und stellte es vorsichtig wieder ab.

Danach beglückte Magdalena mich mit fünf riesigen Paketen Eis. Fünf Pakete Eis. Fünf! Diese Vorräte würden bis 2048 reichen. Aber ich unterschrieb wortlos den Lieferschein, wobei mir die abgebuchte Summe kurz das Herz stocken ließ. Die legendäre Eisfrau nickte noch einmal, dann verschwand sie zu ihrem Lastwagen, erklomm die Fahrerkabine und fuhr davon.

Ich räumte die kostbare Ware in die Tiefkühltruhe, schloss sie sorgfältig und machte mich auf die Suche nach den Menschen, die so sorgenfrei Geld ausgaben, das wir nicht hatten und in absehbarer Zeit auch nicht verdienen würden. Dabei brauchten wir nichts dringender als Geld.

Ich fand Harald, der zusammen mit Gitte an seinem Wohnwagen herumbastelte.

»Warum haben wir für 340 Euro Eis bestellt?«, fragte ich sofort, ohne um den heißen Brei herumzureden.

Gitte richtete sich langsam auf. Harald legte sein Werkzeug zur Seite.

»Das haben wir jedes Jahr bestellt. Ich habe die Bestellung nur noch um die Neuheiten erweitert. Das Bären-Eis ist rausgeflogen. Das war ein Ladenhüter«, erklärte Gitte mit hochgezogener Augenbraue.

»Wir haben kein Geld! Und keine Gäste!«, rief ich und breitete die Arme aus.

Harald sah vorsichtig zu Gitte. Falls sie vorhatte, noch etwas zu sagen, würde er wohl schweigen, aber Gitte kniff jetzt demonstrativ die Lippen zusammen.

»Heike«, begann Harald vorsichtig. Warum musste er eigentlich immer jedes Gespräch mit meinem Namen beginnen? Machte er das absichtlich? »Klaus hat jedes Jahr großen Wert auf die Eistruhe gelegt. Im Sommer wird sehr viel Eis gegessen. Es ist wichtig für die Gäste«, erklärte er mir. Dabei sprach er ganz langsam, als hätte er Sorge, dass ich seinen Ausführungen nicht folgen könnte.

»Wir haben keine Gäste«, sagte ich betont ruhig, was Gitte dazu brachte, zischend auszuatmen. »Keine Gäste, aber viele Schulden und keinen Sommer«, fügte ich noch hinzu.

Harald sah mich betroffen an. Doch Gitte sagte: »Heike. Bisher hat es immer funktioniert. Was ist jetzt anders, frage ich dich?« Sie funkelte mich durch ihre heute mintgrüne Brille an.

»Was willst du denn damit sagen?«

Sie zuckte die Schultern, öffnete den Mund, doch Harald packte sie am Arm. »Nichts will Gitte sagen«, erklärte er energisch.

»Ich bin mir sicher, dass Gitte sehr wohl etwas sagen wollte«, erklärte ich und sah die Camperin herausfordernd an.

»Es hat doch vorher auch funktioniert«, wiederholte Gitte wütend.

Ich schluckte trocken. Das klang ja so, als wäre ich plötzlich daran schuld, wenn hier alles den Bach runtergeht! »Führ du doch mal einen Campingplatz, Gitte! Mit allem, was dazugehört! Zum Beispiel mit Schulden, die gezahlt werden wollen …«, setzte ich an, aber Mitzi kam mir dazwischen. Sie riss die Wohnwagentür auf und starrte uns wild an. Ihre grauen Haare standen zu allen Seiten ab.

»Schluss!«, erklärte sie in einem derartig energischen Ton, dass ich zusammenzuckte. »Keinen Streit! Das erlaube ich nicht!« Mit diesen Worten donnerte sie die Tür wieder ins Schloss.

Ich drehte mich auf dem Absatz um und marschierte zurück zu meinen Eisvorräten, die garantiert bis zum Anbrechen des Klimawandels in dieser verdammten Eistruhe lagern würden.

Ich war so wütend! Auch auf mich, denn ich hätte den beiden ja sagen können, worauf mein lieber Vater sich eingelassen hatte, dass er einen Kredit über 45.000 Euro aufgenommen hatte, ohne Tilgung, deswegen niedrige Raten, aber mit einer vollständigen Rückzahlung, die in genau fünf Monaten, drei Wochen und vier Tagen fällig war. Und mein lieber Herr Vater hatte es gewusst. Er wusste die ganze Zeit, was sich da zusammenbraute. Aber anscheinend hatte auch er niemandem davon erzählt.

Ich ließ mich auf den Holzstuhl hinter dem Anmeldetresen fallen und weckte den Computer, indem ich energisch auf der Maus herumklopfte. Im Schneckentempo nahm er seine Arbeit auf. »Schneller«, zischte ich ihm zu. Ich wollte endlich ins Internet, um nach der Buchungsplattform zu suchen, für die ich uns anmelden wollte.

Langsam baute sich ein Bild auf. Die Plattform war super. Sie korrespondierte mit einem vorhandenen Online-Buchungskalender (hatten wir nicht, brauchten wir dringend) und ermöglichte es so, Termine und Plätze frei zu wählen und fest zu buchen. Sogar eine direkte Abrechnung über Kreditkarte war möglich, und das Ganze kostete …

»Zwanzig Prozent? Seid ihr irre?«, rief ich und schlug entrüstet auf die Tischplatte.

Der Tisch nahm mir das übel. Er kippte langsam nach links, der Computer geriet ins Rutschen, und alles, was neben ihm stand – Locher, Akten, eine Kaffeetasse –, rutschte mit.

Ich sprang vor, umklammerte den PC mit beiden Armen, und wir gingen zu Boden, gefolgt von der Tischplatte.

Mit einem Knacken wurde der Bildschirm schwarz.

»Kacke«, sagte ich leise, ließ den Computer los und mich selbst flach auf den Boden sinken. In der Tasse war noch Kaffee gewesen, der sogar bis an die frisch gestrichene Wand gespritzt war. Dem Tisch waren einfach die Beine weggeklappt. »Ich hasse das hier alles«, knurrte ich und drehte mich zur Seite, um die Kabel am Computer zu checken. Sie saßen alle fest. Ich tippte auf ein paar Tasten herum, doch er rührte sich nicht.

Ich hatte die Schnauze so gestrichen voll!

Wutschnaubend sprang ich auf und marschierte aus dem Raum. Ich musste weg. Weg von dem zusammengestürzten Anmeldetresen, dem am Boden liegenden PC, den Tonnen an Eiscreme, dem leeren Buchungskalender.

Ich lief nach links, sah dort aber Trudi barfuß und mit einem Badehandtuch bewaffnet über den Weg schlendern, also bog ich scharf nach rechts ab. Hier war der Weg frei. Ich rannte fast. Nur weg.

Zwei Camper versuchten mich abzufangen, vielleicht wollten sie über die Müllentsorgung diskutieren, aber ich nickte nur bemüht lächelnd und rannte weiter. »Komme gleich wieder!«, rief ich, während ich über die Überreste des Zauns kletterte, der vor dem Wäldchen umgefallen war.

Wenige Minuten später erreichte ich den federnden Waldboden. Im Hintergrund hörte ich die Ostsee rauschen. Über den Baumwipfeln lichtete sich der Himmel. Der Regen hatte sich endlich verzogen.

Ich folgte einem kleinen Trampelpfad, immer weiter hinein in das Naturschutzgebiet und seinen zauberhaften Wald. Ich wollte nur noch meine Ruhe haben.

Ein wenig außer Atem erreichte ich irgendwann den Strand, der mich schon eine ganze Weile auf der rechten Seite begleitete, sich jedoch hinter dichten Wildrosen und Kiefern versteckt hatte. Jetzt öffnete sich das grüne Dickicht etwas. Ich wurde langsamer, denn vor mir, auf einer kleinen Lichtung, war ein mir wohlbekannter Bulli aufgetaucht.

»Hier bist du also«, murmelte ich leise und ging langsam weiter. Erik war nirgends zu sehen. Die Heckklappen des Wagens standen offen, seine Gitarre lehnte an einem der Radkästen, und vor dem Bulli war ein feinsäuberlicher Ring aus Steinen gelegt, in dessen Mitte sich Feuerholz türmte.

»Erik?«, rief ich halblaut. Wenige Meter neben mir entdeckte ich ein rot-schwarz kariertes Hemd im Abendlicht. Es lag achtlos hingeworfen auf dem Sand, als hätte sein Besitzer es eilig gehabt. Ich trat noch ein paar Schritte vor und sah mich suchend um. Eriks Hose lag nur wenige Schritte weiter.

Ich sollte verschwinden, tat es aber nicht. Stattdessen ging ich hinter dem dicken Stamm einer krummen Strandkiefer in Deckung und sah so lange auf das Meer, bis ich Erik endlich entdeckte.

Er war weit rausgeschwommen und kraulte gerade zurück zum Strand. Fast hätte ich ihn nicht erkannt. Er hatte sich die Haare abgeschnitten. Millimeterkurze Stoppeln bedeckten seinen Kopf. Als er jetzt in geschmeidigen Bewegungen durch die glitzernden Fluten der Ostsee kraulte, überkam mich die Sehnsucht nach meiner Kamera derart heftig, dass ich mir auf die Lippen beißen musste.

Das perfekte Bild.

Der perfekte Mann.

Die langen, unkonventionellen Haare hatten Erik besonders gemacht. Wer hatte als Mann schon solche Haare? Jetzt war er pur. Nur Erik, ohne Schnörkel. Er sah so anders aus, und doch war seine Essenz geblieben.

Erik tauchte noch einmal unter, kam prustend hoch, dann richtete er sich mit einer geschmeidigen Bewegung komplett auf und drehte sich in meine Richtung.

Er war nackt.

Wie verzaubert sah ich ihn an. Seine Tätowierungen zogen sich über beide Arme und den Bauch, von wo aus ein feuerspeiender Drache bis zur Schulter hochwanderte. Mitten auf seiner Brust prangte ein riesiger Anker. Er schmückte die schönen Brustmuskeln und ließ die Kuhle zwischen Rippen und Bauch deutlich hervortreten.

Erik watete an Land, schnappte sich seine Klamotten und ging zum Bulli.

»Hab dich gesehen«, sagte er leise und griff sich ein Handtuch, das an der offenen Hecktür hing.

Mir war plötzlich sehr viel heißer, als mir sein sollte. Ich trat aus dem Schutz des Baumstamms hervor.

»Bier?«, fragte er und sah kurz mit seinen grauen Augen in meine Richtung.

»Bier«, erwiderte ich und trat näher. Immer noch nackt kramte Erik in einer Kühlbox und hielt mir eine Flasche entgegen. Er prostete mir kurz zu und schlüpfte dann doch endlich in verwaschene Shorts. Ich nippte stumm an meinem Bier und sah ihm zu, während er das Feuer entfachte. Dabei war mir immer noch so heiß, dass ich mir kurz die eisgekühlte Bierflasche an die Wange drückte.

»Wo warst du die ganze Zeit?«, fragte ich schließlich, setzte mich auf die Ladekante des Bullis und betrachtete seine wohlgeformte Rückansicht. Ein kleines blauschwarzes Känguru lugte über den Bund seiner Shorts.

Erik blickte seitlich zu mir hoch und legte noch ein paar trockene Äste ins Feuer. Es knisterte, und der Geruch von Rauch erfüllte die kleine Lichtung.

»Hier«, antwortete er. »Hab letztes Mal zu viel geredet. Ist eigentlich gar nicht meine Art. Ich fürchte, ich war betrunken.«

Ich runzelte die Stirn. »Und dann haust du einfach ab?«

Erik setzte sich neben mich. »Ja«, sagte er leise.

Er war mir sehr viel näher, als gut für mich war, zumal er noch immer nicht viel mehr trug als diese lächerlichen Shorts.

Ich umklammerte meine Bierflasche mit beiden Händen. »Was ist mit deinen Haaren passiert?«

Er fuhr sich mit der freien Hand über die millimeterkurzen

Stoppeln, als müsste er kurz checken, was ich meinte. »Klaus hat immer gesagt, ich soll die Mähne mal scheren lassen. Das würde mir stehen.« Er lächelte traurig. »Dachte, ich mach das mal. Für ihn.«

Ich sah ihn an. So einfach war das. Die Haare würden wieder wachsen. Es war nicht wichtig. Vielleicht war nichts wichtig. Zumindest nichts, von dem ich immer dachte, dass es wichtig wäre.

Erik schien noch ein Stück näher gerückt zu sein. Ich spürte die Wärme, die von seinem Körper ausging. Wollte ihn berühren. Seinen Duft einatmen.

Wieder lächelte Erik, jetzt allerdings so, als wüsste er, was in meinem Kopf vor sich ging. »Warum bist du hier?«, fragte er leise.

»Der Anmeldetresen ist zusammengebrochen. Der Computer ist abgestürzt, und jetzt ist er kaputt. Wir haben Eis in der Truhe für den Wert …«, ich unterbrach mich selbst und atmete tief durch. »Hab dich gesucht«, sagte ich schließlich. Erik lachte leise auf. »Die ganze Zeit frage ich mich schon, wie du wohl ohne Klamotten aussiehst und was diese ganzen Tätowierungen zu bedeuten haben«, erklärte ich schließlich.

»Ist das so?«

Das Feuer hatte an Kraft gewonnen, dafür wurde der Himmel langsam dunkler. Der rote Schein der Flammen ließ Eriks helle Augen leuchten.

Ich nickte. Dann beugte ich mich vor und legte meine Hand auf seine Brust. »Was hat der Anker zu bedeuten?«

Erik betrachtete meine Finger auf seiner Haut. Dann legte

er ganz vorsichtig seine Hand darüber. »Den habe ich aus Neuseeland mitgebracht.«

»Was bedeutet er?« Meine Hand unter seiner kribbelte.

»Meine Heimat ist immer in meinem Herzen«, flüsterte er rau.

Ich spürte seinen Herzschlag unter meiner Handfläche. Bum. Bum. Bum. Sein Herz schlug so schnell.

Wie ein Magnet zog mich dieser Rhythmus an, immer näher, bis meine Lippen seine berührten und wir uns küssten. Nach einer Weile ließ seine Hand meine los, und seine Finger gruben sich in meine Haare. Mit geübtem Griff zog er das Haargummi aus dem Zopf. Es landete irgendwo auf dem Waldboden.

Erik duftete verführerisch nach Sonne und Kiefernadeln. Seine Zunge glitt über meine Oberlippe, erkundete mich, und ich schmeckte das Salz des Meeres. Mein Atem klang zittrig, und auch mein Herz schlug immer schneller. Noch nie hatte ich einen Mann so sehr gewollt wie Erik.

Und ihm schien es ähnlich zu gehen. Während er mich weiter küsste, suchten seine Hände ihren Weg unter meinen Pullover, spürten den Rundungen meiner Brüste nach, bis der Pulli dem Haarband auf den Waldboden folgte.

Am Wasser wurde es schnell frisch. Das Feuer knisterte, und wir lagen Arm in Arm auf der Matratze und sahen durch die geöffnete Heckklappe des Bullis hinaus auf die Ostsee. Eriks freie Hand wanderte unablässig über meinen Körper, und ich gab mich dieser Berührung hin, genoss sie in vollen Zügen. Träge beobachtete ich seinen Arm und die Geschichte, die darauf erzählt wurde. Sie begann an seinem Handgelenk. In wilden, gezackten Linien zog sich ein Tribal bis hinauf zu seinem Ellenbogen. Hier wurden die kantigen Formen weicher, gingen in sanfte Schwünge über. Auf der Oberseite der Schulter umspielten sie die Silhouette einer Sonne, neben der ein Rotkehlchen saß.

Erik legte seinen Arm schwer über meinen Bauch und drückte sein Gesicht in meine Haare. Ich spürte seinen Atem, der sich wieder beruhigt hatte. Langsam hob ich eine Hand und fuhr die Linien an seinem Hals nach. Das Tattoo sah an dieser Stelle aus wie rankender Wein. Das war es also, was ich vor wenigen Tagen über den Rand seines T-Shirts gesehen hatte.

»Warum hast du ein Känguru auf dem Rücken?«, fragte ich leise. Erik hob den Kopf und sah mir in die Augen. Diese verdammt grauen Augen, deren Blick mir jedes Mal durch und durch ging.

»Ich war in Australien. Im Outback«, sagte er und ließ den Kopf wieder sinken. »Dort fühlt man sich wie losgelöst von dieser Welt. Mitten in dieser gigantischen Landschaft. Ich war unwichtig. Sogar die Kängurus haben mich ignoriert. Ich spielte in ihrem Leben einfach keine Rolle. Das hat mich beeindruckt.« Er hob den Kopf und deutete mein fragendes Gesicht richtig. »Alles war so unaufgeregt«, sagte er leise. »Die Welt würde sich weiterdrehen, mit oder ohne mich. Das hatte etwas sehr Erleichterndes für mich. Deswegen das Känguru, das mich daran erinnern soll, falls ich wieder anfange, es allen recht machen zu wollen.«

»Es ist knapp über deinem Hintern. Du brauchst einen

Spiegel, damit es dich erinnert«, wagte ich einzuwenden, woraufhin er grinste.

»Das stimmt. Aber es war kein anderer Platz mehr frei.«

»Wem wolltest du es recht machen?«

Das Grinsen verblasste. »Lange Geschichte. Kann ich dir lieber etwas vorsingen?« Ohne auf eine Antwort zu warten, kletterte er vom Bett und kam mit seiner Gitarre zurück.

Ich lehnte mich in die Kissen und zog das Laken hoch.

»Hast du ein Lieblingslied?«, fragte er und stimmte nebenbei die Saiten.

Ich zuckte die Schultern. Mir fiel nichts ein.

»Dachte ich mir. Was war früher dein Lieblingslied?«

»*SLIDE* von den Goo Dolls«, erwiderte ich nach kurzer Überlegung. Erik schloss einen Moment die Augen, dann begann er die Melodie zu zupfen.

Es klang tiefer als das Original, mit seiner samtigen Stimme völlig anders interpretiert, aber einfach perfekt. Ich lag da und beobachtete ihn, wie sein Körper sich vor der dunklen See und dem Schein des Feuers abhob. Wie seine Finger den Saiten der Gitarre geschickt die Töne entlockten. Leise summte ich mit und schloss die Augen.

Es war so warm, so geborgen, so unglaublich schön. Ich wollte das Lied festhalten, damit dieser Moment nicht vorbeiging, doch irgendwann verklangen die letzten Töne. Erik stellte die Gitarre zur Seite und legte sich neben mich, einen Arm wieder über meinen Bauch.

»Mein Vater ist selbstständiger Elektriker in vierter Generation. Es war von Anfang an klar, dass ich den Laden übernehme«, sagte er nach einer Weile leise, und ich drehte den

Kopf in seine Richtung, dankbar, dass er sich doch entschieden hatte, mir seine Geschichte zu erzählen. »Ich wollte nur nie Elektriker sein, aber danach hat keiner gefragt.«

Sanft legte ich meine Hand auf seinen Kopf. Das kam mir bekannt vor. So war ich zu meiner Bankausbildung gekommen.

»Ich habe die Ausbildung gemacht, den Meister noch obendrauf, und dann festgestellt, dass ich sterbe, wenn ich die nächsten vierzig Jahre so weitermache.«

Ich fuhr ihm mit den Fingerspitzen über den Arm. Es hatte schon seinen Grund, dass ich ihn mir nicht im Blaumann, jeden Tag auf der gleichen Baustelle, hatte vorstellen können. Das war einfach nicht das, was ich durch meine Kameralinse gesehen hatte.

»Mein Vater hat mittlerweile zwei Herzinfarkte hinter sich«, fuhr er fort. »Aber er hört einfach nicht auf zu arbeiten. Es musste immer mehr werden, der Laden immer größer. Ich habe damals nur noch gearbeitet, hatte keine Zeit für die Dinge, die mich glücklich machten, sondern hab immer nur versucht, es allen recht zu machen.«

»Du warst mal verheiratet, nicht?«, fragte ich vorsichtig. Er hob den Kopf und warf mir einen schrägen Blick zu.

Ich zuckte die Schultern. »Trudi hat es mir erzählt«, erklärte ich leise.

Erik nickte. »Iris und ich waren acht Jahre verheiratet. Wir haben in Schönberg einen alten Resthof gekauft und umgebaut.« Er zögerte. Ich schwieg und strich weiter sanft mit dem Zeigefinger über seinen muskulösen Unterarm. »Iris wollte Kinder, aber wir konnten keine Kinder bekommen. Für sie war das furchtbar, für mich war es irgendwann okay. Aber dieser

Hof wurde für sie zu einer Art Ersatzprojekt. Alles musste perfekt sein. Wenn ich nicht gearbeitet habe, habe ich also den Hof renoviert. Acht Jahre lang. Ständig mussten Dinge gekauft werden, aber die haben mich gar nicht glücklich gemacht.«

»Was macht dich glücklich?«, fragte ich leise.

Er lachte auf. »Ehrlich? Das hier. Das hier macht mich glücklich. Ich habe immer gedacht: Wenn alle zufrieden sind, bin ich es auch. Aber das hat nicht funktioniert. Ich habe auch Bedürfnisse. Ich brauche Freiheit und Ruhe, Zeit für mich. Meine Musik.«

»Also hast du alle Zelte abgebrochen und bist auf Weltreise gegangen«, stellte ich fest.

»Das klingt so einfach«, murmelte Erik. »Ich habe mich von Iris getrennt, das war furchtbar. Dann habe ich den Hof verkauft, und das war auch furchtbar. Dann habe ich meinem Vater gesagt, dass ich den Laden nicht übernehmen würde, was noch furchtbarer war. Er spricht bis heute nur das Nötigste mit mir.« Er schwieg. »Dann habe ich mir die Welt angesehen. Europa, Asien, Amerika, Hawaii, Australien. Drei Jahre lang. Als ich zurückkam, habe ich den Bulli gekauft«, er tätschelte die Seitenwand seines Campers, »ihn umgebaut und war frei.«

Das war beeindruckend. »Wow! Warum bist du zurückgekommen?«, fragte ich.

Erik richtete sich ein wenig auf und sah mir in die Augen. »Weil der Himmel woanders auch nur blau ist. Ich habe eine Weile gebraucht, um herauszufinden, wer ich wirklich bin. Und wo ich hingehöre. Hier sind meine Freunde. Hier ist mein Heimathafen.«

Ich sah hinaus auf den weit entfernten Horizont, an dem

noch ein letzter Streifen Tageslicht leuchtete. »Das ist gut«, murmelte ich und fragte mich gleichzeitig: Wer, verdammt noch mal, war ich eigentlich? Hatte ich jemals einen Heimathafen gehabt? Ich spürte, wie die Unruhe mal wieder nach mir griff, und musste mit den Beinen wackeln. Mein linker Fuß zuckte, und ich ließ im Liegen die Schultern kreisen.

Erik merkte, dass sich etwas verändert hatte, denn er drehte sich auf die Seite, stützte sich auf seinen Arm und sah mich an. Mit dem Zeigefinger der anderen Hand fuhr er mir sanft über die Wangenknochen bis hinunter zum Kinn. Dann strich er mir die Haare aus dem Gesicht. Aber ich konnte nicht mehr still liegen. Die wohlige Ruhe von eben war weg.

»Warum zappelst du eigentlich immer so?«, fragte er leise. Ich brummte irgendetwas. »Ich glaube ja«, Erik beugte sich dichter zu mir, so dicht, dass ich seinen Atem an meinem Ohr spüren konnte, »du bist heimlich auf der Flucht.«

KAPITEL 14

Es war Ende April, und endlich schien die Sonne aus allen Knopflöchern. Die Blumen blühten wie verrückt, und der ganze Platz war mit weißen und hellblauen Farbtupfen übersät. Die Camper waren gut drauf und kauften tatsächlich Unmengen an Eis bei mir, und sogar der Computer hatte sich meiner erbarmt und lief wieder.

Ich saß an dem von Erik frisch reparierten Tresen und lud ein Bild bei Instagram hoch. Wir hatten mittlerweile jede Menge Follower, was an der Buchungsflaute aber nichts änderte. Alle fanden die Bilder toll, aber keiner kam uns besuchen.

Vielleicht musste ich auf unserem Account mehr Menschen zeigen, überlegte ich. Glückliche Camper. Menschen reagierten immer vor allem auf Bilder von anderen Personen. So schön die Zwerge auch waren, unser Gehirn brauchte einen Aufhänger, und das waren nun mal menschliche Gesichter.

Seufzend legte ich das Handy zur Seite und blickte hinaus zu den Bäumen vor dem Anmeldehäuschen, die sich mit den ersten kleinen grünen Blättern schmückten und von der goldenen Morgensonne wunderschön in Szene gesetzt wurden. Das Licht war ein wahrgewordener Fotografinnentraum. Doch noch während ich das dachte, wurde ich schon wieder unruhig. Die Klos mussten geputzt, der Rasen gemäht und das Buchungsportal endlich eingerichtet werden.

Mit Erik zu schlafen hatte nichts, aber auch gar nichts einfacher gemacht. Es hatte nur meine Sehnsucht entfacht. Sehnsucht nach Erik. Nach seiner Nähe. Ständig ertappte ich mich dabei, wie ich ihn auf dem Platz suchte und mein Herz schneller schlug, wenn ich ihn endlich entdeckte. Ich benahm mich wie ein Teenie, dabei wurde ich in wenigen Wochen stolze neununddreißig Jahre alt.

Erik hatte mir aber noch etwas anderes gezeigt. Dass nämlich meine Ruhelosigkeit nicht gottgegeben war. Als er gesagt hatte, ich sei auf der Flucht, hatte ich im ersten Moment gelacht. Doch dann hatte mich die Erkenntnis wie ein Schlag getroffen, denn Erik hatte recht.

Es ließ sich nicht leugnen, dass ich immer in Bewegung war. Vielleicht war ich auf der Flucht vor der Einsamkeit. Solange ich keine Zeit hatte nachzudenken, spürte ich auch nicht, wie einsam ich tatsächlich war. Und wenn ich mich zwang, noch weiter darüber nachzudenken, musste ich mir eingestehen, dass dieses Gefühl der Einsamkeit mich schon sehr lange verfolgte. Ich konnte mich kaum an eine Zeit erinnern, in der ich mich nicht einsam gefühlt hatte.

Und noch etwas hatte ich in den letzten Tagen begriffen: Seit ich in Vogelsang-Storch war, wollte ich wieder zurück nach Hannover, als wäre ich dort festgebunden, mit einem langen Gummiband, ständig gespannt, immer kurz vor Abflug. Nur hatte ich gar keinen Anker in Hannover. Ich hatte dort weder eine Wohnung noch Arbeit oder Freunde, die mir wirklich etwas bedeuteten. Und umgekehrt schien es nicht viel anders zu sein, denn bisher hatte ich außer von Sarah von keinem etwas gehört.

Ich atmete tief ein und aus und starrte weiter in den Frühling hinaus. Das praktizierte ich so lange, bis mein Handy klingelte. Hier klingelte eigentlich selten mal was, schon gar keine Telefone.

»Franziska Lichtenstein.«

»Hallo, liebe Frau Lichtenstein!«, rief am anderen Ende jemand offenbar hocherfreut. »Endlich erreiche ich Sie! Hier spricht Eugen Margendrohn von Top-Immobilien.«

»Ja, hallo«, sagte ich. Dieser Makler und ich hatten es tatsächlich über Tage permanent geschafft, aneinander vorbei zu telefonieren.

»Möchten Sie noch verkaufen?«, fragte Herr Margendrohn ohne Umschweife.

»Klar«, sagte ich langsam.

»Sehr schön«, frohlockte er. »Dann würde ich mir das Objekt gerne mal direkt anschauen. So live und in Farbe, nicht? Heute Abend um sechs könnte ich bei Ihnen sein.« Der Mann klang extrem gut gelaunt. Allerdings wollte ich heute Abend um sechs bei Gittes Steg-Yoga-Stunde mitmachen. Aber gut. Manchmal musste frau eben Opfer bringen.

»Okay«, sagte ich. »Wir treffen uns an der grünen Schranke. Bis später.« Ich legte auf. Eigentlich hätte ich mich jetzt gut fühlen müssen. Das hier war der erste Makler, der echtes Interesse an dem Campingplatz zeigte.

Aber ich fühlte mich nicht gut. Ich fühlte mich sogar eher schlecht.

Jemand klopfte an die Scheibe, und mein Herz hüpfte erfreut. Erik stand dort und winkte mir zu. Doch als ich zurückwinkte, war er schon wieder verschwunden.

Ich stand auf, griff mir den Putzeimer, stellte ihn wieder weg, fuhr stattdessen den Computer runter und nahm mir meine Kamera. Ich sollte da anfangen, wo ich eben gedanklich aufgehört hatte. Außerdem war das Licht perfekt, und niemand konnte sagen, wie lange der Sonnenschein uns erhalten bleiben würde.

Also marschierte ich los, direkt zu Trudi, die vor ihrem Wohnwagen an irgendetwas herumwerkelte. Als sie mich kommen sah, wurde sie plötzlich hektisch. Eilig begann sie, ein paar Dinge in den Wohnwagen zu tragen, während sie mir über die Schulter verstohlene Blicke zuwarf.

Irritiert wurde ich langsamer.

»Trudi, störe ich?«, rief ich aus einiger Entfernung, doch sie grinste nur, schob mit dem Fuß noch eine Kiste unter den Wohnwagen und schüttelte dann den Kopf.

»Du störst nie!«, verkündete sie strahlend.

»Das ist schön«, sagte ich und erinnerte mich wieder daran, warum ich überhaupt gekommen war. »Trudi, ich bin ja Fotografin, und ich würde dich gerne fotografieren, um das Bild dann auf unseren Instagram-Account hochzuladen. Dich, Gitte, Giovanni … Als Aushängeschilder für die glücklichen Camper. Hättest du Lust, mein erstes Fotomotiv zu sein?«

Trudi klappte für einen Moment die Kinnlade runter.

»Ich bin doch viel zu alt«, sagte sie dann und rieb sich die Handflächen an ihrer Jogginghose. »Und nicht schön.«

»Du bist sehr schön und für gar nichts zu alt«, erwiderte ich.

»Was soll ich denn machen?«, fragte Trudi und fuhr sich durch die Haare.

»Was eine glückliche Camperin so macht«, sagte ich. »Kaffeetrinken? In die Sonne schauen?« Ich zuckte die Schultern, nahm aber schon mal den Verschluss vom Objektiv.

Trudi hob eine Hand. »Warte kurz«, murmelte sie und eilte zurück in ihren Wohnwagen, nicht jedoch ohne die Kiste, die sie vorher darunter geschoben hatte, zu packen und mitzunehmen.

Ich wartete und wartete. Und dann wartete ich weiter und sah in den blauen Himmel. In der Zeit hätte ich locker ein Klohaus putzen können. Allmählich wurde ich zappelig, aber dann tauchte Trudi endlich wieder auf. Sie trug jetzt ein hellgelbes Kleid und den roten Lippenstift, den ich ihr beim letzten Großeinkauf aus dem Supermarkt mitgebracht hatte, und sah plötzlich so verändert aus, dass ich sie fast nicht erkannt hätte. In der Hand hielt sie eine Eierlikörflasche, die genauso gelb strahlte wie ihr Kleid.

Ich wartete, während sich Trudi vor ihren Wohnwagen in Position stellte, die Flasche zum Himmel hielt und sie verliebt ansah. Gut, das war nicht das, was ich erwartet hatte, aber ein Anfang. Ich schoss ein paar Fotos und schaute, was Trudi als Nächstes einfiel. Je weniger Druck die Fotografin ausübte, desto authentischer wurde das Ergebnis. Trudi war ganz offensichtlich nicht kamerascheu, denn nun tanzte sie ein wenig mit der Flasche im Arm herum. Farblich ein Knaller, gerade vor den gelben Hornveilchen, die in terrakottafarbenen Töpfen ihre ersten gelben Blüten geöffnet hatten.

Irgendwann kam Harald um die Ecke.

»Ich bringe das jetzt alles weg, ja?«, fragte er munter, ohne mich eines Blickes zu würdigen.

»Pssst!«, zischte Trudi, deutete hektisch auf mich und lächelte dann einfach weiter.

»Oh. Heike. Oh«, sagte Harald leicht erschrocken.

»Wir machen Fotos. Von den Campern. Komm her«, befahl Trudi und zog Harald neben sich. »Tu ganz natürlich. Sei einfach du selbst«, befahl sie, doch Harald verfiel in eine Starre, die sich in einem eingefrorenen Grinsen und völliger Reglosigkeit manifestierte. »Locker. Du musst dich locker machen!«, dirigierte Trudi ihn und rüttelte an seinen Armen.

Ich schwieg und biss mir von innen auf die Wangen. Kein Ton verließ meinen Mund. Aber die beiden waren so herrlich! Die Bilder vom Lockermachen waren wunderschön. Trudi mit ihrer Eierlikörflasche, alles in Gelb, und Harald neben ihr, der es dann doch irgendwann schaffte, halbwegs glücklich in die Kamera zu schauen.

Noch während ich mir die Fotos auf dem Display ansah, schob Trudi mich weiter zum Wohnmobil von Giovanni und Georgie. Energisch klopfte sie gegen die Tür.

»Die Heike macht Fotos für Dingsdagram!«, rief sie. »Macht euch mal hübsch und kommt raus!«

Einigermaßen sprachlos verfolgte ich, was nun geschah. Giovanni sprang heraus, seine Augen glänzten, und er fuhr sich mit großer Geste durchs Haar.

»Fotos! Wie schön!«

Georgie folgte etwas langsamer. Mich beschlich das Gefühl, dass er sich noch schnell umgezogen hatte. Jedenfalls trug er eine perfekt sitzende Anzughose, knöchelhohe Lederstiefel und ein enganliegendes gelbes Hemd. Die dunklen Locken hatte er elegant zurückgegelt.

»Ist es okay, wenn ich die Bilder dann bei Instagram hochlade?«, fragte ich.

»Das war es«, murmelte Trudi und strich mit der Hand über Giovannis Pullover, auf dem sich offenbar Fussel befanden, die nicht mit aufs Foto sollten. »Nicht Dingsdagram. Tss.«

»Ja, super!«, erklärte Georgie mit leuchtenden Augen. »Wann wird man schon mal von einer Starfotografin in Szene gesetzt?«

Ich lächelte. Ich war keine Starfotografin. Wobei, wenn ich mir diese illustre Runde so ansah, war ich das vielleicht doch. Sie alle leuchteten nämlich grad wie die Sterne.

»Ich hole noch schnell Mitzi und sage Gitte Bescheid«, erklärte Harald und eilte davon.

Ich nutzte die Zeit, um von Giovanni und Georgie ein paar Fotos zu schießen. Nach einem kurzen Kontrollblick aufs Display hielt ich einfach nur noch drauf. Die beiden standen vor der imposanten Front ihres Wohnmobils, dicht an dicht. Giovanni legte Georgie den Kopf auf die Schulter, Georgie nahm seine Hand. Auf einem der Bilder drehte Georgie den Kopf und sah seinem Mann in die Augen. Bei diesem Bild hielt ich inne und schaute es mir direkt auf dem Display an. Es strahlte eine unglaubliche Kraft aus. Die Kraft der Liebe. Auch den Kuss der beiden hielt ich fest. Ein unaufgeregter Kuss tiefster Zuneigung.

»Das musst du vielleicht nicht posten«, sagte Georgie, nachdem ich die Kamera gesenkt hatte. Verlegen lächelte er.

»Gerade das muss sie zeigen!«, erklärte Gitte, die gerade

mit einem Tablett gut gefüllter Gläser voller Eierlikör um die Ecke kam.

»Wir wollen ja keine Gäste, die mit sich küssenden Männern ein Problem haben.« Sie hielt mir das Tablett hin, und ich nahm ein Glas.

»Solche Gäste wollen wir auf keinen Fall«, erklärte ich.

Nach und nach trudelten auch die restlichen Camper ein und bedienten sich am Eierlikör. Harald hatte das gerahmte Foto meines Vaters mitgebracht. Er hielt es die ganze Zeit in der Hand. Ich trat einen Schritt zurück und fotografierte, während alle zusammenstanden, sich unterhielten und bald völlig vergessen hatten, warum wir eigentlich hier waren. Und während ich sie beobachtete und immer wieder auf den Auslöser drückte, begann mein Herz ganz sonderbar zu pochen.

So verging der halbe Tag. Jemand schmierte Sandwiches, es gab Kaffee, die Stimmung war zum ersten Mal seit der Trauerfeier wieder ausgelassen. Meine To-do-Liste war vorübergehend vergessen, dafür war meine Fotoausbeute phänomenal. Das beste Bild war das, auf dem alle sieben mit Eierlikör in den Händen beieinanderstanden und herzhaft über etwas lachten. Sogar Robert grinste breit. Das waren die personifizierten glücklichen Camper.

Stunden später kochte ich mir einen Tee, setzte mich auf meinen Campingstuhl vor den Wohnwagen und schickte eine Auswahl aller Fotos in die WhatsApp-Gruppe, damit die Camper sich entsprechend entscheiden konnten.

Gitte schickte mir ihr Lieblingsfoto zurück und schrieb dazu: »Du hast Erik vergessen!«

»Den vergesse ich nicht, Gitte. Keine Sorge«, murmelte ich.

Dann kam das Emoticon, das mich immer an den Schrei von Munch erinnerte, und ausgerechnet Gitte schrieb: »DU bist nicht mit drauf! Das geht nicht!«

Ich betrachtete die Nachricht und blinzelte dann von meiner Liege in den hellblauen Himmel. Ich wäre tatsächlich gerne mit auf den Fotos. Aber dann fiel mir der Maklertermin am Abend wieder ein. Ich rieb mir die Stirn, und bevor ich zu viel nachdenken konnte, schnappte ich mir erneut die Kamera und machte mich auf die Suche nach Erik, der den Platz zwar feinsäuberlich von allen Seiten umkreiste, es aber tunlichst vermied, sich mit seinem Bulli direkt draufzustellen. Und der im Portfolio der schönen Bilder noch fehlte.

Ich fand ihn dort, wo ich ihn immer fand: am Strand. Er schien auf unheimliche Weise mit der Silhouette der Ostsee und dem Horizont dahinter verbunden zu sein. Die Beine angewinkelt, die Arme locker auf die Knie gelegt, saß er auf dem Sand. Daneben auf einem Handtuch lag seine Gitarre.

Ich schaltete meine Kamera an. Sie surrte leise. Erik drehte den Kopf in meine Richtung und sah mich an. Ich deutete mit dem Kinn auf meine Kamera.

»Darf ich ein Foto machen?«

Er zog eine Augenbraue hoch, dann nickte er leicht. Sonst passierte nichts. Normalerweise passierte immer etwas, wenn die Menschen wussten, dass sie fotografiert werden sollten. Man stellte sich in Pose; ein Lächeln, manchmal strahlend, manchmal auch ein wenig unsicher, huschte über das Gesicht, die Schokoladenseite wurde vorsichtig zur Kamera gedreht.

Erik aber veränderte sich nicht. Er sah mich nur an. Durch das Objektiv, durch die Linse, mitten hinein in meine Seele. Ich drückte ein paarmal auf den Auslöser, es klickte leise, dann ließ ich die Kamera wieder sinken, während Erik mich immer noch ansah. Er ignorierte die Pentax in meinen Händen, als würde es sie gar nicht geben.

»Gehst du mit mir schwimmen?«, fragte er stattdessen.

»Äh, was?«, fragte ich zurück, aber da war er schon aufgestanden und zu mir getreten. Sanft nahm er mir meine Kamera aus der Hand und legte sie vorsichtig zu seiner Gitarre. Die beiden gaben ein hübsches Pärchen ab. »Schwimmen«, wiederholte Erik und legte jetzt beide Hände an meine Wangen.

»Nie im Leben«, hauchte ich, völlig überrumpelt.

»Schiss?« Er legte den Kopf schief und betrachtete mich intensiv mit seinen hellgrauen Augen. Er musste damit aufhören. Das machte mich ganz verrückt.

»Es ist kalt«, erklärte ich hoheitsvoll.

»Aber man spürt, dass man lebt.« Jetzt grinste Erik. Feine Lachfalten kräuselten seine Augenwinkel. Er war jetzt schon tiefbraun gebrannt. »Dein Vater ist jeden Morgen schwimmen gegangen. Von April bis Oktober. Er sagte immer, so würde er sich lebendig fühlen.«

Ich schüttelte stumm den Kopf.

»Los, komm.« Eriks Hände glitten hinunter auf meine Schultern. Sein Griff war fest, herausfordernd.

»Ich muss die Klos putzen. Die Rezeption ist nicht besetzt …«, setzte ich an, doch Erik beugte sich vor und flüsterte mir ein einziges Wort ins Ohr:

»Feigling.«

Dann zog er sich aus. Aus Rücksichtnahme auf meine glücklichen Camper nur bis zu den Shorts, aber das reichte aus, um mir einen Hormonschock zu verpassen. Herausfordernd sah er mich an. Ich warf einen Blick über die Schulter. Niemand da. Nur Erik und ich. Er war schon bis zu den Knien in der Ostsee. Das Känguru auf seinem Rücken schien mir zuzuzwinkern. Ein wenig hilflos betrachtete ich ihn, dann knöpfte ich meine Marlenehose auf. Ja, ich war ein verdammter Feigling. Ich schlüpfte aus den Ballerinas und ließ die Hose in den Sand fallen. Die Bluse folgte. Meine Unterwäsche ließ ich an.

Wie angewurzelt stand ich da. Ich wollte einen Schritt nach vorne machen, aber ich konnte nicht, denn ich fühlte mich so verdammt nackt. So schutzlos.

Erik drehte sich um. Seine Augen weiteten sich für einen Augenblick.

»Komm, schöne Frau«, sagte er.

Zögerlich trat ich mit einem Fuß in die Ostsee. Das Wasser war eiskalt. Unmöglich konnte ich da reingehen. Erik kam zurück und nahm meine Hand. Mit seiner Hilfe machte ich den nächsten Schritt. Das Wasser umspülte meine Schienbeine. Als ich wieder stehen blieb, legte er den Arm um meine Hüfte, dirigierte mich tiefer ins Wasser, und ich folgte ihm.

Das Wasser war so kalt, wie ich befürchtet hatte, aber plötzlich bekam ich große Sehnsucht, mich lebendig zu fühlen. Mutig zu sein. Also umfasste ich Eriks Hand noch fester und machte ein paar große Schritte. Mir blieb der Atem weg, mein Herz schlug mir plötzlich bis zum Hals. Ich ließ Erik los. Jetzt gab es nur noch eine einzige Möglichkeit: mitten hinein.

Ich ließ mich fallen und tauchte unter. Das eisige Wasser

umfing mich, hüllte mich ein und füllte alles aus. Prustend kam ich wieder nach oben. Eriks Hände fingen mich auf und hoben mich hoch. Er zog mich fest an sich, sein Körper war ganz warm.

»Du kannst doch wohl schwimmen, oder?«, fragte er dicht an meinem Ohr.

Ich lachte, machte mich los und tauchte erneut unter. Ließ eine kleine Welle über mich rollen, kam wieder hoch und holte prustend Luft.

»Ja!«, rief ich und stand ein wenig unsicher, denn der Sand unter meinen Füßen schien sich zu bewegen. Erik legte den Kopf schief und betrachtete mich grinsend.

»Hallo Heike«, sagte er schlicht, und ich zog die Nase hoch. Ich hatte überall Salzwasser, und es kitzelte mich auf der Haut. Mein Make-up hatte sich garantiert in Wohlgefallen aufgelöst. Meine Haare hingen triefend nass herunter, und mein Mascara klebte mir vermutlich auf den Wangen. Ich drehte mich um und wischte mir mit der blanken Hand über das Gesicht.

Dann watete ich zurück zum Strand. Dabei fühlte ich mich, als wäre ich soeben in einen Topf mit Zaubertrank gefallen. Mein Herz klopfte wie verrückt, mein ganzer Körper prickelte, jedes einzelne Organ in mir schien wach und betriebsbereit.

Erik holte mich ein und stellte sich direkt vor mich, sodass er mich ansehen konnte.

»Du bist wunderschön, Heike«, sagte er schlicht, beugte sich vor und küsste mich.

Ich schmeckte das Salz auf seinen Lippen, spürte seine Wärme durch die Kühle des Meerwassers hindurch und drückte mich an ihn, um mich von seinem Körper wärmen zu lassen.

Den Kopf an seine Schulter gelegt, blickte ich hinaus aufs Meer. Bis mir plötzlich der Makler einfiel, der bald an der grünen Schranke auf mich warten würde. Wie hatte ich das vergessen können?

Langsam löste ich mich von Erik, der mich mit einer fragend hochgezogenen Augenbraue bedachte. Aber mir war plötzlich überdeutlich bewusst geworden, was ich hier tat: Ich stand in Unterwäsche am Strand herum. Ungeschminkt. Klitschnass, mit tropfenden Haaren. Ich atmete tief durch. »Der Makler kommt gleich. Ich muss mich fertig machen.«

»Okay«, sagte Erik gedehnt und trat einen Schritt zurück. Meine Worte gefielen ihm nicht, aber das konnte ich nicht ändern. »Die Maske erneuern, ja?«, sagte er und griff nach seinem Handtuch, um sich abzureiben.

»Bitte?« Ich musterte ihn erstaunt. Er zuckte die Schultern und hielt inne.

»Ich habe keine Ahnung, warum du dir die Sommersprossen immer wegschminkst. Ich mag sie«, erklärte er.

»Ich aber nicht«, erwiderte ich und schlüpfte, obwohl ich immer noch klitschnass war, in meine Hose. Es war ekelig und feucht-krümelig, aber ganz sicher würde ich nicht halbnackt über den Platz zu meinem Wohnwagen rennen.

Erik verfolgte jede meiner Bewegungen. Die Ostsee spiegelte sich in seinen grauen Augen. »Gehst du morgen wieder mit mir schwimmen? Oder bist du zu feige?«, fragte er knapp.

Einen Moment lang sahen wir uns nur an. Dann nickte ich.

»Ich bin eine Menge, aber nicht feige.«

Und mit diesen Worten riss ich mich von seinem Blick los und marschierte tropfend zu meinem Wohnwagen.

KAPITEL 15

Die Zeit verging wie im Flug. Tausend Dinge passierten gleichzeitig. Mittlerweile war es Mai geworden, und während es tagsüber fast schon hochsommerlich heiß wurde, war dieser frühe Morgen herrlich frisch.

Für einen kleinen Moment blieb ich mitten auf dem Rasen stehen. Die Sonne ging gerade auf, ihr zauberhaftes Rosa erhellte den Himmel. Die Blüten der Wildrosenhecke leuchteten in einem satten Pink, das sich klar vom weißen Strand dahinter abhob.

Der Maklertermin war ziemlich ernüchternd verlaufen, und ich hatte ein paar Tage gebraucht, um das Ergebnis zu verarbeiten. Der Platz war zu klein, um ihn wirklich gewinnbringend zu führen. Herr Margendrohn von Top-Immobilien hatte sich beim Anblick der Preisliste mit ihren eigenwilligen Rabatten ein dämliches Grinsen nicht verkneifen können. Fest stand: Ein Verkauf würde schwierig werden. Dreißig Stellplätze waren zu wenig, und eine Zeltwiese wurde fast gar nicht mehr nachgefragt. Um aber auch die Wiese für Wohnmobile und Camper nutzen zu können, müsste man sie nach den gesetzlichen Vorgaben komplett umbauen und zusätzliche Strom- und Wasseranschlüsse verlegen, was viel Geld kostete. Aufgrund der Lage direkt am Naturschutzgebiet konnte man den Platz auch nicht erweitern oder anderweitig nutzen.

Der Makler betonte während des Rundgangs zudem mehrmals, wie problematisch es sei, dass es weder ein Restaurant noch ein Bistro gäbe. Trotzdem würde er den Platz in sein Portfolio aufnehmen und erstmal für 150.000 Euro anbieten. Aber, wie gesagt: Geld verdienen könne man hier nur bedingt.

Ich bedankte mich bei ihm und verabschiedete ihn an der grünen Schranke. Am nächsten Tag hob ich still und heimlich die Preise an und strich sämtliche Rabatte von der Liste.

Bis auf das sanfte Rollen der Wellen und das Zwitschern der Vögel war kein Laut zu hören. Tief atmend sog ich die würzige Luft in meine Lungen, so tief, dass mein Bauch sich hob und ich mich automatisch auf die Zehenspitzen stellte. Wenn ich so richtig tief einatmete, wollte mein ganzer Körper sich strecken. Das hatte ich lange nicht mehr getan. Vielleicht weil die Luft in Hannover so anders roch und schmeckte.

Erik war noch nicht da. Ich lief über den stillen Platz, um meine Flipflops zu holen, die nach unserem gestrigen Schwimmausflug in Strande noch im Kofferraum lagen.

Als ich die Autotür leise wieder schloss, überkam mich Wehmut. Liebevoll strich ich dem BMW über das Stoffdach und schloss dann die Tür ab. Ich hatte mich entschieden, mein Auto zu verkaufen, um uns mit dem Geld wenigstens über den Sommer zu retten. Mit etwas Glück würde ich für ihn noch 15.000 Euro bekommen.

Leises Motorbrummen erklang in der Ferne. Über die Zufahrtsstraße durch das kleine Wäldchen näherte sich ein

Fahrzeug. Mein Herz hüpfte freudig, und ich drehte mich um. Eriks Bulli bog auf die Zufahrt vom Parkplatz ab und hielt direkt neben mir. Erik stieg aus, gab mir einen Kuss auf die Stirn, und ich schob meine Hand in seine.

Gemeinsam liefen wir über das taunasse Gras bis zum Strand, zogen uns aus und wateten in die eiskalte See. Erik war weit unerschrockener als ich. Er marschierte einfach voran, um sich dann kopfüber in die Fluten zu stürzen. Ich brauchte immer ein wenig länger, hatte aber nach zwei Wochen regelmäßiger morgendlicher Bäder das anfängliche Zaudern überwunden. Man musste einfach nur mutig weitergehen und nicht über die Kälte nachdenken.

Ich ging also langsam weiter, bis mir das Wasser bis zum Bauchnabel reichte. Das war die magische Grenze. Erst dann ließ ich mich fallen und schwamm energisch ein paar Züge, bis ich Erik eingeholt hatte. Gemeinsam paddelten wir weiter, bis man das Ende der Steinmole sehen konnte, die den Platz begrenzte. Wir schauten zurück zum Strand, und dann hinaus aufs Meer. Der Blick auf die Ostsee und die Kieler Bucht war wie ein kleiner Adrenalinkick. Danach drehten wir um. Immer. Wir hatten das nie besprochen oder abgestimmt. Wir machten es einfach so.

Zurück an Land wickelten wir uns in dicke Badetücher und setzten uns nebeneinander auf den Sand. Erik brachte jeden Morgen eine Kanne Kaffee mit, die wir uns gemeinschaftlich teilten. Manchmal verkrochen wir uns danach noch eine Weile im Wohnwagen und schlossen die Tür ab.

Heute aber saßen wir nach dem Schwimmen einfach nur dicht nebeneinander und sahen zu, wie der Tag erwachte.

»Ich wollte dich was fragen«, sagte ich leise.

»Hm?«, brummte Erik und nippte an seinem Kaffee.

»Möchtest du nicht Stellplatz neun haben? Ganz für dich alleine?« Es war einer der schönsten Stellplätze, versteckt hinter einem Busch, mit direktem Blick auf das Meer. Ich trug mich schon länger mit diesem Gedanken. Erik war immer da, half überall. Ohne ihn wären wir alle aufgeschmissen. Abgesehen davon hatte ich ihn gerne um mich. Wenn er nicht da war, suchte ich ihn. Ständig blickte ich zum Parkplatz, um nach seinem Bulli Ausschau zu halten.

»Als Bezahlung«, erklärte ich weiter. »Also als Erweiterung zu deiner Absprache mit Klaus. Weil du so viel hier tust. Das bisschen Wasser, das du beim Duschen verbrauchst, ist nicht angemessen.«

Erik hatte die Tasse in den Sand gestellt und den Kopf seitlich auf die Knie gelegt. Dass er nicht direkt nein sagte, machte mir Hoffnung. Er schien sogar ernsthaft über mein Angebot nachzudenken. Schließlich sagte er: »Kannst du dir das überhaupt erlauben? Noch einen Platz weniger zu vermieten?«

»Ist ja eh keiner da, der ihn haben will«, erklärte ich. »Aber selbst wenn: Es wäre schön. Du bist mir eine große Hilfe auf dem Platz. Ich habe dich gerne hier.« Ich dachte einen Moment nach und fügte dann hinzu: »Und das nicht, weil du hilfreich bist. Sondern weil ich dich mag.«

Erik grinste mich an, seine Augen blitzten.

»Wie sieht es denn eigentlich aus? Finanziell?«, fragte er und goss mir Kaffee nach.

Ich räusperte mich. Es war keine persönliche Niederlage, dass es so war, wie es war. Aber es fühlte sich so an.

»Ich werde mein Auto verkaufen«, erklärte ich schließlich, und das Herz wurde mir ganz schwer..

Ich hatte niemandem von den Schulden meines Vaters erzählt. Niemand brauchte zu wissen, dass er nicht gut gewirtschaftet hatte. Vielleicht schämte ich mich auch ein bisschen für meinen Vater. Und für mich, weil er seine einzige Tochter nicht um Hilfe gebeten hatte.

»Ich muss in wenigen Wochen eine sehr hohe Summe zurückzahlen. Ein Kredit läuft aus, den mein Vater nur verzinst, nicht aber getilgt hat. Die Summe wird am 1. Oktober fällig. Ich habe das Geld nicht.«

»Wie viel?«

»45.000 Euro.«

»Oh«, sagte Erik und griff nach meiner Hand. »Warum hast du das nicht gesagt?«

Ich zuckte die Schultern. Erik rückte ganz dicht an mich heran und nahm mich in den Arm. Er hielt mich fest, und ich drückte mein Gesicht gegen seine Schulter.

Doch egal, wie sicher und geborgen ich mich in Eriks Armen fühlte, die Realität wartete unerbittlich. Und so verbrachte ich den Vormittag damit herauszufinden, ob es möglich war, wenigstens ein paar belegte Brote oder Rühreier auf dem Platz zu verkaufen, um seine – wie hatte der Makler es formuliert? – »Attraktivität zu steigern«.

Der alte Computer ächzte und stöhnte, während ich mich von einem Kleingedruckten zum nächsten kämpfte, doch das Ergebnis war ernüchternd: Sobald man auch nur daran dachte, ein Brötchen aufzuschneiden oder ein Rührei zu rühren und es dann zu verkaufen, musste man Auflagen erfüllen, die wir hier nicht erfüllen konnten.

»Ich fahre ins Städtchen. Brauchst du was?« Harald sah um die Ecke. Er fuhr neuerdings jeden Tag ins Städtchen, wie er Laboe liebevoll nannte, meist in Begleitung von Trudi. Keine Ahnung, was die beiden dort so Wichtiges zu erledigen hatten.

Ich schüttelte den Kopf. »Es ist gar nicht so einfach, belegte Brote anzubieten«, sagte ich und stützte die Hände auf die Tischplatte.

»Warum willst du belegte Brote anbieten? Wem?«

»Na den Gästen! Wir brauchen ein Bistro«, erwiderte ich.

»Wozu?« Ratlos hob er die Schultern. »Die Leute haben doch eine Küche im Wohnwagen. Außerdem grillen wir immer.«

Ich seufzte. »Stell dir vor, hier möchte jemand anreisen, der vielleicht nicht so gerne kocht und grillt. Weil er vielleicht ein ganz kleines Wohnmobil hat. Der möchte dann bestimmt gerne ein belegtes Brot bei mir kaufen. Oder ein Rührei.«

Harald sah mich mit leerem Blick an. »Also soll ich da jetzt Sachen mitbringen?«, fragte er dann zögerlich.

Ich schüttelte den Kopf. »Muss noch ein bisschen drüber nachdenken und mit dem Gewerbeamt sprechen.«

»Gut. Dann sehen wir uns heute Abend beim Lagerfeuer«, erklärte er und schnappte sich die drei Kartons, die er zu seinen Füßen geparkt hatte.

Harald war gerade fort, als ein Wohnmobil um die Ecke bog. Das Gefährt war nagelneu und riesengroß. Ein vollintegriertes Modell, mit Sicherheit acht Meter lang. Mit großen Augen beobachtete ich, wie der Luxusliner vor der grünen

Schranke anhielt. Eine Frau stieg aus der Fahrerseite und kam mit ihrer Handtasche unter dem Arm in die Anmeldung marschiert.

»Haben Sie noch einen Platz frei?«, fragte sie mich und legte die Hände auf die Theke. Sie sah ein wenig gehetzt aus.

»Ich schaue direkt mal nach«, erwiderte ich lächelnd und öffnete mein Worddokument, in dem ich gerade einen Aushang formuliert hatte, um alle, wirklich *alle* auf diesem Platz darüber in Kenntnis zu setzen, wie der Müll getrennt werden musste. Die Müllabfuhr hatte nämlich letztes Mal die grüne Tonne einfach stehen lassen, weil Restmüll obendrauf gelegen hatte.

Ich tat so, als würde ich einen eng belegten Buchungsplan studieren, nahm sogar einen Stift und tippte damit nachdenklich gegen mein Kinn. Ich war in den vergangenen Wochen eindeutig ein wenig sonderbar geworden. Aber das fühlte sich gar nicht so schlecht an.

»Wie lang seid ihr denn?«, fragte ich. Die Dame verstand mich sofort.

»Acht dreißig«, sagte sie wie aus der Pistole geschossen. »Mein Mann hatte im Engersholmer Eck gebucht, aber das ist mir zu voll und zu laut. Jetzt ist er zwar ein bisschen beleidigt, aber ich brauche im Urlaub meine Ruhe.«

»Ah. Verstehe«, sagte ich lächelnd. Nehmt das, ihr elendigen Luxuscamper von der anderen Seite! »Wie lange wollt ihr denn bleiben?«

»Nur vier Tage«, seufzte sie.

»Ja. Das bekommen wir hin. Danach sind wir ziemlich dicht, aber jetzt geht es noch«, log ich, ohne rot zu werden.

»Der Platz kostet fünfzehn Euro pro Nacht, ein Euro Strom, ein Euro Wasser pauschal. Wenn ihr etwas aus Laboe braucht, sagt Bescheid. Das kann ich euch mitbringen. Ein Bistro haben wir grad nicht. Heute Abend gibt es Lagerfeuer am Strand, aber ich stelle euch ans Ende vom Platz, da ist Ruhe.« Schnell füllte ich den Anmeldebogen aus, reichte ihn ihr zum Unterschreiben und erhob mich, um die Schranke zu öffnen.

Das riesige Gefährt folgte mir langsam zu Stellplatz elf. Dort stöpselte ich hochprofessionell den Strom an, wünschte einen schönen Aufenthalt und marschierte zurück.

Trudi spähte hinter ihrem Wohnwagen hervor, zwei Flaschen Eierlikör im Arm. »Neue Gäste?«, fragte sie knapp.

»Was hast du vor?«, fragte ich zurück.

»Ich verkaufe ihnen Eierlikör«, erklärte sie mit hochgezogener Augenbraue.

»Nein«, sagte ich bestimmt. »Wir sind hier kein Basar. Das sind die Gäste, die wir händeringend brauchen. Die kommen drüben vom Engersholmer Eck, weil es ihnen da zu laut und zu voll war und sie die Schönheit der Natur genießen und ihre Ruhe haben wollen.«

»Dann ergänze ich das Portfolio doch perfekt. Durch persönliche Anbindung und Hochprozentiges.« Sie lächelte fein.

»Öh …«, stammelte ich. Mir fehlten die Worte. Wenn ausgerechnet Trudi jetzt auch noch anfing, Marketing-Sprech zu benutzen, stand die Welt doch irgendwie kopf.

»Heute Abend um acht zünden wir das Lagefeuer an«, verkündete sie. »Sei pünktlich!«

Ich nickte ergeben.

»Erik kommt vielleicht auch«, erklärte Trudi mir noch und

grinste, bevor sie sich auf den Weg zu unseren neuen Gästen machte. Verstohlen beobachtete ich, wie sie die beiden begrüßte und dann professionell abfüllte. Und wenn ich es recht sah, drehte sie ihnen auch gleich noch drei Flaschen Eierlikör handmade by Trudi an.

Kopfschüttelnd machte ich mich auf den Weg zum Klohaus. Die Toiletten standen wie immer auf dem Programm. Danach putzte ich noch die Fenster im Anmeldehaus und gönnte mir mit Gitte und Giovanni eine Runde Yoga, bevor ich unter eine der frisch gereinigten Duschen sprang, mir ein Kleid anzog und zum Strand schlenderte.

Aus der Ferne sah ich Gitte, Trudi und Mitzi Feuerholz schichten und Liegestühle aufstellen, und so blieb ich noch einen Moment stehen. Ein Blick auf mein Handy offenbarte mir, dass ich gut zwanzig Minuten zu früh war. Ich kniff die Augen zusammen und sah mich um. Die Sonne schickte uns goldene Abendstrahlen, und es war herrlich warm. Ich könnte den Dreien helfen. Oder eins der tausend Dinge auf meiner To-do-Liste erledigen. Ich könnte allerdings aber auch einfach noch ein paar Fotos vom Platz machen. Und genau das war es, was ich tun wollte. Fotografieren. Die wunderbare Stimmung einfangen, mit dem Licht spielen.

Ich holte meine Pentax aus dem Wohnwagen und wanderte damit langsam umher. Unsere wenigen Gäste schienen alle unterwegs zu sein, und die Stille war ungewohnt, aber angenehm. Ich ließ mich treiben, fotografierte ein paar Zwerge und tuffige Blüten, und dann entdeckte ich durch den Sucher Harald. Er saß kurz vor dem Wäldchen auf einem umgefallenen Baum, der das Grundstück begrenzte. Irgendetwas an seiner Körperhaltung zog mich an, also senkte ich die Kamera und lief in seine Richtung.

Kurz bevor er mich bemerkte, sah ich die kleine Kerze, die er vor sich in einem Teelichtglas angezündet hatte. Ich ging langsamer. Harald sah sehr traurig aus. Vielleicht wollte er lieber allein sein. Doch jetzt war es zu spät zum Umdrehen, denn er hob just in diesem Moment den Kopf. Ein wenig unbeholfen wischte er sich mit dem Ärmel seines Pullovers über die Augen und bemühte sich um ein Lächeln. Ein herzergreifendes, schiefes, abgrundtieftrauriges Lächeln.

»Willst du allein sein?«, fragte ich ihn und trat vorsichtig noch einen Schritt näher.

Er schüttelte den Kopf. »Ich denke schon den ganzen Tag an Klaus. Der Bestatter hat sich gemeldet. Er hat einen Termin für die Seebestattung. Im September.«

Wieder wischte er sich über die Augen, und ich starrte in die Kerzenflamme. Warum hatte sich dieser Bestatter eigentlich nicht bei mir gemeldet?

Vorsichtig räusperte ich mich, setzte mich neben Harald und legte ihm eine Hand auf den Arm.

»Erst wollte Klaus so eine anonyme Seebestattung«, sagte er leise. »Aber das habe ich ihm ausgeredet. Da werden dann auf einen Schlag fünf oder sechs Urnen dem Meer übergeben. Ohne Angehörige und Freunde …«

»Ich hätte ja lieber ein richtiges Grab …«, setzte ich an, doch da geschah etwas Sonderbares.

Der liebe Harald, der immer ein offenes Ohr für mich hatte, wurde plötzlich wütend. Scharf sah er mich von der Seite an. »Ich kann jetzt keine Rücksicht auf deine Befindlichkeiten nehmen, Heike. Der Klaus wollte ins Meer zu Laura, und damit basta.«

Langsam zog ich meine Hand zurück.

Harald seufzte. »Weißt du, ich glaube, du hast den Klaus nicht gut gekannt.« Ich rückte ein wenig ab. »Das muss man dir auch mal sagen. Als Laura den Schlaganfall hatte, hat er ihr im Krankenhaus versprochen, noch mal mit ihr an den Strand zu ihrer geliebten Ostsee zu gehen. Sie wollten dort gemeinsam picknicken, ein Glas Wein trinken und auf das Wasser hinausschauen. Aber Laura ist gestorben. Verstehst du? Sie ist vorher gestorben.« Er sah mich an, und ich wusste nicht, auf wen er gerade so wütend war. Mich? Das Leben? Meine Mutter, weil sie vorher gestorben war?

Ein wenig hilflos betrachtete ich ihn und drehte die Kamera in den Händen.

»Man darf halt nichts aufschieben«, fuhr er schließlich fort. »Nichts im Leben darf man aufschieben. Man muss immer so leben, als ob man morgen tot sein könnte.« Mit einem tiefen Seufzer atmete er aus. »Deine Eltern hatten eine so wunderbare Liebe. Meine Liebe löst sich langsam auf, rinnt mir wie Wasser zwischen den Fingern hindurch. Und du redest von einem Grab in der Erde. Also wirklich. Für deinen Vater!« Er hob in einer verzweifelten Geste beide Hände. »Er, der die Weite, den Horizont, das Meer so geliebt hat. Es war sein Wunsch, und ab sofort werde ich mit dir nicht mehr darüber reden. Leb damit.« Schnaubend wandte er sich ab.

KAPITEL 16

Trudi entzündete fachkundig das Lagerfeuer, und schon bald loderten die Flammen. Kleine Funken stoben hinauf in die Abenddämmerung, während die Ostsee glatt und träge vor uns lag.

Wir waren unter uns. Die anderen Gäste zogen es offenbar vor, den Abend unter den Markisen ihrer Wohnmobile zu verbringen und zu lesen.

Es gab den unvermeidlichen Eierlikör, eisgekühlten Weißwein von Robert und einen riesigen Topf Spaghetti aglio e olio. Offenbar hatten sich unsere beiden Hobby-Köche heute gegen Hausmannskost entschieden. Lächelnd nahm ich meinen Teller entgegen, auch wenn mir der Appetit ein wenig vergangen war.

Ich ließ mich auf einem der Liegestühle nieder, streckte die Füße im Sand aus und beobachtete die Ostsee. Die Stimmen der anderen schwirrten um mich herum. Immer wieder wurde das Glas auf meinen Vater erhoben. Vorsichtig sah ich zu Harald hinüber, der auf der anderen Seite des Feuers saß und Mitzis Hand hielt. Als unsere Blicke sich trafen, nickten wir uns steif zu, wie entfernte Bekannte auf der Straße.

Erik war nirgends zu sehen.

Trudi schleppte einen uralten lilafarbenen Laptop an,

stellte eine kleine Box daneben und drehte die Musik auf. Für jemanden, der Instagram nicht kannte, war sie technisch ziemlich gut ausgestattet. *Chasing Cars* von Snow Patrol ertönte. Besser als Reinhard Mey, dachte ich, aber immer noch emotional grenzwertig. Besonders als Gitte und Trudi auch noch anfingen, gestenreich zu tanzen. Vor wenigen Wochen hätte ich darüber gelacht. Nur jetzt war mir nicht nach Lachen zumute. Ich räusperte mich und griff nach meinem Weißweinglas.

Georgie und Giovanni begannen, sich eng umschlungen ebenfalls im Takt der Musik zu bewegen. Mit einem strahlenden Lächeln führte auch Mitzi ihren Harald auf die Tanzfläche aus feinem Ostseesand. Er drehte sie vorsichtig ein paarmal im Kreis, und Philipp Poisel nuschelte *Froh dabei zu sein*.

»Wie passend«, brummte ich sarkastisch.

»Tanzt du mit mir?« Robert war vor mir aufgetaucht.

»Hmpf, ja«, sagte ich und erhob mich.

Als wir gerade anfangen wollten zu tanzen, beendete Philipp Poisel seine Betrachtung des Lebens, und es folgte – natürlich – Reinhard Mey. *Gute Nacht, Freunde*.

Obwohl Gitte und Trudi lautstark und falsch mitsangen, stiegen mir die Tränen in die Augen, während Robert mich unbeholfen an den Händen hielt und sie ein wenig hin und her schlenkerte.

Als Reinhard endlich fertig war, sagte ich: »Danke, Robert, das war sehr nett«, und floh zurück auf meinen Liegestuhl. Die anderen tanzten ungerührt weiter, ich aber saß da und blinzelte die Tränen weg.

Harald hatte recht. Ich hatte meine Eltern nicht besonders

gut gekannt. Schließlich war ich ja die meiste Zeit damit beschäftigt gewesen, sie und diesen Ort hier zu vermeiden. Und jetzt? Jetzt saß ich hier und wusste nicht mehr, ob ich gehen oder bleiben wollte.

Ich klammerte mich an die letzten Reste meiner Contenance und starrte weiter auf die Ostsee. Egal wo die Asche meiner Mutter war, ihre Essenz, ihr Gefühl, alles was sie ausgemacht hatte, war hier. Vielleicht war es doch keine so dumme Idee, die Asche meines Vaters der Ostsee zu übergeben.

»Platz neun noch frei?«

Ich fuhr herum. Erik stand hinter mir. In einem grellgelben Hoodie, ein rotes Bandana über die kurzen Haare gebunden. Als er meine verheulten Augen sah, runzelte er die Stirn.

»Ja«, antwortete ich leise.

Langsam ging er vor meinem Liegestuhl in die Knie und betrachtete mich mit zusammengekniffenen Augen.

»Wollen wir gehen?«, fragte er leise und legte einen Finger an meine Wange. Ich nickte. Und dann ließ ich mich von Erik hochziehen und zum Wohnwagen begleiten, während alle Camper uns dabei zusahen.

Draußen sangen die ersten Vögel dem Morgen ein Lied. Eriks Bein lag auf meinem Bauch. Mit einer Hand hielt er meine Taille fest, als hätte er Angst, dass ich ihm im Schlaf abhandenkommen könnte. Ich lag ganz still und lauschte seinen tiefen Atemzügen. Wenn er jetzt aufwachte, hatte er direkte Sicht auf meine Sommersprossen. Vorsichtig schob ich mir eine Haarsträhne aus dem Gesicht und legte sanft eine Hand auf Eriks kurzgeschorene Haare. Nicht viele Männer sahen ohne Haare gut aus, dachte ich. Erik schon. Er hatte einen perfekt geformten, gleichmäßigen Kopf …

»Hm?«, brummte Erik und öffnete ein Auge. »Moin«, murmelte er.

»Moin«, erwiderte ich, dachte noch einmal kurz an meine Sommersprossen und ergab mich schließlich meinem Schicksal.

»Wie spät ist es?«, fragte er und rieb seine Wange an meiner Schulter.

»Ich weiß es nicht.«

»Schon hell draußen?«

»Ja, ein bisschen.« Erik richtete sich auf und kletterte, nackt wie er war, aus dem Bett. Als langjähriger Bulli-Bewohner stieß er natürlich nirgends an. Kurz betrachtete er die klitzekleine Küche und öffnete dann nach und nach alle Schränke, vermutlich auf der Suche nach Kaffee. Doch plötzlich hielt er inne, lehnte den Kopf gegen den Kühlschrank und sah mich an.

»Heike«, sagte er rau. »Hast du Kinder?«

Ruckartig drehte ich mich zur Seite. »Nein!«, sagte ich nachdrücklich. Wie um alles in der Welt kam er denn jetzt darauf?

Erik trat zum Bett, verschränkte die Arme auf der Matratze und legte das Kinn darauf ab. »Willst du Kinder?«

Ich schüttelte stumm den Kopf. Was genau sollte das denn jetzt?

Erik betrachtete mich mit gespitzten Lippen. Dann küsste er mich auf die Stirn, drehte sich um, zog sich seine Klamotten über und erklärte: »Ich mache uns Kaffee. Im Bulli.«

Nachdenklich sah ich ihm hinterher, doch dann verstand ich, was das gewesen war.

»Oh«, murmelte ich und zog das Bettlaken hoch. Erik hatte gerade eine neue Stufe in unserer Beziehung eingeläutet. Beziehungsweise mit seiner Frage aus dem, was wir bisher gehabt hatten, überhaupt erst so etwas wie eine Beziehung gemacht.

Ich ließ mich nach hinten auf die Kissen fallen.

Wenige Minuten später kehrte er mit zwei dampfenden Kaffeebechern zurück und nahm seine Fragestunde von gerade wieder auf. »Bereust du es, keine Kinder zu haben?«, fragte er und hielt mir eine der Tassen entgegen.

Stumm schüttelte ich den Kopf und setzte mich auf, um die Tasse entgegenzunehmen. »Ehrlich gesagt, habe ich es überhaupt nie wirklich in Betracht gezogen. Hätte es gepasst, sicherlich. Aber es hat halt nicht gepasst. Und mittlerweile ist das Thema für mich durch.«

Erik nickte. »Bei mir auch. Ich weiß aber, wie furchtbar und belastend dieses Sehnen nach einem Kind sein kann. Das könnte ich nicht noch mal.«

»Ich hege keinerlei Absichten diesbezüglich«, erklärte ich nüchtern, woraufhin Erik nickte und sich am Kopf kratzte.

»Weißt du, was wirklich ein wenig abstrus ist?«, fragte er und rückte noch näher. Ich schüttelte den Kopf. »Du bist genau so eine vegane Yogatante, über die ich mich immer lustig gemacht habe.«

Ein paar Tage später, mittlerweile war richtig Sommer, saß ich im Anmeldehäuschen und schrieb Herrn Margendrohn von Top-Immobilien eine Mail, um nach dem Stand der Dinge zu fragen, als Harald, gefolgt von Trudi, mit einer Kiste im Arm am Fenster vorbeimarschierte. Als ich die beiden sah, sprang ich auf und lief zur Tür, um sie abzufangen. Ich brauchte dringend Mülltüten. Ich riss die Tür auf und rief: »Harald! Fahrt ihr nach Laboe?«

Harald nickte, wirkte aber, als wäre ein wildes Wolfsrudel hinter ihm her. Er war definitiv in Eile.

»Könnt ihr mir Mülltüten mitbringen?«, schob ich hoffnungsvoll hinterher.

»Äh«, sagte Harald und dann: »Keine Zeit.« Mit diesen Worten lief er zum Auto, verstaute die Kiste im Kofferraum und stieg ein. Trudi tat es ihm gleich, und die beiden brausten vom Parkplatz.

Verwundert ließ ich mich zurück auf meinen Stuhl fallen und starrte auf die Mail, an der ich eben gesessen hatte. Doch kaum hatte ich wieder angefangen zu tippen, ertönte ein mir unbekanntes Klingeln. Erschrocken sah ich mich um. Es war das leicht verranzte Telefon auf dem Tresen, das einmal lila gewesen sein musste, von Zeit und Sonne aber nun schlammgrau gefärbt worden war. Vorsichtig griff ich nach dem Hörer.

»Hallo?«

»Meik Schatz, hallo! Mit wem spreche ich?«, fragte die Stimme am anderen Ende.

»Hei…kiska Lichtenstein«, stammelte ich. Hatte ich mich gerade wirklich mit Heike melden wollen? Ich räusperte mich: »Hier ist der Campingplatz der glücklichen Camper. Mein Name ist Franziska Lichtenstein. Was kann ich für Sie tun?«

»Wir suchen einen Platz für die kommende Woche. Ist bei

Ihnen noch was frei?« Es raschelte in der Leitung, als blätterte er in irgendwelchen Unterlagen.

Ich raschelte ebenfalls, um Geschäftigkeit vorzutäuschen. »Ja, da kann ich noch etwas anbieten.«

»Ist der Platz ruhig? Keine Partys oder Animation oder so?«, fragte er.

Ich blickte sehnsüchtig auf den verlassenen Platz, der sich in aller Ruhe sonnte. »Extrem ruhig.« Heute fast ausgestorben, um genau zu sein.

»Und haben Sie auch einen schönen Stellplatz für unser Wohnmobil?«

Ich lächelte. Ich hatte zehn schöne Stellplätze.

Die Eheleute Schatz würden Sonntag anreisen und beabsichtigten, eine ganze Woche zu bleiben. Sie waren Spontan-Camper, standen aber deswegen mittlerweile oft vor komplett ausgebuchten Campingplätzen. Die Zeit, in der man sich ohne vorher zu buchen irgendwo hatte niederlassen können, war vorbei. Alle wollten campen, nur leider nicht hier. Aber die Eheleute Schatz waren doch mal ein Anfang. Meik Schatz hatte zudem erklärt, dass sie möglicherweise auch noch länger bleiben wollten, wenn es ihnen bei uns gefiel. Sie würden im Camper arbeiten. Was ich genau tun musste, damit sie länger blieben, war mir noch nicht klar, aber ich würde meinen Platzwartinnen-Charme bis aufs Letzte ausreizen.

Kaum hatte ich aufgelegt, rechnete ich los. Platz sieben kostete, nach der Preiserhöhung, 20 Euro, wegen der Lage, plus 2 Euro Strom und Wasser pro Tag. Sieben Tage ergaben somit … 154 Euro. Wow. Wir würden im Geld schwimmen.

Ich seufzte. »Okay, was muss, das muss.«

Entschlossen schnappte ich mir meinen Autoschlüssel und marschierte quer über den Platz zu Erik. Der lag in einem Liegestuhl vor seinem Bulli und schaute, die Beine auf der hinteren Stoßstange abgelegt, in den blauen Himmel.

Blinzelnd betrachtete er mich, als ich mich wie eine dicke Wolke vor die Sonne schob. »Warum siehst du schon wieder so furchtbar zielstrebig aus?«

»Du hast doch gesagt, dass du diesen Kumpel hast, der mein Auto kaufen würde«, setzte ich an. Für die Dinge, die Erik nicht selbst konnte, kannte er Menschen. Das war außerordentlich praktisch.

Er nickte und kniff die Augen zusammen.

»Könntest du mit mir da hinfahren?«

»Du willst echt dein Auto verkaufen?«, fragte er.

Ich nickte und hob das Gesicht zum Himmel, damit er nicht sah, wie schwer es mir fiel.

»Okay. Aber ich nehme Gittes Auto. Ich baue das hier nicht wieder ab«, erklärte Erik und fuhr sich über die kurzen Haare, die mittlerweile schon wieder so lang waren, dass sie eine Frisur darstellten.

»Gitte hat ein Auto?«, fragte ich und betrachtete »das hier«. Es bestand aus einer kunstvoll aufgestellten Markise, einem Wasserkanister auf dem Wagendach und allerlei Dingen, die neben und um den Bulli herumlagen. Erik hatte sich eingerichtet. Er schien nicht vorzuhaben, in absehbarer Zeit weiterzuziehen.

»Oh ja, Gitte hat ein Auto«, erklärte Erik grinsend und kletterte aus dem Liegestuhl. Ich folgte ihm zum Parkplatz, wo tatsächlich Gittes Auto stand. Der Nissan Micra war mir bisher nicht aufgefallen, weil er die gleiche Farbe hatte wie der bröckelige Asphalt, auf dem er stand. Grauschwarz.

Erik faltete sich in das Miniaturauto in Tarnfarbe und fuhr los. Ich folgte ihm in meinem geliebten BMW.

Schröders Gebrauchtwagenhandel sah aus wie aus dem Bilderbuch. Sogar bunte Wimpel hingen quer über das Gelände der alten Tankstelle, auf dem zahlreiche Autos parkten.

Als wir schließlich zu dritt vor meinem BMW-Cabrio standen, war mir fast ein bisschen übel. Mein Auto war so schön, ich wollte es wirklich nicht hergeben.

Schröder hatte erst akribisch jedes Einzelteil untersucht, den Wagen sogar auf eine Hebebühne gefahren und ständig mit irgendwelchen Dingen irgendwo gegengeklopft. Nun standen wir zu dritt, alle mit verschränkten Armen, vor dem Fahrzeug und betrachteten es.

»Ich gebe dir elf«, sagte Schröder schließlich.

Ich öffnete den Mund, aber Erik kam mir zuvor.

»Elf? Mindestens fünfzehn«, sagte er.

»Baujahr 2012. Heckschaden. Neue Reifen und Bremsen braucht er auch, und außerdem hat er keine Ausstattung. Der Wagen ist quasi nackt«, erwiderte Schröder düster. Ich wollte erneut etwas sagen, kam aber nicht dazu.

»Mann, das ist Heike Momsen«, raunte Erik und deutete mit dem Kinn auf mich.

»Hä?« Schröder verzog das Gesicht, was ich gut verstehen konnte. Wer kannte schon Heike Momsen? Aber dann fiel ihm offenbar doch ein, wer das sein könnte.

»Klaus' Tochter! Du bist Klaus' Tochter? Sag das doch

gleich. Mein Beileid.« Er machte eine kleine Verbeugung, kniff die Lippen zusammen und kratzte sich am Kopf. »Wie sieht es mit dem Platz aus?«, fragte er mich, als er fertig war.

Wortlos deutete ich auf mein Auto. Dass ich hier war, war doch Erklärung genug.

Schröder seufzte, dann sagte er langsam: »Fünfzehn. Weil du es bist.«

KAPITEL 17

»Moin«, grüßte ich lächelnd und marschierte an den beiden Campern vorbei, die um halb sieben Uhr morgens ihr Geschirr am Klohaus spülten. Richtige Gäste! Zahlende Kundschaft!

Ich kam gerade vom Parkplatz, wo ich die frischen Brötchen in Empfang genommen hatte, die uns die Bäckerei jeden Morgen lieferte. Für ein Bistro hatte ich keine passenden Räumlichkeiten, aber immerhin war es mir gelungen, den örtlichen Bäcker dazu zu bewegen, uns morgens Brötchen zu bringen.

Trudi hantierte schwer schnaufend ebenfalls bereits mit Kisten vor ihrem Wohnwagen rum.

»Moin, Heike«, erklärte sie und hielt für einen Moment leicht gebückt inne. Sie sah aus, als wartete sie darauf, dass ich schnell weiterging.

»Was machst du da eigentlich immer? Was sind das für geheimnisvolle Kisten?«, fragte ich.

»Äh …« Trudi richtete sich auf. »Das sind … Kisten!« Sie nickte mir zu, als hätte sie damit irgendwas erklärt, und machte ungerührt weiter. Ich wartete noch einen Moment, doch mehr Informationen bekam ich nicht.

Erik wartete schon am Strand auf mich, eine Thermoskanne neben sich im Sand. Er war mittlerweile schon so lange hier, dass er für seine Verhältnisse fast sesshaft geworden war. Ich stellte meine Strandtasche neben ihn und ließ mich ebenfalls in den noch kühlen Sand fallen. Erik sah mich von der Seite an, ein Lächeln im Mundwinkel. Ich nahm seine Hand und legte meinen Kopf an seine Schulter. Mit geschlossenen Augen genoss ich einen Moment lang seine Nähe.

Ich wusste, dass wir beide auf etwas warteten. Es fühlte sich an, als hätte jemand in unserem Leben die Pausetaste gedrückt. Vogelsang-Storch war wie eine Blase, ein kleines Vakuum. Kein Ankommen, nur eine Durchreise. Ich würde den Platz verkaufen, und mein Leben würde sich wieder ändern. Erik würde wieder durch die Welt ziehen, und wenn diese Welt auch nur aus der Kieler Bucht bestand. Aber für diesen Moment waren wir zusammen.

Ich zwang mich, nicht an die Kreditraten und all die anstehenden Reparaturen und unbezahlten Rechnungen zu denken, für die ich noch irgendeine Lösung finden musste, denn die 15.000 Euro von meinem geliebten Cabrio waren natürlich nur ein Tropfen auf den heißen Stein gewesen.

Nach wenigen Minuten schlüpfte ich aus meinem Shirt und den Shorts und stellte mich mit den Füßen ins Wasser. Ich war ungeschminkt. Meine Sommersprossen hoben sich mittlerweile deutlich von meinem sonnengebräunten Teint ab, denn trotz Lichtschutzfaktor 50 hatte ich Farbe bekommen. Meine Haut hatte einen intensiven Bronzeton angenommen, der mir völlig unbekannt war. Noch nie war ich so viel draußen unterwegs gewesen wie hier in Vogelsang-Storch.

Ich sah auf die glitzernde Oberfläche der Ostsee, in der sich die ersten Sonnenstrahlen spiegelten. Der Himmel war von einem zarten Blau, der Sand zu meinen Füßen fast weiß. Ich hörte, wie Erik sich hinter mir auszog, bevor er an mir vorbei ins Wasser marschierte. Ich folgte ihm in meiner eigenen Choreografie. Ein kurzer Stopp beim Bauchnabel, tief durchatmen und dann hinein ins kühle Wasser. Mit kraftvollen Zügen schwammen wir bis zu unserem Aussichtspunkt, dort paddelten wir ein wenig herum. Erik fuhr mir mit den Händen unter Wasser von der Hüfte bis hinauf zum Nacken. Dann drehten wir um und schwammen zurück.

Am Strand reichte er mir einen dampfenden Kaffee. Ich fühlte mich frisch und wach, als hätte die Ostsee jede Zelle meines Körpers persönlich geweckt und mit Superkräften aufgetankt. Schweigend saßen wir nebeneinander, sahen auf den Horizont und tranken den starken Kaffee.

»Ich fahre heute noch mal in den Baumarkt«, sagte Erik. Er klang ein bisschen heiser, was vielleicht daran lag, dass es seine ersten Worte an diesem Morgen waren.

»Brauchst du etwas?«

»Mülltüten. Eine Packung Schwämme. Glühbirnen«, zählte ich auf. »Haben wir noch Zeit?«, schob ich hinterher, durchaus hoffnungsvoll, dass wir noch einen Abstecher in meinen Wohnwagen machen konnten.

»Nope. Ich muss vorher noch einen Weidezaun reparieren, und da ich Gittes Auto nehme, fahre ich mit dem gleich noch zur Werkstatt. Es scheppert im Motor.«

Ich seufzte wehmütig. Dann drückte ich Erik meinen leeren Becher in die Hand, gab ihm einen Kuss auf die Schulter und stand auf. In mein Strandtuch gewickelt, marschierte ich in Richtung Klohaus, um zu duschen.

Trudi kam mir auf halber Strecke entgegen. »Läuft gut, was?«, sagte sie und blieb stehen. Energisch deutete sie auf die beiden neuen Wohnwagen, die auf Platz drei und vier standen. Im Gegensatz zu mir war Trudi nicht auf der Durchreise. Sie war auf diesem Platz zu Hause, hier angekommen. Deswegen lächelte ich bemüht.

»Ja. Prima, oder?«, sagte ich. In Wahrheit hatte ich erst gestern meine Einnahmen durch den Autoverkauf geplündert, weil eine Kreditrate fällig wurde. Es war alles andere als prima.

Fertig geduscht und frisch gewandet saß ich wenig später im Anmeldehaus und betrachtete die aktuelle Absage, die gerade per Mail reingekommen war. Familie Meyer hatte für zwei Wochen gebucht und nun abgesagt. Sie würden doch lieber in die Berge fahren.

»Das hätte euch ja mal vorher einfallen können«, murmelte ich und lehnte mich zurück. Leider hatten sie direkt bei mir gebucht, das Buchungsportal hätte für diesen Fall nämlich wenigstens eine Stornogebühr erhoben. Das stand bei uns aber noch nirgends, ich würde es dringend einführen müssen. Wer fest buchte, hatte anzureisen. Oder doch wenigstens eine Ausfallgebühr zu zahlen.

Seufzend schloss ich mein Mailprogramm und schaute über den Anmeldetresen hinaus in den Sommer.

Meine Camper dachten, dass wir auf einem guten Weg waren. Dabei waren wir immer noch nicht voll ausgebucht, nicht mal annähernd. Nur komplett voll, bis auf den letzten Platz einschließlich Vollbelegung der Zeltwiese, hatten wir eine Chance. So nicht. Der Platz war so nicht rentabel zu führen, und hinzukam, dass ja auch meine eigenen Kosten weiterliefen. Allein die Rate für die Pentax, zu deren Verkauf ich mich noch nicht hatte durchringen können, die Handyrechnung und meine Krankenversicherung fraßen mir die Haare vom Kopf. Ich hatte keine Ahnung, wie es weitergehen sollte.

»Heike!«, rief Harald quer über den Platz. Ich rührte mich nicht. »Heike!«

Jetzt hob ich doch den Kopf. Harald klang aufgeregt.

»Ruf die Feuerwehr!«, brüllte er im nächsten Moment.

Mein Herz blieb fast stehen. Ich griff nach meinem Handy. Mit zittrigen Fingern wählte ich die 112, während ich aufstand und nach draußen rannte. Ich sah keine Flammen, aber ich konnte den Rauch riechen. Wie angestochen rannte ich hin und her.

»Harald!«, brüllte ich. Wo war er? Und wo war das Feuer?

Es klingelte einmal. »Notruf«, meldete sich jemand auf der anderen Leitung.

»Campingplatz Vogelsang-Storch. Es brennt!«, rief ich ins Handy.

»Was brennt? Ist jemand verletzt?« Die Stimme war total nüchtern.

»Weiß ich nicht«, krächzte ich und hatte jetzt endlich eine Rauchschwade entdeckt. Sie stieg hinter dem Klohaus auf. Mit dem Handy am Ohr rannte ich weiter. Hinter dem Klohaus herrschte Chaos. Gitte und Robert hantierten mit zwei Feuerlöschern, Harald rang die Hände, und Trudi stand im Busch und hatte die Hände fest vor die Augen gepresst.

»Was ist passiert?«, keuchte ich und wich hustend dem beißenden Rauch aus.

»Der Trockner brennt!«, brüllte Harald.

Im nächsten Moment drehte Gitte sich um und sagte mit total normaler Stimme: »Jetzt nicht mehr.«

»Hallo?! Reden Sie mit mir!«, ertönte blechern eine Stimme von weit weg. Ich brauchte eine Sekunde, um zu erkennen, dass das der Mensch war, den man erreichte, wenn man die 112 wählte.

»Es brennt nicht mehr. Niemand scheint verletzt«, sagte ich ins Handy, während ich auf das Chaos starrte.

»Wir sind unterwegs«, sagte der Mann in der Notrufzentrale.

Ich fasste Harald am Ärmel. »Wo ist Mitzi?«

»Bei unseren neuen Nachbarn«, erwiderte Harald. Er war kalkweiß, und seine Augen wirkten riesig. Gitte machte Anstalten, den kleinen Raum, in dem Trockner und Waschmaschine standen, zu betreten, doch ich sprang vor, packte sie an der Hand und hielt sie zurück.

»Du kannst da jetzt nicht reingehen! Die Feuerwehr ist unterwegs!« Und tatsächlich hörte man aus weiter Entfernung schon das Martinshorn. Es qualmte und dampfte aus der Tür, als würde dahinter eine ganze Horde Raucher E-Zigaretten paffen.

»Scheißteil!«, fauchte Gitte und meinte damit wohl den Trockner.

Erst jetzt merkte ich, wie meine Beine anfingen zu zittern. Zwei Gäste tauchten hinter uns auf und sahen um die Ecke, um festzustellen, was für spannende Dinge hier auf dem Campingplatz vor sich gingen. Ich hasste sie dafür. Für sie mochte das eine Abwechslung sein, für mich bedeutete es eine Katastrophe. Uns hätte hier der ganze Platz abfackeln können! Es hatte seit fast zwei Wochen nicht geregnet, alles war knochentrocken.

»Hier gibt es nichts zu sehen«, fauchte ich sie an, zahlende Kundschaft hin oder her.

Robert lehnte sich gegen die Rückwand des Klohäuschens.

»Geht es dir gut? Hast du Rauch eingeatmet?«, fragte ich, steckte mein Handy weg und legte ihm die Hände auf die Schultern. Erstaunt sah er mich an. Dann schüttelte er den Kopf.

»Nee. Alles okay«, erwiderte er wortkarg. Ich drehte mich zu Gitte, die furchtbar wütend aussah. Sie hielt immer noch den Feuerlöscher fest umklammert und hatte die Augen zusammengekniffen.

»Hast du Rauch eingeatmet?«, fragte ich sie und nahm ihr das große rote Teil, das erstaunlich schwer war, aus der Hand. Düster sah sie mich an.

»Hab ich nicht«, knurrte sie. Und dann sagte sie: »Hier geht doch alles den Bach runter. Verdammte Scheiße.« Mit diesen Worten stapfte sie davon.

Gleichzeitig traf die Feuerwehr ein. Jemand hatte wohl die Schranke geöffnet, denn der riesige Löschwagen stand plötzlich blau blinkend vor dem Klohaus. Eine Feuerwehrfrau in voller Montur kam um die Ecke, gefolgt von drei Kollegen.

»Einsatzleitung Köhler. Was ist passiert?«, fragte sie energisch, während die Männer schon verschwanden, um den Trocknerraum zu begutachten.

»Der Trockner ist abgefackelt. Es wurde mit zwei Feuerlöschern gelöscht«, erklärte ich.

»Jemand verletzt?«, fragte sie. Stumm schüttelte ich den

Kopf und sah zu Robert. Aber der sah nicht verletzt aus. Er hustete auch nicht.

»Aber vielleicht sollte trotzdem ein Arzt kommen«, sagte ich leise. Der Gedanke, dass meine Camper hätten verletzt werden können, ließ mir das Blut im Kopf sausen. Mein Herz raste, und ich musste ein paarmal nach Luft schnappen.

»Geht es Ihnen gut?«, fragte die Feuerwehrfrau und fasste mich mit ihren dicken Handschuhen am Arm. Ich nickte.

»Nur der Schreck«, murmelte ich und versuchte, den plötzlichen Schwindel im Kopf wegzublinzeln.

»Wir prüfen das mit der WBK und löschen nach, wenn nötig«, sagte einer der Männer und stapfte an uns vorbei. Ein weiterer folgte ihm.

»Trocknerbrand«, erklärte er im Vorbeilaufen und klang irgendwie vorwurfsvoll.

Die Feuerwehrfrau nickte wissend. »Statistisch brennt jede Woche ein Trockner«, erklärte sie mir nüchtern.

»Ah. Das wusste ich nicht.« Ich wusste überhaupt so wenig. Vom Leben. Von Trocknern. Wie es weitergehen sollte. Ich blinzelte noch ein bisschen, denn zum Schwindel hatten sich Tränen gesellt.

Robert tauchte neben mir auf, ein Glas Wasser in der Hand. Das Wasser war für mich, wie ich erstaunt feststellte. Dankbar nahm ich es an und rückte ein Stück zur Seite, damit die Feuerwehr ihren Job erledigen konnte. Robert rückte mit mir und legte dann einen Arm um mich, als wollte er mich beschützen.

»Kriegen wir schon hin«, sagte er und drückte meine Schulter.

Während wir dastanden und den Feuerwehrleuten zusahen, rollte ein Rettungswagen auf den Platz, dessen Besatzung erst Robert und dann Gitte untersuchte. Robert ließ das ganze Prozedere stumm über sich ergehen, Gitte hingegen nur unter lautstarker Gegenwehr, aber ich bestand darauf.

Als sämtliche Rettungsfahrzeuge wieder abrückten und ein wenig Ruhe auf dem Platz einkehrte, ging ich noch einmal um die Ecke zur Rückseite des Klohauses. Die Tür zum ehemaligen Wäscheraum lag zusammen mit dem Trockner und der Waschmaschine auf dem gepflasterten Hof. Dahinter befanden sich schwarz verbrannt die Bierzeltgarnituren, deren Einzelteile wie Mikado-Stäbchen herumlagen.

Das würde alles renoviert werden müssen. Und wir brauchten neue Geräte, denn niemand von uns hatte im Wohnwagen eine Waschmaschine. Die Feuerwehrfrau hatte die angrenzenden Klohäuser zum Glück nicht gesperrt, mich aber beauftragt, sie genau überprüfen zu lassen. Außerdem stank es in allen Gebäuden durchdringend nach Rauch.

Kraftlos starrte ich auf das Schlamassel.

Nach einer Weile zog ich mein Handy heraus und versuchte Erik zu erreichen, aber der hatte entweder keinen Empfang, oder sein Handy war aus. Also schickte ich ihm eine Sprachnachricht. Es würde mir besser gehen, wenn er hier war. Er würde irgendeinen klugen Spruch machen, sich den Schaden ansehen und mich beruhigen. Aber er war nicht da. Ich musste es schaffen, selbst wieder normal zu atmen.

Wie betäubt lief ich langsam zurück zur Anmeldung, vor der ein Mann im Anzug stand und durch das Fenster lugte.

»Hallo?«, sagte ich, und er drehte sich schwungvoll zu mir um.

»Hallo!«, verkündete der Besucher. »Ich bin Hinrich Johansson. Ich bin Makler.« Er klang sehr stolz dabei und ließ diese Information einen Moment wirken.

Ich blinzelte ihn verwirrt an, denn er war Makler, aber nicht mein Makler. Mein Makler hatte sich seit Wochen nicht mehr gemeldet.

»Was riecht hier so?«, fragte er.

»Es hat gebrannt«, erklärte ich so nüchtern wie möglich. »Aber alles ist unter Kontrolle.«

»Ah.« Er lächelte. Völlig unangemessen. Es hatte immerhin gebrannt. »Frau Momsen, ich habe da ein Angebot für Sie.« Er folgte mir und schloss die Tür der Anmeldung. »Kann ich mich setzen?«

Ich setzte mich hinter den Tresen, wies auf einen der Stühle, die davor standen, und sah ihn erwartungsvoll an.

»Frau Momsen. Ich bin für einen großen Kunden hier oben immer auf der Suche nach Grundstücken.« Auch diese Information ließ er kurz wirken.

»Es handelt sich um eine bekannte Hotelkette. Nun ist es so, dass dieser Platz eine sehr gute Lage hat. Mein Kunde wäre bereit, Ihnen ein Angebot dafür zu unterbreiten.«

Stumm sah ich ihn an. Ich war völlig überrumpelt. Damit hatte ich nun nicht gerechnet. Dann räusperte ich mich und suchte nach meiner Stimme. »Was will denn eine Hotelkette mit einem Campingplatz?«

»Ja«, sagte der Makler. »Einen Campingplatz hier zu betreiben, ist ein bisschen schwierig. Das haben Sie genau richtig erkannt. Es ist ein sehr kleiner Platz, und so wirklich gut im Geschäft sind Sie ja nicht. Das ist aber auch eine große Herausforderung, die Sie da übernommen haben.« Er lächelte mir zu. Er war nicht unsympathisch. Keinesfalls. Aber er wusste offenbar sehr viel mehr, als mir lieb war. »Frau Momsen, ich will die Karten gleich auf den Tisch legen«, fuhr er fort. »Uns Maklern wirft man ja immer vor, dubiose Geschäfte zu betreiben, aber das ist nicht mein Stil. Sie bekommen alle Eckdaten und können dann ganz in Ruhe darüber nachdenken.« Er sah mich an und wartete ganz offensichtlich auf eine Reaktion von mir.

»Okay«, sagte ich rau, »dann mal her mit den Karten.«

»Das ist alles nicht offiziell, deswegen bitte ich Sie um absolutes Stillschweigen. Aber man bietet Ihnen 300.000 Euro für den Platz.«

Mein Magen machte einen Hopser, leider nach unten, und so landete er auf meinem Dickdarm, der ein gequältes Stöhnen von sich gab. Ich beugte mich nach vorne: »Ohne den Platz vorher gesehen zu haben?«

»Das ist nicht notwendig.«

Argwöhnisch fragte ich nach: »Was wollen die denn hier machen?«

Er wiegte kurz den Kopf, dann lächelte er verschwörerisch. »Das darf ich noch nicht sagen. Aber es wird ein enormer Gewinn für die Gemeinde und die ganze Region sein.«

Das klang sehr groß. Und nach viel Geld. Und keinesfalls nach einem Campingplatz für glückliche Camper.

»Sie wissen, dass wir hier ans Naturschutzgebiet angrenzen?« Vielleicht wusste er doch nicht alles. Das Angebot war vermutlich nur ein Versehen.

Aber der Makler lachte nur kurz. »Ja. Das ist aber kein Problem.«

»Wie meinen Sie das?«

Er zuckte die Schultern im feinen Zwirn. »Sehen Sie, Frau Momsen, so ein Deal ist für alle gut. Ich sage nur: Arbeitsplätze.« Er nickte nachdrücklich.

»Für die Natur dann aber nicht so«, erwiderte ich und hatte plötzlich Bauchweh. Aber ich blieb regungslos sitzen.

»Einen Tod muss man sterben«, erwiderte er trocken.

»Eine Hotelkette möchte den Platz für 300.000 Euro kaufen. Um hier ein Hotel zu bauen?«, hakte ich nach. Ich musste es genau wissen.

»Ja, das geht in die richtige Richtung.«

»Nein, ganz konkret: Der Platz wird bebaut. Mit einem Hotel. Bis ins Naturschutzgebiet hinein.«

Hinrich Johansson nickte langsam. »Und noch ein Stück weiter«, vertraute er mir an. Offenbar war es unvorstellbar für ihn, dass jemand bei diesen Aussichten nicht in Verzückung verfiel. »Ein wunderschönes Projekt. Fünf Sterne, aber oberste Kategorie.« Er grinste fröhlich und zeigte mit der rechten Hand auf einen Punkt weit oberhalb seines Kopfes. Dann zauberte er ein Schriftstück aus dem Hut. »Zu Ihren vertrauensvollen Händen. Ich bitte Sie, das absolut verschwiegen zu behandeln. Und weil ich sehe, dass Sie noch ein wenig Bedenkzeit brauchen, kann ich Ihnen vier Wochen ab heute anbieten.«

»Sie müssen jetzt gehen«, erklärte ich, packte den Umschlag und eilte los. Richtung Klo.

KAPITEL 18

Das Klohaus war zum Glück leer. Das war das bisher größte Glück des Tages, denn mein Darm gab plötzlich ein so dumpfes Grollen von sich, dass es klang, als würde jemand einen Tisch über einen Holzboden schieben. Ein beängstigendes Geräusch.

»Bitte nicht«, murmelte ich meinem Bauch zu und drückte eine Handfläche unter den Bauchnabel.

Doch es knurrte erneut aus meinen Innereien heraus. Es war ein leidvolles, durchdringendes Geräusch, und ich legte den Briefumschlag auf die Klopapierrolle und stützte den Kopf in die Hände, während ich versuchte, nur ganz flach zu atmen, denn alles stank nach kaltem Rauch.

Ich verbrachte eine wirklich lange Zeit auf dem stillen Örtchen, was meine angeschlagene emotionale Lage bestens widerspiegelte. Nur still war das Örtchen bald nicht mehr, denn irgendjemand schien meine hasenartige Flucht aufs Klo gesehen zu haben, woraufhin die weibliche Campingplatz-Besatzung sich ungefähr alle fünf Minuten nach meinem Befinden erkundigte und irgendwann freundlicherweise auch eine neue Rolle Klopapier unter der Tür hindurchreichte.

So schlecht war es mir schon lange nicht mehr gegangen. Schon komisch, dass der ganze Stress mit dem Campingplatz mich nicht endlos aufs Klo getrieben hatte, dafür aber die Erfüllung all meiner Gebete, den Platz für gutes Geld verkaufen zu können.

300.000 Euro.

Alle meine Probleme wären auf einen Schlag gelöst. Vor meinem inneren Auge sah ich akkurate Rasenflächen, gestutzte Buchsbäume, hellblaue Poollandschaften und weiße, elegante Häuser in Bäder-Architektur. Ungefähr dort, wo jetzt Trudi ihre Gartenzwerge pflegte.

Es dauerte lange, bis ich endlich die Kabine verlassen konnte, um zum Waschbecken zu wanken. Die Frau, die mir aus dem Spiegel entgegenblickte, kannte ich nicht. Sie sah aus wie ein Brauereipferd, das in den Regen gekommen war. Mein Gesicht wirkte viel zu lang, die blonden Haare klebten am Schädel, meine Sommersprossen leuchteten hell, und unter den Augen hatte ich sonderbare Fältchen, die sich allerdings farblich in einem sanften Grün vom Rest der kalkweißen Gesichtsfarbe abhoben. Ich starrte die Frau an, während ich mir die Hände wusch und dann wie ferngesteuert das Klohaus verließ.

Vor dem Gitte mit verschränkten Armen stand und offenbar auf mich wartete. »Durchfall?«, fragte sie, und da lag doch tatsächlich etwas wie Mitgefühl in ihrer Stimme.

»Ja«, flüsterte ich, und meine Stimme klang brüchig. Was gut zu der Person passte, die ich gerade im Spiegel gesehen hatte.

»Ach je«, sagte Gitte. »Na ja, bei der ganzen Aufregung heute ist es auch kein Wunder. Ich hab mal hier gewartet, falls du kollabierst. Aber dann ist es wohl besser, wenn du dich hinlegst.« Schwungvoll drehte sie sich um und verschwand.

Ich sah ihr hinterher. Sie hatte vorhin recht gehabt. Hier ging alles den Bach runter.

Den Briefumschlag fest umklammert, wankte ich mit weichen Knien zu meinem Wohnwagen. Dort kroch ich auf mein Bett, rollte mich zusammen und zog mir die Decke über den Kopf.

Keine fünf Minuten später wurde die Tür zum Wohnwagen energisch aufgerissen, und warme Luft strömte hinein.

»Wir müssen klopfen, Mitzi! Klopfen!«, hörte ich Harald rufen, aber Mitzi hatte schon die Stufe erklommen und eilte auf mich zu. Sie trug ein grünes Kleid mit kleinen Hunden darauf.

»Hast du das also auch, ja?«, begrüßte sie mich. »Ist erblich, vermutlich.« Sie hievte einen Topf in die Höhe. »Das hilft.«

»Was?«, fragte ich und zog die Decke noch ein wenig höher.

»Na, Reizdarm! Hatte deine Mutter auch. Aber es hat irgendwann aufgehört.«

Ich lugte über den Rand der Decke.

Mitzi wusste, wer ich war.

Sie fing an, in den Oberschränken nach einem Teller zu suchen, wurde fündig und schaufelte grauen, dampfenden Brei darauf. Sie schien genau zu wissen, was sie da tat.

»Mitzi!« Harald kam nun ebenfalls in den Wohnwagen geklettert und schloss freundlicherweise die Tür hinter sich. »Manchmal ist sie wie früher«, sagte er leise zu mir und deutete achselzuckend auf seine Frau, die mir jetzt den Teller mit dem sonderbaren Zeug entgegenhielt.

Langsam richtete ich mich auf.

Mitzi lächelte mich freundlich an. »Haferbrei. Mit Zucker und Butter. Das hilft. Genau wie Ruhe, gute Meeresluft, die Natur und nette Gesellschaft. Deine Mutter hatte auch immer Probleme damit, als ich sie kennengelernt habe.« Energisch hielt sie mir den Teller entgegen, und ich nahm ihn ihr ab, bevor das graue Zeug auf meiner Bettdecke landete. Wir hatten ja keine Waschmaschine mehr.

»Jetzt iss mal«, sagte Mitzi energisch, reichte mir einen Löffel und setzte sich auf die Kante der Matratze.

Harald stellte sich offenbar ebenfalls auf einen längeren Aufenthalt ein. Er schlüpfte aus seinen Sandalen und setzte sich auf die Bank am Esstisch.

Langsam schaufelte ich ein wenig von dem grauen Brei auf den Löffel. Ja, das Zeug sah aus, wie schon einmal verdaut, aber Mitzis Augen strahlten so sehr. Vielleicht war liebevolle Fürsorge ja tatsächlich genau das, was mir helfen würde.

Der Brei war nicht mehr heiß, nur noch warm. Er schmeckte süß, buttrig und fluffig. Einfach köstlich. Erstaunt schluckte ich den ersten Bissen hinunter und nahm gleich den nächsten Löffel.

»Schmeckt es dir?«, erkundigte Mitzi sich, und ich nickte, woraufhin sie mir das Knie streichelte.

»Ich wusste nicht, dass meine Mutter einen Reizdarm hatte.«

Mitzi nickte. »Sie hat, wie du eben, manchmal Stunden im Klohäuschen verbracht, und ich musste draußen Schmiere stehen, damit niemand reinkam und sie pupsen hörte.« Sie grinste, und ich grinste peinlich berührt zurück. »Das war ganz am Anfang, als wir uns gerade kennengelernt hatten, also vor dreißig Jahren. Aber je länger sie hier auf dem Platz war, desto besser wurde es. Ich habe ihr immer den Brei gekocht, der hat geholfen. Als Robert vorhin kam und erzählte, du seist wie eine Verrückte zum Klo gerannt, war mir klar, was Sache ist. So ein Feuer ist ja auch kein Pappenstiel. Da kann man schon mal Nerven haben.«

Nachdenklich schob ich mir den nächsten Löffel in den Mund. Doch plötzlich wurde das wohlig warme Gefühl, das der Brei und Mitzis Fürsorge in mir ausgelöst hatten, durch glitzernde Kälte abgelöst, die sich in meiner Seele ausbreitete. Was tat ich hier eigentlich? Verstohlen tastete ich mit der Hand nach dem Briefumschlag unter meinem Kopfkissen. Wie konnte ich so fröhlich Brei essen und mir alte Geschichten anhören, während in diesem Brief eine Stange Dynamit schlummerte? Mit brennender Zündschnur.

Harald hatte sich aufgerichtet und lugte über Mitzi hinweg. »Heike, ich werde mal nach einer gebrauchten Waschmaschine schauen. Was hältst du davon?«

»Ja«, sagte ich mit vollem Mund. »Das wäre gut.«

Er nickte mir zu. »Mach dir keine Sorgen. Wir machen eins nach dem anderen.«

Ich rang mir ein Lächeln ab. »Eins nach dem anderen«, wiederholte ich. Mir blieb ja auch gar nichts anderes übrig.

Mitzi gab mir noch einen Klecks Brei auf den Teller, und brav aß ich ihn auf. Er tat mir tatsächlich gut. Soweit das möglich war. Gut war nämlich nichts. Meine Seele fühlte sich an, als würde sie in Flammen stehen.

Was sollte ich bloß tun?

Aber statt mir kreischend die Haare zu raufen, riss ich mich zusammen und sagte: »Danke, Mitzi.«

»Ach, das waren schöne Zeiten mit Laura«, seufzte sie und streichelte gedankenverloren weiter mein Knie. Ich seufzte ebenfalls.

»Es waren sehr schöne Zeiten«, sagte Harald leise vom Tisch aus.

»Aber jetzt muss ich gehen. Ich muss …« Mitzi brach ab und runzelte die Stirn. »Was muss ich?« Fragend blickte sie sich zu Harald um.

»Du musst jetzt mit mir einkaufen gehen.« Harald räusperte sich.

Mitzi nickte und rutschte vorsichtig von der Bettkante. »Ja, ja, wir müssen einkaufen und die Kinder von der Schule abholen, nicht?« Sie marschierte an Harald vorbei und öffnete die Wohnwagentür. Er sah ihr hinterher und lächelte traurig, dann sah er mich an. »Heike, wir schaffen das schon.«

»Danke, Harald. Für alles«, sagte ich leise.

Harald nickte und ging zu seiner Mitzi, die die Kinder abholen wollte. Kinder, die längst erwachsen waren.

Ich drückte mein Gesicht ins Kissen und atmete tief durch. Doch es dauerte keine fünf Minuten, da klopfte es schon wieder. Es war Robert, der ebenfalls ohne Scheu eintrat und sich neben mein Bett stellte.

»Ich bringe dir getrocknete Heidelbeeren aus dem Wald«, sagte er ernst. Dass fremde Männer neben meinem Bett standen, hatte es bisher auch nur sehr selten gegeben.

»Heidelbeeren«, sagte ich matt und betrachtete die kleinen schwarzen Knubbel in dem Einmachglas.

»Selbst gesammelt im Wald hinter dem Platz«, erklärte Robert.

Dem Wald, der der Hotelkette zum Opfer fallen würde. Und mit ihm die Heidelbeersträucher. Ich schluckte trocken.

»Die helfen sehr gut bei Durchfall.« Robert schob mir das Glas zu und schien für einen Moment zu überlegen, ob er noch ein verfügbares Körperteil tätscheln sollte, sah dann aber davon ab und ging.

Ich schraubte das Glas auf und steckte mir gerade eine Heidelbeere in den Mund, als es schon wieder klopfte und Erik den Kopf um die Ecke schob.

»Ich war doch nur ein paar Stunden weg«, sagte er und kletterte in den Wohnwagen. Sein Anblick erleichterte mich derartig, dass ich fast angefangen hätte zu weinen. »Was ist mit dir?«

»Mir ist das Feuer auf den Magen geschlagen«, sagte ich und zog mir die Decke bis zum Kinn. »Ich sehe furchtbar aus«, schob ich hinterher, woraufhin Erik die Stirn runzelte.

»Du siehst aus wie immer, nur ein bisschen blass.«

Er setzte sich zu mir auf die Bettkante und legte mir eine Hand auf die Stirn. Ich schloss die Augen und genoss seine Wärme.

»Ist irgendwas passiert? Außer dass der Trockner abgefackelt ist?«, fragte er. Ich zuckte noch mal die Schultern, dabei lag auf denen schon so viel Verantwortung. Es war echt schwer, damit zu zucken.

Eindringlich sah Erik mich an. War ich plötzlich ein Buch ohne sieben Siegel? Oder kannte er mich schon so gut? Für einen kurzen Moment dachte ich daran, ihm alles zu erzählen, aber dann schluckte ich die ersten Worte sofort wieder runter.

Was hätte das für einen Sinn? Ich musste erstmal selbst über alles nachdenken. Und was sollte Erik mir schon raten? Ja, verkauf den Platz, scheißegal wenn meine Freunde heimatlos werden?

»Nein, nichts«, sagte ich deswegen ernst und nickte bekräftigend.

»Aha.« Er glaubte mir kein Wort. Nachdem er mich noch einen Moment lang misstrauisch betrachtet hatte, stand er auf, gab mir einen Kuss auf die Stirn und verschwand.

Ich hätte ihm so gerne alles erzählt, ihn zu meinem Verbündeten gemacht. Er war so gut darin, mein Verbündeter zu sein, aber das ging nicht. Ich musste allein eine Lösung finden.

In der Nacht träumte ich wirres Zeug. Ich träumte von meiner Mutter, tanzenden Kloschüsseln und meinem Vater, der säckeweise Heidelbeeren durch die Gegend trug. Als ich irgendwann aufwachte, wusste ich einige Atemzüge lang nicht, wo ich war. Ich starrte ins schummrige Licht des Mondes, der die Wände des Wohnwagens geisterhaft erleuchtete, und plötzlich schossen mir die Tränen in die Augen. Weil meine Mama in meinen Träumen so gesund und jung ausgesehen hatte, weil mein Papa den alten Parka trug, den ich jetzt ständig herumschleppte, und auch weil ich keine Eltern mehr hatte. Es war niemand mehr da, mit dem ich über das Angebot des Hotels reden konnte. Ich blinzelte und angelte mir Bernie, um ihn an mich zu drücken, als wäre ich vier Jahre alt.

»Was soll ich nur tun?«, flüsterte ich.

Ich dachte an die Campingplatzbewohner und was sie mir geraten hätten, wenn ich mit ihnen darüber hätte sprechen können. Gitte hätte garantiert umgehend eine Pro-und-Kontra-Liste aufgestellt. Genau wie Robert. Wohingegen Harald der Sache von Anfang an nicht viel hätte abgewinnen können. Giovanni hätte erstmal darüber nachdenken müssen, und Georgie hätte die Backen aufgeplustert und mit gerunzelter Stirn gesagt: »Wow. Ernstes Problem, Heike.« Trudi hätte die Hände über dem Kopf zusammengeschlagen und uns allen erstmal einen Eierlikör eingeschenkt. Und Erik hätte die Augen zusammengekniffen und mir genau zugehört, als wäre alles, was ich sagte, von besonderer Bedeutung. Und dann hätte er mich in den Arm genommen, und ich hätte mich gleich ein wenig besser gefühlt.

Aber ich konnte sie nicht fragen, mir keinen Beistand holen. Diese Entscheidung musste ich ganz allein treffen. Ich drehte mich auf den Rücken und starrte ins Zwielicht des anbrechenden Tages.

»Papa, was soll ich nur tun?«, flüsterte ich in die Stille des Morgens.

Wenige Tage später standen zur Freude meiner glücklichen Camper gleich zwei unangemeldete Wohnmobile vor unserer Schranke. Während überall im Land die Campingplätze auf Wochen ausgebucht waren, konnte man bei uns immer noch spontan anreisen. Weil wir Platz hatten und jeden mit Kusshand nahmen. So quartierte sich heute unter anderem ein LKW-großer Luxusliner ein, der gleich zwei Stellplätze quer okkupierte, denn Platz, wie gesagt, war nicht unser Problem. Mehr das Geld. Und der Müll.

Müll war definitiv ein Problem, denn wir hatten zu viel davon, und er wurde von den Gast-Campern immer in die falschen Behälter geworfen. Oder direkt in die kleinen Abfalleimer, die überall auf dem Platz montiert waren und von mir persönlich geleert wurden. Was keinen Spaß machte, wenn sich darin Hundekotbeutel und Windeln befanden. Beide gut gefüllt.

Ich wühlte also mal wieder im Müll herum, aber wenigstens mit dicken rosafarbenen Gummihandschuhen. Als ich kurz innehielt, um zum Himmel zu schauen und tief durchzuatmen – ich hatte gerade wieder zwei Hundekackbeutel in den richtigen Behälter geworfen –, entdeckte ich Erik. Er reparierte irgendetwas an den Elektrokästen, die die einzelnen Stellplätze mit Strom versorgten. War etwa schon wieder was kaputt?

Ich stellte mich auf die Zehenspitzen, um besser sehen zu können, als Trudi schwungvoll um die Ecke bog. »Ah, hier bist du!« Sie blieb stehen und strahlte mich an. »Es geht voran! Wir haben neue Gäste. Und Erik macht die Elektrik, hast du das schon gesehen? Du siehst ja lustig aus.« Sie betrachtete mich amüsiert, wie ich da auf Zehenspitzen herumstand, in meiner Marlenehose, einem alten lilafarbenen Shirt und ausgelatschten Sneakers, die mal meiner Mutter gehört hatten und die ich im Wohnwagen ganz unten im Schrank gefunden hatte. Meinen teuren Ballerinas wollte ich die Müllwühlaktion nicht zumuten. Geschminkt war ich auch nicht, dafür hatte ich einfach noch keine Zeit gefunden. Wenn ich diesen Platz verließ, würde man mich erst langsam wieder entwildern müssen.

»Du hast bald Geburtstag!«, sagte Trudi ganz unvermittelt.

»Woher weißt du das?«, fragte ich erstaunt.

Sie grinste und zwinkerte verschwörerisch. »Solche Dinge weiß ich halt.«

»Nächste Woche«, stimmte ich zu.

»Wir haben alle im Winter Geburtstag. November bis März. Kein einziges Sommerkind ist dabei. Du bist das erste. Wir werden ein wunderbares Fest feiern.« Trudi warf einen Blick auf die geöffneten Mülltonnen und fügte hinzu: »Wenn du vorher nicht noch in einen dieser Container fällst.«

»Wir müssen meinen Geburtstag nicht feiern«, erklärte ich. In den letzten Jahren hatte es nie eine Party gegeben. Carsten war der Ansicht, dass es keinen Grund gab, sein eigenes Altern zu feiern, und unsere Freunde – die, von denen ich bisher nicht viel gehört hatte – waren ohnehin immer so beschäftigt, dass man keinen gemeinsamen Termin fand, sondern höchstens ein paar Wochen später mal brunchen ging.

»Natürlich müssen wir deinen Geburtstag feiern«, erklärte Trudi bestimmt und sah mich irritiert an. »Geburtstage sind wichtig.«

Ich zuckte die Schultern. Immerhin gab es jemanden, der meinen Geburtstag feiern wollte. Das war doch irgendwie schön.

»Gut«, sagte ich schließlich. »Ich falle nicht in die Container, und wir feiern meinen Geburtstag.«

»So machen wir das.« Trudi drehte sich um und marschierte mit ihrem typisch energischen, kraftvollen Gang davon, als hätte sie eine wichtige Aufgabe zu erledigen. Eine Aufgabe, auf die sie sich freute.

Langsam streifte ich mir die rosafarbenen Handschuhe ab und legte sie neben die Container. Wenn da jetzt noch falscher

Müll drin war, würden ihn die Müllwerker zumindest nicht direkt sehen. Weg war weg. Tiefer konnte ich nicht wühlen. Ich schloss den Deckel der beiden Tonnen und blieb einen Moment lang unschlüssig stehen. Vor dem Klohaus standen ein paar Camper und hielten einen Schnack. Die warme Sommerluft trug ihr Lachen bis zu mir herüber. Auf der Zeltwiese lief ein kleines Mädchen durch das hohe Gras, das schon wieder gemäht werden musste. Es lachte und hatte einen Strauß Löwenzahn gepflückt, den es sich an die Brust drückte. Kitschig schön.

Auf mich wartete jede Menge Arbeit. Ich sah zum ehemaligen Waschmaschinenraum hinüber, der mittlerweile ausgeräumt und von Harald und Erik schon wieder verkleidet worden war. Die neue, gebrauchte Waschmaschine kam nächste Woche. Ich war an meine letzten eisernen Reserven gegangen, und alle hatten mir heimlich ein bisschen Geld zugesteckt. Die Versicherung übernahm auch einen Teil, aber für einen Trockner hatte es nicht mehr gereicht. Wir würden ein paar Wäscheleinen spannen müssen. Für Wäscheleinen reichten die finanziellen Mittel noch knapp.

Ja, es gab jede Menge zu tun, aber vor meinem nächsten Punkt auf der To-do-Liste konnte ich ruhig noch einen Espresso bei Giovanni und Georgie trinken gehen. Oder Harald und Mitzi einen Besuch abstatten. Mitzi kochte mir immer noch regelmäßig ihren Haferbrei, auch wenn mein Durchfall sich mittlerweile gelegt hatte, und ich nahm ihn gern an. Ein wahrer Seelenwärmer.

Ich spähte um die Hausecke. Die fröhlichen Camper hatten sich mittlerweile verflüchtigt. Offenbar waren sie alle gemeinsam zum Strand marschiert. Hier passierte alles gemeinsam. Auf dem Platz der glücklichen Camper konnte man gar nicht einsam sein.

Ich lief ins Anmeldehaus, schnappte mir zwei Eis aus der Truhe und ging zu Erik. Ich musste mich dringend ablenken, um nicht an das Angebot zu denken, das ich kunstvoll gefaltet in der Kaffeedose in meiner Miniküche vor mir selbst versteckt hatte.

Mittlerweile spielte ich sogar mit dem Gedanken, Carsten zu fragen, wo ich einen Kredit herbekam. Nicht dass ich nicht schon genug Kredite am Hals gehabt hätte, aber ich brauchte Geld, um die anstehende Tilgung bezahlen zu können. Die Tatsache, dass ich ernsthaft darüber nachdachte, Carsten um Hilfe zu bitten, spiegelte wohl den Grad meiner Verzweiflung adäquat wider.

Ich bog an der Hecke links ab, stellte mich neben Erik, um den herum diverse Kabel in unterschiedlichen Farben verteilt lagen, und hielt ihm das Schokoladeneis hin. »Moin. Was genau machst du hier?«

Er blickte auf, wischte sich die Hände an der Hose ab und nahm die Eisverpackung entgegen. Seine Haut zeigte eine tiefe Gärtnerbräune, die seine grauen Augen intensiv leuchten ließ.

»Danke.« Er setzte sich auf die ungemähte Wiese und biss genüsslich in sein Eis. »Das ist mein Geburtstagsgeschenk für dich.«

»Kabel?« Ich biss von meinem Maracujaeis ab, das mittlerweile einen gewissen Suchtfaktor für mich hatte. Die Kiste war schon fast leer, ich würde nachbestellen müssen. Oder auch nicht. Je nachdem, wie lange ich überhaupt noch hier war. Schnell schob ich diesen Gedanken wieder beiseite.

»Neue Elektrik für die Übergabestationen«, präzisierte Erik seine Aussage, und ich ließ das Eis sinken.

»Das ist teuer!«

»Hab das Material von einem Freund, der gerade sein Boot renoviert. Im Bootrenovieren bin ich gut.« Er zuckte die Schultern und aß ungerührt weiter. Mich durchfuhr ein warmes Gefühl. Mein Eis landete fast im Gras, als ich mich ihm an den Hals warf und ihn ganz fest umarmte.

Etwas überrascht brachte er sein eigenes Eis in Sicherheit und hielt mich fest, während ich halb auf den Knien an ihm dranklebte. »Die Elektrik war überfällig«, murmelte er in meine Haare, und ich nickte heftig. »Ist mit dir alles okay, Heike?«

Wieder nickte ich, während ich hektisch die Tränen wegblinzelte. Er schob mich von sich und sah mir ins Gesicht.

»Was ist los?«, fragte er und betonte dabei jedes Wort.

»Nichts«, erklärte ich wieder einmal und zog die Nase hoch.

Erik betrachtete mich. »Ich kann dir nicht helfen, wenn du mir nicht sagst, was los ist«, sagte er leise.

Ich räusperte mich. Und dann noch mal. Ich konnte es ihm nicht sagen.

»Hab ich was falsch gemacht?«, fragte er, und sein Blick wurde plötzlich ganz nüchtern, als würde er sich für die Antwort wappnen.

»Wie kommst du denn darauf?« Erstaunt lehnte ich mich ein wenig zurück.

Er zuckte die Schultern. »Du bist seit Tagen so komisch.

Wenn ich dich frage, sagst du, es sei nichts. Es ist aber was. Wenn es mit mir zu tun hat, dann sag es bitte.« Herausfordernd sah er mich an. In seinen Augen blitzte Misstrauen auf. Ich hätte dieses Gefühl so gerne beiseite gewischt, doch das konnte ich nicht.

»Nein«, sagte ich deshalb nur, aber ich hörte die Unsicherheit in meiner eigenen Stimme. Mein Gefühlschaos hatte nichts mit ihm zu tun. Nur mit mir.

Offenbar reichte mein Nein nicht aus, denn Erik biss ein letztes Mal von seinem Eis ab, legte das Papier und den Stiel beiseite und stand wortlos auf, um weiterzuarbeiten.

Am Abend stand ich im Wohnwagen und nahm die Kaffeedose aus dem Regal. Ich zog das Angebot heraus, strich es glatt und las es erneut. Dort stand genau das, was ich mir bei meiner Ankunft erhofft hatte. Eine Lösung meines Problems. Nur dass ich das Problem mittlerweile furchtbar liebgewonnen hatte. Ich hatte ganz unerwartet ein Zuhause gefunden. Freunde. Ich war nicht mehr einsam, und wie einsam ich vorher gewesen war, war mir erst hier aufgefallen.

Leider hatte ich jetzt ein neues Problem, und das war viel schrecklicher, denn es betraf nicht nur mich. Es betraf das Leben all der Menschen, die für mich mittlerweile so wichtig geworden waren. Sie wussten nichts von der drohenden Zahlung in wenigen Wochen. Und schon gar nichts vom Angebot des Hotels. Ich hatte das Geheimnis bewahrt, aber jetzt hatte es sich multipliziert. Am Ende war das anfängliche Misstrauen der glücklichen Camper mir gegenüber mehr als berechtigt gewesen.

KAPITEL 19

Mir war nicht klar gewesen, welch monumentales Ereignis ein Geburtstag auf dem Platz der glücklichen Camper war. Geburtstage standen auf der Liste der zu feiernden Ereignisse offenbar ganz oben. So richtig verstand ich das allerdings erst, als ich an meinem Geburtstag unplanmäßig einen frühmorgendlichen Abstecher ins Anmeldehäuschen machte, weil ich mein Ladekabel dort vergessen hatte. Ich öffnete die Tür und blieb wie angewurzelt stehen.

Quer durch den Raum war eine Girlande gespannt, auf der in riesigen Lettern HAPPY BIRTHDAY stand. Dahinter schwebten zehn kunterbunte Luftballons, und überall lag Konfetti. Eine Karte stand geöffnet neben einem Sommerblumenstrauß auf der Anmeldetheke. Leise pirschte ich mich an und schob dann die Karte noch ein Stück weiter auf, damit ich heimlich den Inhalt lesen konnte.

Liebe Heike,
deine glücklichen Camper wünschen dir von Herzen alles Liebe und Gute zu deinem neuen Lebensjahr.
Mögen viele glückliche Jahre folgen!

Sie hatten alle unterschrieben, in unterschiedlichen Farben, und jeder hatte noch eine Kleinigkeit dazugemalt. Eine Blume, einen Baum, eine Sonne …

»Sie stehen auf Geburtstage«, sagte Erik.

Ertappt zuckte ich zusammen und drehte mich zu ihm um. Er lehnte halbnackt im Türrahmen, nur in seinen Schwimmshorts.

Wir gingen weiterhin zusammen schwimmen, allerdings war Erik seit unserem Gespräch vor einer Woche deutlich distanzierter geworden. Das tat mir weh, aber ich konnte es nicht ändern. Nicht bevor ich nicht entschieden hatte, wie es weitergehen sollte. Wobei selbst mir klar war, dass es mit dem Platz gar nicht weitergehen konnte. So oder so. Entweder ich nahm das Angebot an und hier entstand ein Luxusressort, oder wir waren in den nächsten Monaten pleite – woraufhin hier dann ebenfalls ein Luxusressort entstehen würde.

Trotzdem würde ich die vier Wochen, die mir der Makler zur Entscheidungsfindung eingeräumt hatte, komplett ausnutzen. Wer weiß, vielleicht geschah ja doch noch ein Wunder. Dabei war ich eigentlich zu alt, um auf Wunder zu hoffen.

Es fiel mir nicht schwer, mich noch einmal formvollendet zu freuen, als ich um halb acht plangemäß erneut in die Anmeldung kam. Alle waren da und sangen mir ein Ständchen, und es gab einen Kuchen mit brennenden Kerzen, die ich nicht nachzählen, aber auspusten durfte. Noch während ich pustete, stieg ein warmes Glücksgefühl in mir auf, bis mir die Kaffeedose wieder einfiel. So wie jetzt würde es nicht bleiben. Aber so war das eben mit dem Glück, es ging immer viel zu schnell vorbei.

Auch meine kleine Überraschungs-Geburtstagsparty war schon bald wieder beendet, denn die Pflicht rief. Es war Samstag, und Abreisetag. Der große Teil unserer spontanen Gast-Camper machte sich auf den Weg. Dabei verlor einer der Gäste seine Brille, die aufwändig auf dem ganzen Platz gesucht werden musste, ein anderer vergaß das Stromkabel von der Box zu lösen, woraufhin diese sich wie der schiefe Turm von Pisa gen Süden bog, und der nächste fuhr das Klohaus an. Am Ende war ich froh, als alle weg waren, ohne auch noch andere Gebäude in Mitleidenschaft gezogen zu haben, Dinge zu verlieren oder weitere Stromboxen zu demolieren.

Aber nun war der Platz plötzlich ganz schön leer.

Als ich am frühen Abend den Computer runterfuhr, an dem ich voller Hoffnung auf neue Gäste noch einmal den Buchungskalender aktualisiert hatte, kam Trudi hereinmarschiert und überreichte mir mit stoischem Gesichtsausdruck einen Umschlag. Ein wenig verdutzt öffnete ich ihn und zog eine weitere Karte heraus. Vorne drauf prangte ein Gartenzwerg mit einem Blumenstrauß, den er mir grinsend entgegenzuhalten schien. Ich öffnete die Karte und musste die Tränen wegblinzeln, als ich las, was Trudi geschrieben hatte.

Liebe Heike,
es ist so schön, dass du bei uns bist. Du hast mir gezeigt, wie einfach es sein kann, noch mal neue Dinge auszuprobieren, egal wie arm oder alt man ist.

Deine Fotos haben mir ein ganz neues Bild von mir selbst vermittelt.
Ich habe auch ein Foto von dir. Es ist durch Zufall entstanden, ich wollte eigentlich den Strand fotografieren.
Herzlichst,
deine Trudi

Trudi hatte das Foto auf die Rückseite der Karte geklebt. Sie hatte tatsächlich den Strand fotografiert. Mit mir darauf. Ich stand mit dem Rücken zur Kamera, hatte die Hände zum Himmel gehoben und streckte mich ihm entgegen, den Kopf selbstvergessen geneigt, auf den Zehenspitzen balancierend. Ich erinnerte mich an diesen Moment. Er war vollkommen gewesen. Ich hatte den Morgen begrüßt, wie ich es als Kind so gern getan hatte, die würzige Meeresluft bis in den letzten Winkel meiner Lunge eingeatmet und mich dabei einfach auf die Zehenspitzen recken müssen.

Wortlos nahm ich Trudi in den Arm, und sie erwiderte die feste Umarmung. »Danke«, sagte ich und wischte mir mit der freien Hand über die Augen.

Trudi schob mich auf Armlänge von sich und strahlte mich an. »Ist das nicht ein wunderschönes Bild von dir? Jetzt müssen wir aber los!«, erklärte sie dann energisch und schob mich vor sich her aus der Tür vom Anmeldehäuschen.

»Wo müssen wir denn hin?«, fragte ich verdutzt und schaffte es gerade noch, die Tür abzuschließen.

»Na, an den Strand natürlich. Wir müssen doch deinen Geburtstag gebührend feiern.« Sie grinste mich an. »Oder dachtest du, das heute Morgen war schon alles? Dann kennst du uns aber schlecht.« Sie gestattete mir, in meinem Wohnwagen noch einmal meine Haare zu bürsten und in einen dicken Pulli zu schlüpfen, dann liefen wir gemeinsam zum Strand, wo bereits das obligatorische Lagerfeuer knisterte.

Mitzi kam mir freudig entgegen und hielt mir die geschlossene Faust hin. Sie deutete auf meine Hand, und ich hielt sie darunter. Dann ließ sie eine Muschel hineinfallen und schob noch eine Karte mit einem großen roten Herz hinterher. Auf der Rückseite stand einfach nur MITZI, in großen krakeligen Buchstaben.

»Danke, Mitzi«, sagte ich und umarmte sie vorsichtig. Sie war so klein und zerbrechlich, dass ich Angst hatte, ihr wehzutun.

»Meine liebe Laura«, murmelte sie.

Kaum hatte ich Mitzi losgelassen, kam Gitte quer über den Strand auf mich zu marschiert. In einer Hand schwenkte sie eine Karte, mit der anderen hielt sie einen Plastiktopf mit einer Blume gegen die Brust gedrückt.

»Alles Liebe!«, verkündete sie und gab mir zuerst die Karte, die ich natürlich sofort las.

Die Rose heißt Franziska von Heimlichstatt. Sie möchte einen sonnigen Standort und gute Erde. Ihre Wurzel braucht ein dreimal so großes Loch. Ich helfe dir gerne beim Einsetzen.
Alles Liebe,
Gitte

»Danke, Gitte«, sagte ich und gab auch ihr einen Kuss auf die Wange, aber dann musste ich mich gleich dem Nächsten widmen, denn Harald war hinter sie getreten.

»Geburtstagskind! Meine Karte!«, rief er.

Himmel. Es regnete Karten! Karten schienen so wichtig zu sein.

Lachend nahm ich die nächste entgegen, auf der in schrillbunten Buchstaben »Happy Birthday!« stand. Dann reichte Harald mir noch einen Schuhkarton.

»Ich hatte kein Geschenkpapier.« Entschuldigend zuckte er die Schultern.

»Das macht gar nichts«, erklärte ich verzückt. Ich liebte Geschenke!

Vorsichtig lupfte ich den Deckel des Kartons und entdeckte ein Buch. Ich musste die Kiste einmal drehen, um den Titel lesen zu können. *Der tägliche Stoiker.*

Harald räusperte sich. »Das Buch hat Klaus gehört. Es hat ihn sehr inspiriert, deshalb hat er es an mich weitergegeben. Ich habe fast drei Jahre gebraucht, um es zu lesen. Ich lese sehr langsam. Aber es ist ganz wunderbar. Deswegen gebe ich es jetzt dir.«

»Danke«, sagte ich und musste schlucken. Ich hatte das alles gar nicht verdient.

Harald umarmte mich und gab mir einen Kuss auf die Stirn. Und dann kam schon die nächste Karte von Georgie und Giovanni in mein Gesichtsfeld geflogen. In Windeseile zog ich sie aus ihrem Umschlag. Sie war wunderschön. Ein dunkelblauer Himmel, über den flauschige Wolken zogen. Auf der Rückseite stand:

Danke, dass du uns nicht im Stich gelassen hast! Für dich räumen wir jederzeit unser Klo leer!

Ich nutzte die gleichzeitige Umarmung der beiden, um meine Gesichtszüge wieder unter Kontrolle zu bringen. Das gelang nur bedingt, aber zum Glück drückte mir Robert hintenherum ein Glas Heidelbeeren in die Hand, und so konnte ich direkt in die nächste Umarmung fallen.

Ich konnte hier nicht weg. Ich konnte diese Menschen nicht im Stich lassen, nur weil es mir nicht gelang, diesen Platz zu retten.

Und dann stand Erik neben mir und zog mich in seine Arme. Doch der Kuss war flüchtig. »Happy Birthday«, murmelte er in meine Haare, dann löste er sich von mir und drückte mir eine kleine Schachtel in die Hand. »Erst draufdrücken, wenn es dunkel ist«, sagte er und verschwand.

Er ging. Einfach so.

Ratlos sah ich ihm hinterher und blickte auf die kleine blaue Schachtel in meiner Hand.

»Geht Erik schon?«, fragte Trudi arglos und hielt mir einen Teller mit Torte entgegen.

»Ja«, sagte ich leise, und mein Herz bebte.

Trudi schien verstanden zu haben, denn sie tauschte die Torte gegen ein gut gefülltes Glas Eierlikör und reichte es mir. Dankbar nahm ich es entgegen, setzte an und leerte es in einem Zug. Was Trudi dann doch zu verwundern schien, denn sie sah mich kurz prüfend an, dann drückte sie meine Hand.

»Es wird alles gut, Heike.«

Mir schossen erneut die Tränen in die Augen. Nein, Trudi. Nichts wurde gut.

Doch dann sah ich über ihre Schulter hinweg auf das lodernde Lagerfeuer und die gedeckten Campingtische, die dicht an dicht am Strand standen. Die Girlande in den zwei Kiefern, die unzähligen Kerzen und Fackeln, die nur auf die Dunkelheit warteten, um entzündet zu werden. Meine Camper hatten nur für mich eine richtige Geburtstagsparty organisiert, und es lag jetzt an mir, das auch gebührend zu würdigen. Also rieb ich mir über die Augen, schluckte alle Tränen hinunter, straffte die Schultern und lächelte.

»Und jetzt möchte ich Torte essen«, sagte ich.

»So ist es recht.« Trudi nickte und reichte mir meinen Teller.

Es wurde eine rauschende Party an unserem kleinen Strand. Im Hintergrund liefen alte Schlager, Gitte und Trudi tanzten barfuß wilde Formationen durch den Sand, und das Feuer beleuchtete uns alle mit seinem warmen Schein. Ich bemühte mich nach Leibeskräften, an den richtigen Stellen zu lächeln und schwieg ansonsten weitestgehend, während mich die Freundlichkeit und Zuneigung der anderen überspülte und mit sich nahm.

»Hallo?«, hallte plötzlich ein Ruf über den Platz und ließ uns innehalten.

»Ich geh mal gucken«, sagte ich und erhob mich. Robert und Harald standen ebenfalls auf, doch ich schüttelte den Kopf.

»Ich mach das schon«, erklärte ich und bedeutete beiden, sich wieder zu setzen.

»Jemand sollte mitkommen. Es ist dunkel und gefährlich«, erklärte Robert ernst.

Ich schüttelte den Kopf. »Nicht für mich«, sagte ich und marschierte quer über den Platz zur Schranke, von wo weitere, nun leicht verzweifelte Hallos ertönten.

»Hallo!«, rief ich deshalb zurück und legte noch einen Zahn zu. Es klang eilig.

Vor der Schranke stand ein schlichter weißer Kastenwagen mit gelben Streifen an der Seite. Vor dem Kühler hielt sich ein Pärchen im Arm. Im fahlen Licht der Außenbeleuchtung schienen sie sich in einem durchaus desolaten Zustand zu befinden. Er hatte Dreadlocks, war ziemlich mager und trug nur Shorts, nicht mal Schuhe. Seine Begleiterin hatte lilafarbene Haare, trug ein rotes Sommerkleid und als derben Kontrast zu ihrem Mann an den Füßen Doc Martens.

»Ich bin Heike, was kann ich für euch tun?«, fragte ich, und als mir bewusst wurde, was ich da gerade gesagt hatte, musste ich tief durchatmen. Ich bin Heike. Heike. Nicht Franziska.

»Ich bin Juli. Das ist Matz. Hast du einen Platz für uns? Wir sind echt verzweifelt«, sagte die Frau und hatte dabei Tränen in den Augen. Sie glitzerten im dämmerigen Licht der schwachen Funzel über dem Anmeldehaus.

Der Mann legte schützend einen Arm um sie und zog sie an sich. »Wir sind jetzt fast drei Tage von Spanien aus durchgefahren und finden nirgends einen Stellplatz. Meine Freundin ist schwanger, und wir haben dreimal versucht, irgendwo schwarz zu stehen, aber jedes Mal kam die Polizei. Noch nicht mal auf einem Supermarktparkplatz konnten wir stehen. Das kann einfach nicht wahr sein!«, empörte er sich.

Ich warf einen unauffälligen Blick auf Julis Bauch, aber der sah nur ein ganz klein wenig schwanger aus. Dafür trug sie eine aufwändige Flechtfrisur, für die ich fünf Jahre gebraucht hätte.

»Dann willkommen bei den glücklichen Campern!« Ich drehte mich um und öffnete die Schranke. »Platz zwölf. Ein total schöner Platz direkt am Meer. Und wir haben auch etwas zu essen. Und eine Party, wenn ihr mögt. Also eine Party mit Essen. «

»Oh Gott«, schnaufte die Frau und rieb sich das Gesicht. »Ich hätte keine Sekunde mehr im Wagen sitzen können.«

In diesem Moment bogen Trudi und Harald um die Ecke. Sie wollten offenbar nach dem Rechten sehen.

»Das sind Matz und Juli. Sie bekommen Platz zwölf«, verkündete ich.

»Oh, wie schön!«, rief Trudi. »Habt ihr Hunger? Wir haben noch Salat. Und bestimmt ein Würstchen. Und Eierlikör!«

»Oh ja!«, rief Juli, und Trudi hakte sich bei ihr unter und lotste sie direkt zum Strand, während ich Matz zu Platz zwölf begleitete und den Camper anschloss.

»Wir waren drei Monate in Spanien und Portugal unterwegs, und dann ist Juli schwanger geworden.« Erschöpft sank er neben dem Camper, der eigentlich mehr ein Lieferwagen war, auf den Boden.

Drei Monate Spanien und Portugal – Respekt.

»Oha«, sagte ich.

»Ich sag's dir. Wir hatten eine echt anstrengende Insta-Kooperation für einen Hersteller von Campingausrüstung, die Wochen gedauert hat«, brummte Matz. »Juli ist Influencerin. juli_und_matz_auf_weltreise. Schau gern mal rein. Wir haben gar keine Wohnung mehr in Deutschland und leben schon seit zwei Jahren im Van. Das Kind war nicht geplant, aber wir freuen uns natürlich. Morgen muss Juli zum Frauenarzt. Man bekommt ja kaum Termine, deswegen sind wir schlussendlich durchgefahren. Aber hier oben bekommt man ja nirgendwo mehr einen freien Platz!«

»Bei uns schon«, sagte ich. »Bei uns gibt es auch Strand und Eierlikör und sehr nette Menschen. Apropos Strand. Kommst du mit?«

»Auf jeden Fall«, erwiderte Matz und erhob sich. Er öffnete die Schiebetür seines Wagens und zog zwei teure Sneakers hervor, in die er schlüpfte. Es folgte ein weißes, nahezu knitterfreies Hemd. Der Camper sah von innen aus, als hätte ihn irgendein Star-Designer in den Händen gehabt.

Verblüfft blickte ich von Matz zum Camper zu seinen Schuhen und wieder zurück. Du solltest nicht so voreilig über andere Menschen urteilen, schalt ich mich.

Gemeinsam gingen wir die wenigen Meter zum Strand und gesellten uns zum Rest der glücklichen Camper, in deren Mitte Juli bereits saß und einen riesigen Teller Kartoffelsalat verspeiste.

»Bis wann können wir bleiben?«, fragte Matz mich, während er dankbar ein kaltes Bier und einen vollen Teller mit den Köstlichkeiten des Abends von Robert entgegennahm. »Wir können vielleicht erst ab nächster Woche bei einem Kumpel auf der Pferdewiese stehen.«

»Der hat aber kein Klo und keine Dusche. Das ist wirklich nur eine Wiese«, sagte Juli mit vollem Mund.

»Bleibt solange ihr wollt«, sagte ich.

Matz sah mich überrascht an. »Danke, Heike. Das ist echt nett von dir! Was kostet denn der Stellplatz pro Nacht? Wir sind grad ein bisschen klamm.«

»Ich mache euch einen guten Preis«, hörte ich mich sagen. Ich würde heute noch den Preis der besten Platzwartin gewinnen.

»Wie ist denn euer Hashtag?«, fragte Matz, jetzt ebenfalls mit vollem Mund. Die beiden wirkten wie ausgehungerte Wölfe. Ich hob die Hände, legte die Finger zu einem Doppelkreuz und sagte: »zumglücklichencamper«.

»So cool!«, erwiderte Matz und widmete sich wieder seinem Abendessen.

Gegen Mitternacht brachen wir die Zelte ab und gingen ins Bett. Von Erik keine Spur. Ich blieb einen Moment an der großen Kiefer stehen und sah zu seinem Stellplatz hinüber. Dort war alles dunkel. Kurz spielte ich mit dem Gedanken, an seine Tür zu klopfen, doch das hätte die Situation zwischen uns nicht geändert. Erik hatte ein ziemlich gutes Gespür dafür, dass etwas nicht stimmte. Es war nicht fair, ihm nichts zu erzählen, aber es ging einfach nicht. Dass ich auf ganzer Linie versagt hatte, würde er noch früh genug merken.

Ich erinnerte mich wieder an sein Geschenk und zog es aus der Hosentasche. Die Schachtel war nur mit einer Bastkordel zugebunden, und ich öffnete den Knoten. In der Box lag eine kleine Fernbedienung. Ich nahm sie in die Hand und drehte sie im Licht der Wegbeleuchtung hin und her. Ratlos sah ich mich um. Was sollte das bedeuten?

Schließlich drückte ich einfach mal auf den kleinen Knopf.

»Wie krass«, flüsterte ich.

Über der Anmeldung leuchteten quietschbunte Buchstaben in Gelb, Orange, Rot, Blau und Grün. Sie tanzten und sprangen zwischen zwei Worten hin und her. Erst stand über der Anmeldung: KIOSK Und wenige Sekunden später: HEIKES

Dann hörte es auf zu hüpfen und zu springen und da stand nur noch HEIKES KIOSK. Ich lehnte mich gegen die Kiefer und betrachtete die jetzt hellblau leuchtenden Worte. Heikes Kiosk. Es störte mich noch nicht mal, dass da Heike stand. Es passte einfach perfekt. Keine Ahnung, wie Erik das hinbekommen hatte, aber es war wohl das außergewöhnlichste Geschenk, das ich jemals bekommen hatte. Aber er selbst war genauso außergewöhnlich. Er nahm mich so, wie ich war. Seit wir zusammen waren, schminkte ich mich kaum noch. Zum einen, weil das hier niemand tat und bei der körperlichen Arbeit einer Platzwartin auch keinen Sinn machte, aber nicht zuletzt auch deshalb, weil Erik Heike mit ihren Sommersprossen mochte, und das machte es mir leicht, Heike auch ein klein wenig mehr zu mögen.

KAPITEL 20

Am nächsten Morgen kam Erik nicht zum Schwimmen, und auch an den darauffolgenden beiden Tagen tauchte er nicht auf. Ich wartete jeden Morgen auf ihn, aber Erik blieb verschwunden. Auch an diesem Junimorgen saß ich mit bangem Herzen am Strand, während in meinem Kopf quälende Gedanken kreisten. Unbeeindruckt von alledem schickte die Ostsee ihre kleinen, leise rauschenden Wellen zu mir. Das Morgenlicht glitzerte verheißungsvoll in der Luft, und über mir kreischte eine Möwe. Ich folgte dem großen weißen Vogel mit meinem Blick, während er über mir kreiste.

Als er schließlich über die Wasserlinie verschwand, stand ich auf, schlüpfte aus meiner Jogginghose und dem Shirt und marschierte ins Wasser. Mittlerweile überwand ich die imaginäre Hüftgrenze ohne Probleme und stürzte mich kopfüber in die Fluten. Kraftvoll kraulte ich bis zum Aussichtspunkt, hier ließ ich mich einen Moment lang treiben, den Blick in den Himmel gerichtet, dann drehte ich um. Zurück am Strand wickelte ich mich in mein Handtuch und legte den Kopf auf die Knie.

Fast drei Wochen war es her, seit der Makler mir das Kaufangebot der Hotelkette überreicht hatte. In dieser Zeit hatte ich alles getan, um mich vor einer Entscheidung zu drücken.

Doch ich musste jetzt endlich handeln. Nach einer weiteren schlaflosen Nacht war ich heute Morgen zu einem Entschluss gekommen: Ich musste verhindern, dass der Campingplatz einem Luxusresort zum Opfer fiel. Doch wenn es mir nicht gelang, irgendwoher Geld aufzutreiben, um den Kredit abzuzahlen, waren wir zahlungsunfähig. Der Platz würde versteigert werden, und dann war ich so weit wie vorher, nur dass die Hotelkette mir dann nicht mal mehr 300.000 Euro zahlen würde.

Ich raffte meinen Kram zusammen und lief zurück zum Wohnwagen. Sobald ich geduscht und mich angezogen hatte, würde ich den Investor anrufen und um einen Aufschub bitten. Ich brauchte mehr als die mir verbleibende Woche, um eine Entscheidung zu treffen. Und in dieser Zeit musste ich versuchen, irgendwo Geld aufzutreiben.

Ich würde das Einzige probieren, das ich bis jetzt noch nicht getan hatte: Bei der örtlichen Sparkasse einen Termin machen und dort nach einem Kredit fragen. Der würde mein Problem zwar nicht lösen, mir aber zumindest ein wenig Aufschub geben. Und einen Versuch war es auf jeden Fall wert. Immerhin hatte ich dort gelernt – wobei das eher unrühmlich gewesen war und sie es hoffentlich vergessen hatten. Aber meine Mutter hatte dort über dreißig Jahre gearbeitet. Zu irgendetwas musste das doch gut sein.

Als ich an Gittes Wohnwagen vorbeikam, öffnete sie die Tür und winkte mir energisch.

»Kaffee?«, fragte sie, und ich blieb erstmal stehen. Eigentlich hatte ich gerade ein klares Ziel vor Augen. Auf der anderen Seite war Gittes Kaffee wirklich gut, und in meiner Kaffeedose steckte immer noch das Angebot der Hotelkette. Zudem war Gitte mir gegenüber nur selten einmal freundlich gesinnt. Ich sollte die Gelegenheit nutzen. Also nickte ich ihr zu und kletterte zu ihr in den Wohnwagen, der bunt und gemütlich eingerichtet war.

»Ich bin noch ganz nass«, sagte ich entschuldigend.

Gitte betrachtete mich kurz und angelte dann von einem der Kleiderhaken ein Stück Stoff, das sie mir zuwarf. Das Stück Stoff entpuppte sich als ein Kaftankleid aus Leinen, rot mit schwarzen Punkten. Es war so groß, dass ich Gitte und Trudi noch hätte mitbeherbergen können.

Gitte spürte mein Zögern und blickte kurz von der Kaffeemaschine auf. »Es ist doch egal, wie du aussiehst. Warum ist das immer so wichtig? Nur ich sehe dich«, sagte sie und spähte dabei mit leicht gerunzelter Stirn aus dem Fenster. »Außerdem bist du viel schöner ohne die ganze Spachtelmasse im Gesicht. Du bist jung, besser als jetzt wird es nicht mehr. Also lerne lieber jetzt, dich so zu lieben, wie du bist, denn gegen den Verfall kannst du eh nichts tun.«

»Wie nett«, murmelte ich und schlüpfte obenherum in das Zeltkleid in Marienkäferoptik und untenherum aus dem Handtuch, während Gitte uns zwei Becher Kaffee eingoss. Einen reichte sie mir, dann hockte sie sich auf ihren Meditationsschemel, und ich setzte mich an den Tisch.

»Ich habe zwei Fragen an dich«, sagte sie. »Frage eins: Was treiben Trudi und Harald eigentlich da draußen?«

»Äh …«, setzte ich ratlos an.

»Na, dir ist doch sicher auch schon aufgefallen, dass Trudi ständig einkaufen fährt und sich stundenlang in Laboe rumtreibt, oder? Und Harald schleppt permanent Kartons durch die Gegend.«

»Ja!«, rief ich. »Das ist mir auch aufgefallen. Ich habe mal versucht, was aus Trudi rauszubekommen, aber erfolglos.«

Gitte nickte. »Sie verraten es nicht. Nächste Frage: Wo ist Erik?«

Oh. Ich ließ die Tasse sinken. Gitte beugte sich nach vorne und rückte die hellblaue Brille zurecht. »Wolken im Paradies?«

»Von Paradies war nie die Rede«, konterte ich und trank einen Schluck Kaffee.

»Ich kenne Erik schon sehr lange, meine Liebe. Seit der Sache mit Iris hat er sich strikt von Frauen ferngehalten. Er hat große Angst, sich wieder auf jemanden einzulassen.«

»Gitte«, fragte ich, »warum erzählst du mir das alles?«

Sie sah mich an und wirkte plötzlich ein wenig mitgenommen. »Ich will einfach nicht, dass einer von euch verletzt wird«, sagte sie leise und lächelte mich schräg an.

Schweigend starrte ich auf den Kaffeebecher in meiner Hand.

Gitte atmete tief durch. Dann sagte sie: »Hast du gesehen, wie Juli und Matz ihren Van ausstaffiert haben?«

Themenwechsel. Gott sei Dank.

»Guck mal!« Gitte stand auf und deutete aus dem kleinen Fenster über der Küchenzeile.

In der Tat. Die beiden Neuankömmlinge hatten eine Markise ausgefahren, die über und über mit Lichterketten behängt war. Die beiden Stühle aus gebogenem Bambus, die darunter standen, passten auf diesen Campingplatz wie ein Ferrari zu einem Bobbycar.

»Ui«, sagte ich. Auf den Sitzflächen der Stühle lagen rosafarbene Decken und Schaffelle, und auf dem kleinen hölzernen Beistelltisch stand eine Vase mit Trockenblumen. Am Außenspiegel des Gefährts hing eine große Bastlampe. Das alles sah sehr Instagram-tauglich aus.

»Wer nimmt denn Holztische mit zum Campen?«, fragte Gitte. »Der Van muss total überladen sein.«

»Sieht aber gut aus«, sagte ich und entdeckte Trudi, die wie zufällig an dem hübschen Ensemble vorbeispazierte. Und dann zurückspazierte. Und dann näher trat, um schnell unter der Vase nach dem Herstellerstempel zu suchen.

»Gitte, ich muss los«, sagte ich und machte mich daran, das Marienkäferzelt wieder auszuziehen, doch sie winkte ab.

»Lass an. Gibt nicht viele Frauen, die Punkte tragen können.« Sie grinste, und ich lachte auf.

»Und ich kann das?«

»Du weißt gar nicht, was du alles kannst«, sagte Gitte und drückte mir freundschaftlich die Schulter.

Frisch gestärkt von Gittes Kaffee zog ich wenig später die Kaffeedose aus dem Regal. Ich würde mich jetzt sofort unten im Anmeldehäuschen an den PC setzen und dem Makler eine Mail schreiben. Mails zu schreiben fiel mir deutlich leichter, als irgendwo anzurufen. Aber telefonieren würde ich auch noch, nämlich mit dem Bankberater der Sparkasse. Die Nummer hatte ich mir schon rausgesucht.

Auf dem Weg zur Anmeldung lief ich Juli und Matz über den Weg, die … äh … herumposten. Juli stand im wehenden rosafarbenen Sommerkleidchen, perfekt geschminkt mit einer

Tasse Kaffee vor der Linse, während die Morgensonne ihr ins Gesicht schien. Sie wankte von links nach rechts und lächelte mal verträumt, mal fröhlich, mal aufmunternd in die Kamera.

»Moin, ihr beiden«, grüßte ich.

Matz, der bis jetzt die Kamera gehalten hatte, drehte sich zu mir um. »Guten Morgen, Heike! Wir dachten, wir nutzen mal das perfekte Morgenlicht. Bist du eigentlich Fotografin?« Erstaunt nickte ich. »Ich habe den Platz bei Insta gefunden. Großartige Bilder. Stimmungsvoll und echt authentisch. Profi, gleich erkannt.« Er tippte sich, warum auch immer, an die Schulter und strahlte mich an. Ich grinste erfreut zurück. »Dürfen wir alles hier fotografieren und den Platz markieren? Die Leute natürlich nicht.«

»Oh, ich bitte darum«, erwiderte ich.

»Es ist wirklich ein wundervoller Platz«, mischte Juli sich jetzt ein. »Die Camping-Szene hat sich in den letzten Jahren unglaublich verändert. Jahrelang ist man der besten Location nachgerannt, und während Corona, als alles zu war, sind die Leute losgezogen und haben sich überall hingestellt und die Natur verdreckt. Matz und ich stehen für ökologisch wertvolles Campen. Für echte Freiheit, aber im Einklang mit der Natur. Das heißt, wir leben nahezu plastikfrei und hinterlassen nirgends unseren Müll. Ihr seid hier sehr ökologisch, das habe ich gleich gesehen.« Anerkennend nickte sie mir zu. »Sind echt selten, solche naturnahen Plätze. Harald hat uns schon gesagt, dass es heute Abend wieder ein Baltic Sea Feuer geben wird. Das wollen wir auch gerne fotografieren. Hashtag Naturcampen oder so. Bist du dabei? Du musst natürlich mit aufs Bild. Dir gehört das hier ja alles, und solche Plätze gibt es gar nicht mehr!« Juli nahm einen Schluck aus ihrer Tasse und strahlte aus allen Knopflöchern.

Harald? Baltic Sea Feuer? Heute?

Ich nickte ernst. »Ja, das Baltic Sea Feuer bieten wir oft für die Gäste, die sich ein bisschen nach dem ursprünglichen Gedanken vom Camping sehnen. Gemeinschaft und Ursprünglichkeit, das ist unser Konzept«, fabulierte ich mir zusammen.

Juli lächelte beglückt, und Matz nickte anerkennend.

»Dann bis heute Abend«, sagte ich und lief weiter.

Sobald ich außer Sichtweite war, nahm ich mein Handy und suchte unseren Hashtag. Wir waren in fünfzehn Storys und zwei Feeds markiert. Mit großen Augen sah ich mir die wirklich sehr schönen Bilder an und klickte dann den Account »juli_und_matz_auf_weltreise« an.

»Ups«, murmelte ich. Die beiden hatten sage und schreibe weit über 800.000 Follower, und auch wir waren spontan von 128 auf 2.790 Follower geklettert. »Halleluja«, brummte ich.

Im Anmeldehäuschen fuhr ich den Computer hoch, kramte das Angebot des Maklers hervor und schrieb eine Mail an die Adresse, die ich im Briefkopf des Anschreibens fand, um mir zwei weitere Wochen Bedenkzeit zu erbeten. Ich erklärte, dass ich das Angebot sehr ansprechend fände und geneigt sei, es anzunehmen. Das war so krass gelogen, dass sich die Balken im kleinen Anmeldehaus bogen, aber was sollte ich tun? Wenn ich jetzt schon skeptisch wirkte, würden sie garantiert nicht auf mein Anliegen eingehen und mir Aufschub gewähren.

Ich faltete das Angebot zusammen und schob es unter mein Handy. Gerade als ich mein Mailprogramm wieder schließen wollte, kam Harald um die Ecke und schloss nachdrücklich die Tür hinter sich.

»Heike, draußen stehen vier Vans, deren Reisende sich offenbar noch nicht entscheiden können auszusteigen. Aber es sieht so aus, als wollten die alle zu uns!«

Ich sprang vom Stuhl auf und eilte zum Fenster. Da standen tatsächlich vier Vans. Einer sah aus, als könnte er aus dem Stehgreif die Wüste Gobi durchqueren. Die drei anderen waren Marke Selbstausbau.

»Harald, du hattest einen guten Riecher«, sagte ich und versteckte mich dabei hinter dem Fensterrahmen. »Baltic Sea Feuer und so.«

Er lächelte fein. »Zehn Euro pro Person. Zu wenig?«

Ich schüttelte den Kopf. »Passt.«

»Soll ich da rausgehen und denen sagen, dass wir Platz haben? Die kannst du alle auf die Zeltwiese stellen, die sind nicht so schwer. Wir müssen nur die Sicherheitsabstände einhalten, eine Brandgasse bilden und so. Der große Van hat Solar auf dem Dach. Der braucht noch nicht mal Strom. Das finden die vermutlich noch romantisch. Oder authentisch, wie die jungen Leute heute sagen. Juli und Matz finden dich übrigens auch sehr authentisch, haben sie mir gesagt.«

Ich sah ihn an und zog eine Augenbraue hoch. »Nun, dann gehe ich wohl mal da raus und regle das ganz … authentisch«, sagte ich und machte einen Schritt auf die Tür zu.

Und da fiel mir etwas auf.

Ich trug immer noch Gittes Kleid. Also das rote Zelt, mit den Punkten drauf.

Entsetzt machte ich eine Vollbremsung.

»Was ist?«, fragte Harald.

»Ich habe Gittes Kleid an«, sagte ich.

»Ja, ich wollte dich schon fragen. Das Kleid kenne ich! Sieht schön aus.«

Ich sah ihn mit hochgezogener Braue an.

»Ich finde es schön«, bekräftigte er und fügte hinzu: »Du siehst aus wie ein Marienkäfer.«

Ich atmete tief durch. »Gut«, murmelte ich schließlich. »Ist jetzt auch egal. Ist authentisch.«

Und so marschierte ich in einem übergroßen gepunkteten Zelt mit noch nassen Haaren und Sommersprossen im ganzen Gesicht auf den Parkplatz.

Die neuen Gäste kamen alle auf Empfehlung von Juli und Matz, und da am Tor was von Öffnungszeiten von neun bis sechs stand, hatten sie sich nicht getraut, vorher zu stören. Es waren also sehr höfliche Gäste. Sie hatten alle nicht vorab gebucht und waren »total happy«, trotzdem einen Stellplatz zu bekommen.

Die Neuankömmlinge stellten sich nach Haralds Vorgaben auf die Zeltwiese und richteten sich ein. Harald hatte sie so geschickt platziert, dass noch mindestens zehn weitere Vans auf die Wiese passten.

Ich stand breitbeinig auf dem Weg und zählte durch. Statt acht Zelten konnten tatsächlich mindestens fünfzehn Vans dort stehen. Es sah ein wenig nach Legebatterie aus, aber die Jungcamper schien das nicht zu stören. Mit Kameras und Strandtüchern bewaffnet schwärmten sie bereits aus, um sich den Platz anzuschauen. Das war doch eine wirklich interessante Entwicklung.

Als ich zum Anmeldehäuschen zurückkehrte, stolperte ich fast über Erik, der sich seitlich auf den Anmeldetresen gesetzt hatte. Er sah mir entgegen, und er sah irgendwie entsetzt aus.

»Hi du«, sagte ich erfreut und griff nach meinem Handy, um ihm die Neuigkeiten des Tages zu präsentieren. Dabei entdeckte ich, dass wir mittlerweile in weit über achtzig Storys vertreten waren. Wir hatten – ich spielte kurz mit dem Gedanken, mir bei Trudi einen Eierlikör zu schnorren, um das hier zu verarbeiten – fast 9.000 Follower! Aus dem Nichts.

»Das wirst du nicht glauben«, sagte ich endlich und ließ das Handy sinken.

»300.000 Euro? Das kann ich wirklich nicht glauben«, sagte er, und seine Stimme klang eiskalt.

Mein Blick huschte über den Schreibtisch. Langsam dämmerte es mir. Das Angebot lag nicht mehr dort, wo ich es zurückgelassen hatte. Meine Knie wurden weich. »Hör mal«, setzte ich an, aber meine Stimme zitterte.

»Du bist sehr angetan von diesem Angebot?«, unterbrach er mich und hob beide Augenbrauen.

»Warum gehst du an meine Sachen?«, versuchte ich einen schwachen Konterversuch.

»Das war nicht ich. Das war Gitte. Die ist aus Versehen gegen den Tresen gestolpert, und dein Rechner ist aufgewacht. Mit der Mail auf dem Bildschirm. Das Angebot lag dann ja direkt daneben.« Eriks graue Augen funkelten eisig.

Ich musste mich setzen. Auf den erstbesten Gegenstand, der in meiner Nähe war, die Fensterbank. Ich wollte etwas sagen, doch aus meinem Mund kam nichts.

Dafür war Erik nicht um Worte verlegen. »Du musst es

ihnen erzählen, Heike. Verdammt noch mal. Und zwar jetzt! Sonst mache ich das. Oder Gitte.« Er blickte hinaus auf den Platz, wo zum Glück gerade niemand zu sehen war.

»Ich möchte es dir erklären«, sagte ich, doch er wischte meine Worte mit einer einzigen Handbewegung zur Seite. Die Enttäuschung stand ihm ins Gesicht geschrieben.

»Du sagst es ihnen jetzt!« Mit diesen Worten drehte er sich um und ging. Die Tür fiel mit einem Rums ins Schloss, und ich zuckte zusammen. FUCK. Ich wollte mich in Luft auflösen. Oder in meinen Wohnwagen gehen und mir die Decke über den Kopf ziehen.

Die Tür öffnete sich erneut, und Erik kam zurück ins Anmeldehaus marschiert. Er sah so wütend aus. Doch während er mich böse anstarrte, wurde ich plötzlich ganz ruhig.

Ja, ich hätte es ihm erzählen sollen. Aber was dann? Hätte die Wahrheit ihn weitergebracht? Irgendjemanden? Unmerklich schüttelte ich den Kopf. Ich hatte das allein getragen, um alle zu schützen. Deshalb hatte ich es niemandem erzählt. Es gab schlechtere Gründe, um Dinge zu verheimlichen.

»Warum bist du überhaupt hier?«, fragte ich und rutschte endlich von der Fensterbank.

Erik sah mich an. »Du hast mir gefehlt«, sagte er.

Doch dann wurde seine Stimme wieder kalt. »Du musst es ihnen sagen. Sie warten im Wohnwagen auf dich«, erklärte er knapp, drehte sich um und marschierte raus.

Ich folgte ihm mit weichen Knien.

KAPITEL 21

Mit zitternden Händen öffnete ich die Tür zu meinem Wohnwagen, wo die anderen bereits versammelt waren. Meine Behausung war nicht für neun Leute ausgelegt, dementsprechend eng war es darin. Mitzi und Harald quetschten sich mit Georgie und Giovanni auf die schmale Bank und sahen mich erwartungsvoll an. Gitte stand mit verschränkten Armen neben der Küche, die Lippen wieder zu einem schmalen Strich zusammengepresst, so wie sie mich in den ersten Tagen nach meiner Ankunft stets gemustert hatte.

Sie hatte recht gehabt mit ihrem Misstrauen mir gegenüber, dachte ich.

Robert hatte sich in den schmalen Durchgang zwischen Nasszelle und Bett geschoben, und Trudi quetschte sich direkt neben mir an den Kleiderschrank. Sie sah aus wie ein Hundewelpe, der getreten worden war.

Erik schloss die Tür hinter mir. Dabei streifte er meine Schulter. Mich durchlief ein Schauer, aber er sah mich noch nicht mal an.

Ich atmete tief durch und stemmte beide Füße fest auf den Boden. Doch als ich den Mund öffnete, wollten keine Worte herauskommen.

Ich versuchte es erneut.

»Ich weiß, dass das jetzt echt komisch für euch ist«, krächzte ich, »aber ich werde es euch erklären.«

Dann schloss ich den Mund wieder und dachte krampfhaft nach. Weit entfernt sah ich ein Wohnmobil über den Platz fahren, das mir unbekannt war.

»Mein Vater hat nicht gut gewirtschaftet. Er hat zwei Kredite aufgenommen, um den Platz hier zu finanzieren. Einen hat er regelmäßig abgezahlt, der andere wird Anfang Oktober fällig. 45.000 Euro auf einen Schlag.«

Ich amtete tief durch. Es ging leichter, als ich befürchtet hatte. Ich schien mich beim Sprechen zu sortieren. Vielleicht hätte ich das schon längst tun sollen.

»Es sind also nicht nur die normalen Fixkosten, die schon nicht unerheblich sind«, fuhr ich fort, »es ist diese Summe, die die ganze Zeit über uns schwebt. Ich habe versucht umzuschulden, aber ich bekomme keinen Kredit. Der Platz ist unrentabel. Vor drei Wochen kam dann dieser Makler auf mich zu. Er vertritt einen großen Investor, eine Hotelkette, die hier ein Luxusresort bauen will. Sie bieten mir 300.000 Euro. Aber der Campingplatz wäre dann Geschichte.«

Betretene Mienen um mich herum. Trudi weinte. Robert stand auf, schob seine nicht unerhebliche Körpermasse durch den kleinen Raum und nahm sie in den Arm.

»Ich weiß einfach nicht, was ich tun soll«, sagte ich verzweifelt. »Ich will den Platz nicht verkaufen.« Ich atmete tief durch. »Nicht mehr. Ich möchte hierbleiben. Den Platz führen. Mit euch gemeinsam hier leben.« Jetzt war es raus. Ich spürte eine seltsame Wärme in meinem Brustkorb, denn genau so war es. Ich würde hier nicht freiwillig weggehen. »Aber wir haben zu wenige Plätze, um wirklich rentabel zu wirtschaften. Und wir können auch nicht einfach expandieren. Außerdem müssen wir mit den Einnahmen vom Sommer über den Winter kommen.«

Ich seufzte und rieb mir mit beiden Händen übers Gesicht.

»Juli und Matz sind im Internet sehr bekannt. Seitdem sie über unseren Platz posten, tauchen hier plötzlich lauter Vanlife-Typen auf.« Ich deutete in Richtung der Zeltwiese. »Die sich auch noch alle gemeinsam auf die Zeltwiese stellen. Das wäre, wenn das so weitergeht, eine doppelte Belegung und dementsprechend mehr Geld. Das ist toll, aber selbst damit bekomme ich die Schulden nicht in den Griff.« Ich schwieg und sah die anderen an. »Wäre es euch besser gegangen, wenn ihr es vorher gewusst hättet?«

Die anderen blickten zurück.

»Nein«, sagte ich energisch. »In der Mail, die du gelesen hast, Gitte, habe ich um Verlängerung des Angebots gebeten, weil ich noch einen letzten Versuch wagen wollte, einen Kredit zu bekommen. Bei der Bank, für die meine Mutter gearbeitet hat. Deswegen habe ich die Mail so überschwänglich formuliert. Ihr müsst mir glauben, dass ich wirklich alles gegeben habe, denn ich weiß, was dieser Ort für euch bedeutet. Und mir bedeutet er mittlerweile auch sehr viel«, schloss ich leise.

Trudis Hand schob sich vorsichtig in meine, und ich schluckte. Alle schwiegen.

»Ich habe das Angebot nicht sofort abgelehnt, weil ich etwas in der Hinterhand brauche. Eine Option, auch wenn sie im Grunde gar nicht in Frage kommt.«

»Du hättest uns diesem Investor zum Fraß vorgeworfen«,

zischte Gitte, und ich zuckte zusammen. Genau wie Trudi, die noch immer meine Hand hielt.

»Nein, Gitte«, sagte ich entschlossen. »Aber ich habe keine Lösung für das Problem. Und die 45.000 Euro habe ich auch nicht.«

»Ist jetzt gut, Gitte«, sagte Robert. »Ich glaube ihr. Sie hat doch sogar ihr Auto verkauft. Außerdem hat sie recht. Was hätte es geholfen, wenn wir es gewusst hätten? Hast du eine Lösung?« Roberts Worte klangen nüchtern, und ich war ihm zutiefst dankbar, dass er für mich Partei ergriff.

Stumm schüttelte Gitte den Kopf.

Harald stand schweigend auf, nahm Mitzi bei der Hand und schob sie sanft aus dem Wohnwagen. Ich sah ihnen hinterher, und mein Herz zog es vor, irgendwo links neben meinem Knie weiterzuschlagen. Er hasste mich. Gitte folgte ihm. Sie hasste mich, ihrem Gesichtsausdruck nach zu urteilen, ebenfalls. Trudi ließ meine Hand los, wischte sich die Tränen aus dem Gesicht und ging ebenfalls. Robert warf mir einen entschuldigenden Blick zu und marschierte hinterher.

Stumm sah ich zu, wie meine Camper von dannen zogen. Ich blickte zu Giovanni und Georgie, die beide ziemlich blass aussahen.

»Auf den Schreck brauche ich erstmal ein Glas Weißwein. Möchtest du auch?« fragte Georgie. »Ich habe gerade eine Flasche kaltgestellt«

»Ich muss mich um die Neuankömmlinge kümmern«, sagte ich tonlos.

Giovanni seufzte und stand auf. Die beiden gingen ebenfalls, aber wenigstens streichelte Giovanni mir die Schulter, und Georgie küsste mich auf die Wange. »Wenn du nachher doch noch einen brauchst, weißt du, wo du ihn findest«, raunte er mir zu, dann klappte die Tür hinter ihnen ins Schloss.

Erik saß auf meiner Bettkante, die Beine angezogen, den Kopf auf die Hände gestützt.

»Ich bin immer noch sauer«, erklärte er schließlich.

»Ach, jetzt hör aber auf!«, fauchte ich. »Was hätte ich denn tun sollen?«

Er hob den Kopf und sah mich wütend an. »Mit mir reden!«

»Hab ich. Du weißt als Einziger von der anstehenden Tilgung!«

»Nicht darüber. Über das Angebot von diesen Naturschändern!«

»300.000 Euro, Erik«, sagte ich leise. »Ich stehe genauso vor dem Nichts wie alle anderen. Alle außer dir. Dich juckt das alles nicht.«

Erik kniff die Augen zusammen. »Du denkst wirklich, mich juckt das nicht?« Jetzt rutschte er ganz an die Kante des Bettes.

»Giovanni und Georgie können auch weiterziehen«, sagte ich. »Robert hat doch sicherlich eine Rente. Gitte auch. Nur Trudi nicht. Trudi nehme ich dann halt mit, egal wohin ich gehe.«

Erik öffnete schon den Mund, aber ich redete einfach weiter. Jetzt, wo ich endlich mal in Fahrt war, ging es ganz einfach. »Ich will hier doch auch nicht weg!« Ich hob die Hände. »Das hier ist jetzt mein Zuhause. Das sind meine Freunde!« Ich deutete in Richtung des Platzes. »Menschen, die mich einfach so angenommen haben, wie ich bin. Aber wenn ich diesen Kredit nicht zahlen kann, sind wir pleite. Dann wird der Platz versteigert, und das Hotel reißt sich das Grundstück für den halben Preis unter den Nagel.«

Erik nickte langsam. Er sah aus, als hätte jemand die Luft aus ihm rausgelassen.

»Ehrlich gesagt, bin ich ein wenig erleichtert«, sagte er leise.

»Erleichtert?«, fragte ich empört. »Hier geht gerade alles den Bach runter. Wieso bist du ausgerechnet jetzt erleichtert?«

»Weil es richtig war zurückzukommen«, murmelte er. »Weil du mich nicht verarscht hast.«

»Ich habe dich doch nicht verarscht«, sagte ich genauso leise.

Er zuckte die Schultern. »Nach Iris habe ich mich nie wieder auf eine Frau eingelassen. Du bist die einzige, bei der ich es gewagt habe.« Er sah mich an, und es schien, als wären seine grauen Augen eine Spur dunkler geworden. »Aber als du plötzlich so komisch geworden bist, dachte ich …« Er hielt inne.

»Was dachtest du?«, fragte ich.

»Dass auch diese Sache wieder in die Brüche geht. Dass ich … dass ich dir nicht das bieten kann, was du verdienst.«

Es zuckte in meinem Magen, und ich trat einen Schritt auf ihn zu. »Was meinst du damit?«, fragte ich verwirrt.

Erik sah mich an. »Mein Leben im Van. Ich weiß nicht, ob das genug ist.« Er sah für einen Moment so aus, als wollte er noch mehr sagen, doch dann schwieg er.

Ich trat noch näher und legte sanft eine Hand an seine Wange.

Erik schwieg lange, doch dann flüsterte er leise: »Ich liebe dich.«

Er kämmte mir mit der Hand durch meine Haare, sortierte die Strähnen, die durch diesen verrückten Tag durcheinandergekommen waren. Ich hielt ganz still. Eriks Worte trafen mich tief in der Seele, wärmten sie, berührten mein Herz. Alles schien plötzlich ein klein wenig leichter zu sein.

»Was hast du da eigentlich an?«, flüsterte er. Ich lachte lautlos.

»Heike mag das«, flüsterte ich. Eriks Körper war so warm, und als er mich in den Arm zog, entspannte ich mich zum ersten Mal seit Tagen. »Du tust mir gut«, sagte ich leise. »Einfach indem du da bist.« Ich hielt einen Moment inne und spürte seinen Händen auf meinem Körper nach.

»Ich liebe dich auch«, flüsterte ich.

Ich wollte diesen Augenblick festhalten, ihn so lange wie möglich auskosten und dann feinsäuberlich abspeichern, aber im nächsten Moment klopfte jemand energisch von außen gegen die Wohnwagenwand.

»Heike. Du musst kommen. Da draußen ist Tumult!«, rief Harald.

Wir hoben die Köpfe, aber Erik ließ mich nicht los. »Ich kann nicht«, flüsterte ich und suchte Eriks Blick.

»Doch. Du kannst immer«, sagte er leise. »Wenn einer Tumult kann, dann du.« Er grinste, und seine weißen Zähne blitzten auf. »Ich komme mit und leiste dir Gesellschaft.«

Seine Worte klangen wie ein Versprechen. Ich fing Eriks Blick ein, und einen Herzschlag lang sahen wir uns tief in die Augen.

»Na komm, lass uns mal schauen, was da draußen los ist«, sagte er schließlich und sprang elegant von der Bettkante.

Vor dem Anmeldehaus stand Mitzi und verteilte selig lächelnd Eis an unglaublich viele Menschen, die sich vor der Schranke versammelt hatten. Zusammen mit ihren Wohnmobilen.

Erik sah mich an und zog eine Augenbraue hoch. »Vielleicht sollten wir Baumhäuser bauen. Der Platz ist definitiv zu klein für alle.«

»Wir gehen der Reihe nach«, erklärte ich bestimmt und wedelte mit dem Arm. »Wer nicht auf den Platz kommt, kann für eine Nacht auf dem Parkplatz schlafen.«

»Das Ordnungsamt sieht das nicht gerne«, raunte Harald, der neben uns zum Stehen gekommen war.

Ich grinste ihn an. »Ist mir egal. Geh du mal das Baltische Nachtfeuer vorbereiten.«

Und so arbeiteten wir uns durch die Menschenmassen, die erwartungsfroh vor unserer Schranke warteten. Und es gelang uns tatsächlich, alle unterzubringen, allerdings warf das unsere herrschende Platzordnung gehörig durcheinander. Ich druckte mir die Campingplatzverordnung von Schleswig-Holstein aus und las alle fünf Minuten nach, wie genau jetzt wo was stehen durfte.

Giovanni und Georgie räumten ihren Stellplatz und parkten ihr Wohnmobil ganz dicht an meinem Wohnwagen. Trudis Wohnwagen stellten wir direkt daneben. Trudi musste ihre kleine Gartenzwerggang im Stich lassen, aber das störte sie nicht. Alle packten mit an, damit unsere vielen neuen Gäste Platz bekamen. Den sie auch bestmöglich nutzten. Viele schienen sich untereinander zu kennen und stellten ihre Vans dicht an dicht.

Gitte trabte mit einem Stapel Handtücher auf dem Arm

an mir vorbei. Dabei warf sie mir einen derart feindseligen Blick zu, dass es mich fast umwarf. Ich atmete tief durch und versuchte, meine Gedanken beisammenzuhalten. Ich musste nämlich irgendwie ausklüngeln, wie man zwei Wohnmobile so stellte, dass sie in die klitzekleine Parkbucht unter der Kiefer passten. Das war wie Tetris. Tetris konnte ich. Ich war in den 90ern aufgewachsen. Erik tauchte neben mir auf, sah auf die Parkbucht, zu den wartenden Vans, zu mir und sagte dann: »Rückwärts rein. Strom ran. Fertig?«

»Oh ja«, erwiderte ich. »Kannst du das machen? Ich muss was erledigen.«

Erik nickte, und ich rannte los. Ich musste ziemlich viel rennen, denn Gitte war wie vom Erdboden verschluckt. Irgendwann fand ich sie aber doch am Ende der Hecke, wo sie ihre Handtücher an die Gruppe Camper verteilte, die ich gerade eingecheckt hatte.

Als sie mich sahen, winkten sie freudig. »Voll nett! Wir kommen aus Schweden, und da hat es gefühlt drei Jahre durchgeregnet. Alles im Van ist nass. Gitte war so freundlich, uns ein paar Handtücher zu leihen.«

»Vielleicht ist Heike dann auch so freundlich, mal wieder einen Trockner anzuschaffen?«, sagte Gitte spitz.

»Nein, aus ökologischer Sicht sind Trockner eine Katastrophe«, erwiderte ich. »In den Körben neben der Waschmaschine liegen Wäscheleinen. Die könnt ihr einfach aufspannen. Nur bitte so, dass niemand reinrennt.«

»Geht klar, Heike«, erwiderte eine der jungen Frauen, grinste mich an und verschwand mit dem Rest ihrer Leute zum Strand. Zurück blieben Gitte und ich.

»Was hätte ich denn tun sollen?«, fragte ich sie.

Gitte kniff die Augen zusammen, als wäre ihr ein Staubkorn reingeflogen. Sie blinzelte und hatte den Kopf von mir weggedreht. Und dann fing sie tatsächlich an zu weinen. Gitte, die nichts aus der Bahn warf, die Yogahandstand konnte und immer alles im Griff hatte, stand vor mir und weinte.

»Es tut mir leid«, sagte ich mit erstickter Stimme und sah sie hilflos an, während ihr die Tränen über die Wangen liefen und sie immer noch krampfhaft in die andere Richtung blickte. Ganz vorsichtig streckte ich eine Hand aus und legte sie ihr auf die Schulter. Endlich sah sie mich an.

»Verdammt, Heike. Warum hast du denn nichts gesagt?«, schluchzte sie.

KAPITEL 22

Haralds Baltic Sea Feuer war der Hit. Alle brachten etwas zu essen mit, und so hatten wir bald ein köstliches Büffet. Trudi verkaufte ihren Eierlikör, und Giovanni saß neben seinem Mann dicht am Feuer und berichtete der Menge von seinen aufregenden Wohnmobilreisen quer durch Italien. Alle lauschten und staunten.

Mitzi schwebte wie eine Elfe zwischen den vielen Menschen herum, aber ich wusste, dass die plötzliche Unordnung auf dem Platz sie durcheinanderbrachte, und das wussten ihre Freunde auch. Sobald sie außer Sichtweite war, stand jemand unauffällig auf, um nach ihr zu sehen.

Da alle um uns herum ständig posten und fotografierten, holte auch ich irgendwann meine Kamera, was natürlich für Aufsehen sorgte, denn ich hatte ja einen Ferrari, der auch gleich gebührend bewundert wurde. Stimmengewirr und gute Laune lagen in der Luft, und weil wir so gute Vibes ins Universum schickten, bekamen wir die erste Tropennacht des Jahres zurückgeschenkt.

Ich fotografierte alles und jeden. Wer wusste schon, wann wir wieder so fröhlich zusammenkommen würden. Und wie lange wir überhaupt noch hier waren. Also lief ich über den Strand und knipste alles, was mir vor die Linse kam. Bis Gitte mich irgendwann am Ärmel packte. Also am Ärmel ihres Kleides, in dem ich immer noch steckte.

»Hier«, sagte sie und hielt mir ein Käsebrot hin. »Du musst mal was essen.«

Ich hängte mir die Kamera am Riemen um den Hals und nahm das Brot entgegen, aber Gitte ließ meinen Ärmel nicht los.

»Tut mir leid«, sagte sie. »Dass ich so lange so biestig zu dir gewesen bin.« Sie räusperte sich, dann fragte sie leise: »Wie viel Geld fehlt dir?«

Ich kaute langsam und schluckte. »Wenn das so weitergeht mit den neuen Gästen, kommt Geld in die Kasse, und das trägt uns bis zum Saisonende. Dann bleibt vom Autoverkauf noch etwas übrig, für den Kredit. Aber es reicht halt nicht.«

»Was heißt das konkret?«, fragte Gitte.

Konkret. Schwierig. Ich überschlug im Kopf. »Dreißig.«

»Es scheitert alles an dreißigtausend Euro?« Entsetzt sah sie mich an.

Ich zuckte die Schultern. »Wenn die Bank ihr Geld will und ich es nicht habe, spielt die Summe keine Rolle.«

»Wie viel hast du vom Autoverkauf noch übrig?«, fragte Gitte.

»Ich habe knappe zehntausend zur Seite gelegt. Die Waschmaschine hat Geld gekostet. Die Buchungsplattform auch, selbst wenn nicht gebucht wird. Dann waren wieder Müllgebühren fällig. Und der andere Kredit läuft ja auch monatlich weiter.«

Gitte warf mir einen unergründlichen Blick zu, dann zuppelte sie an meinem Kleid, also eigentlich ihrem Kleid, richtete den Ärmel und sagte: »Ich schenke dir das Kleid. Steht dir wirklich gut.« Und mit diesen Worten schnappte sie sich das Tablett mit den belegten Broten und stürzte sich wieder in die wuselige Menge.

Ich setzte mich mit meinem restlichen Käsebrot ein wenig abseits in den Sand und blickte ins Feuer.

Irgendwann setzte Erik sich mit seiner Gitarre neben mich und fing an, *Slide* zu spielen. Er spielte ganz leise, doch sofort senkte sich Schweigen über die gesamte Gesellschaft. Köpfe drehten sich in unsere Richtung, aber Erik störte das nicht. Leise und mit samtiger Stimme begann er zu singen, während er mich direkt ansah.

In dieser Nacht kroch Erik nach langer Zeit wieder zu mir in meine kleine Koje, und gemeinsam betrachteten wir durch die Dachluke die Sterne.

Wir liebten uns, und er schlief mit dem Kopf auf meinem Bauch ein. Ich sah wieder hinauf in den Nachthimmel, beobachtete, wie die Sterne ihre Bahnen zogen und das schwarze Firmament zum Glitzern brachten. Ich war unfassbar müde, aber sobald ich die Augen schloss, wirbelten alle möglichen Bilder durch meinen Kopf. Gittes Tränen, Haralds verbissene Miene, Trudis Verzweiflung. Morgen würde ich endlich bei der Bank in Kronshagen anrufen, wenn ich auch wenig Hoffnung hatte. Aber erst dann hatte ich alles getan.

Ich würde Trudi fragen, ob sie mit mir kommen wollte, wenn wir von hier fort mussten, auch wenn ich noch keine Ahnung hatte, wohin. Dieses Wohin lag für mich in einem anderen Universum, ungreifbar und beängstigend. Ich hatte nie in meinem Leben einen Sehnsuchtsort gehabt, einen Punkt auf der Landkarte, zu dem es mich magisch hinzog. Doch das hatte sich geändert. Jetzt gab es diesen Platz hier in Vogelsang-Storch, und dieser Ort war in wenigen Wochen und Monaten zu meiner Heimat geworden. Der Ort, mit dem ein Stück meiner Seele untrennbar verbunden war.

Ich legte Erik eine Hand auf die Haare und spürte seine Wärme unter meinen Fingern. Mit der anderen Hand angelte ich mir mein Handy und rief Instagram auf, wie so oft, wenn ich nicht schlafen konnte.

Wir hatten fast 20.000 Follower. »Heiliger Hollerbusch«, murmelte ich. Unser Hashtag war förmlich explodiert. Ungläubig starrte ich die Zahlen einen Moment lang an, dann scrollte ich mich durch die Postings, in denen der Platz der glücklichen Camper markiert worden war. Die Bilder waren stimmungsvoll. Das Feuer loderte, lachende Menschen standen darum herum. Erik war mehrmals fotografiert und gefilmt worden, und seine Musik tauchte in vielen Storys auf. So viele Adjektive standen unter den verschiedenen Postings. Authentisch. Naturnah. Besonders. Echtes Campen. Heike Momsen. Mein Name fand sich in jeder noch so kleinen Hashtagwolke.

Juli hatte mich gefragt, ob sie ein Foto von mir posten durfte. »Klar«, hatte ich gesagt und dann abgelehnt, gemeinsam mit ihr nach einem guten Bild zu suchen. »Nimm einfach eins, das dir passend erscheint«, hatte ich gesagt. Und da war es jetzt. Das Bild, das sie von mir gemacht hatte. Eine hochgewachsene blonde Frau, sonnengebleichtes Haar, leuchtende Augen, Sommersprossen, in einem viel zu großen roten Leinenkleid mit schwarzen Punkten. Ich wirkte, als könnte mich nichts umwerfen. Als wäre ich vollkommen im Reinen mit mir und der Welt. Meine Augen fixierten einen Punkt hinter der Kamera. Ich erinnerte mich an den Moment. Erik hatte hinter Juli gestanden und mich angelächelt.

Erik, der immer noch friedlich schlafend auf meinem Bauch lag, regte sich kurz und seufzte einmal tief. Ich ließ das Handy sinken, legte wieder eine Hand auf seinen Kopf und sah zu den Sternen hinauf. Franziska Lichtenstein war verschwunden. Sie hatte sich langsam weggeschlichen und Heike Momsen zurückgelassen. Die Frau auf den Fotos. Die Frau, die ich war.

Irgendwann musste ich eingeschlafen sein, denn am nächsten Morgen weckte mich Erik frisch geduscht und mit einem großen Becher Kaffee in der Hand.

»Moin«, sagte er leise und stellte den Kaffeebecher auf das kleine Regal, um dann die Arme auf der Matratze zu verschränken und mich mit seinen Wolfsaugen zu betrachten.

Ich drehte mich auf die Seite und streckte die Hand aus, um mit den Fingerspitzen seine unrasierte Wange zu berühren.

»Können wir uns etwas versprechen?«, fragte ich mit vom Schlaf noch rauer Stimme.

Erik legte den Kopf schief und fing meine Finger ein, um sie sanft zu küssen.

»Lass uns immer miteinander reden. Und nicht mehr abhauen«, sagte ich leise.

Erik lächelte. Dann nickte er. »Einverstanden. Und wenn wir abhauen, dann zusammen.«

Ich nickte, richtete mich auf und griff mir den Kaffee.

»Ich würde ja gerne wieder zu dir ins Bett klettern«, sagte er und legte eine Hand an meinen Rücken.

Ich nahm einen Schluck Kaffee. Das klang, als ob da noch was kommen würde. »Aber?«, fragte ich deshalb.

»Aber da draußen sind putzmuntere Camper und eine Trudi, die Harald über den Platz schleppt und mir gesagt hat, ich soll dich dringend wecken. Robert ist schon ganz früh mit Gittes Auto weggefahren. Das muss eine Bedeutung haben, weil er größenmäßig in dieses Auto eigentlich nicht reinpasst und es deshalb nie benutzt.«

Ah. Die Platzwartin war gefragt. »Dann schwimmen wir heute wohl nicht«, seufzte ich.

Erik hob entschuldigend die Hände. »Nope. Die Menge verlangt nach Heike Momsen.«

»Kann ich vorher noch duschen?« Ich trank noch einen großen Schluck Kaffee und stellte den halbvollen Becher dann zurück auf das Regal.

Erik grinste einseitig. »Sagen wir so: Der Gedanke, Baumhäuser zu bauen, war nicht abwegig.«

Erstaunt hielt ich inne. »Stehen da schon wieder Wohnmobile vor der Schranke?«

»Rückstau bis Laboe.« Er zwinkerte mir zu.

Das brachte Bewegung in meinen unausgeschlafenen Körper. In Windeseile schlüpfte ich in meine Klamotten.

Vor der Schranke warteten tatsächlich bereits fünf Vans. Die Leute hatten sich Klappstühle vor die geöffneten Schiebetüren gestellt und warteten geduldig. Eine friedliche Stimmung lag über der ganzen Szenerie, die die Morgensonne in ein hübsches Licht tauchte.

»Moin«, sagte ich laut und blieb vor der Schranke stehen.

»Heike!«, rief einer der Neuankömmlinge, als würden wir uns kennen. Was wir nicht taten. Aber das spielte keine Rolle.

»Wir haben noch zwei Plätze«, erklärte ich. »Danach sind wir voll belegt.« Überbelegt, um genau zu sein. »Aber alle anderen können auf dem Parkplatz hier stehen und alles mitnutzen.«

»Wann ist das nächste Baltic Sea Feuer?«, fragte ein schmächtiger Mann in den Zwanzigern, dem ein riesiges Wohnmobil in leuchtendem Rot gehörte. »Oder soll ich direkt bei Harald nachfragen?«

Harald war offenbar ebenfalls zu einer Instagram-Berühmtheit geworden. Ich musste grinsen.

»Wir fragen ihn, sobald wir ihn sehen«, sagte ich und marschierte ins Anmeldehaus, um die Unterlagen zum Einchecken zu holen.

Den restlichen Tag verbrachte ich damit, die Klos zu putzen, Brötchenbestellungen aufzunehmen, Bausätze für belegte Brote und Eis zu verkaufen. Die ruhigen Zeiten waren definitiv vorbei. Es war, als wäre der Platz aus einem Dornröschenschlaf erwacht. Alles wuselte, und meine glücklichen Camper gleich mit. Trudi lief zweimal an mir vorbei und rief, dass sie dringend mit mir reden müsse, aber jetzt könne sie nicht, weil sie irgendwelche wichtigen Dinge in Laboe zu erledigen habe. Und als ich endlich dazu kam, Kassensturz zu machen und die Buchhaltung zu erledigen, tauchte Harald auf und ließ Mitzi bei mir, weil er auch irgendwelche wichtigen Dinge erledigen musste.

»Was hat er denn vor?«, fragte ich Mitzi, die sich in den Liegestuhl legte, den Harald ihr in die Anmeldung gestellt hatte. Mit einem wohligen Brummen stellte sie die Rückenlehne zurück und schloss die Augen. »Man weiß es nicht. Man weiß ja so wenig.«

Während Mitzi sich eine Auszeit nahm, zählte ich Geld. Es war viel Geld. Weil plötzlich alle mein Wochen-Supersparangebot nutzen wollten: Wenn sie den Platz vorab bar bezahlten, gab es zehn Prozent Rabatt. Weswegen ich jetzt sehr viel Geld in der Kasse hatte. Erik hatte mir versprochen, alles noch zur Bank zu bringen. Die Infrastruktur hier auf dem Platz war nicht für Geld ausgelegt. Es gab keinen Tresor oder sonst irgendetwas in dieser Richtung. Vermutlich brachte er überhaupt zum ersten Mal im Laufe seiner Existenz Geld ein.

Gegen Nachmittag tauchte Trudi mit roten Wangen und Harald im Schlepptau wieder auf.

»Wir müssen dir etwas sagen, Heike«, setzte Trudi an und wirkte dabei so aufgeregt wie ein kleines Kind vor Weihnachten.

Ich blickte auf und schob meine Unterlagen zur Seite. Harald wirkte nicht minder aufgeregt.

»Schießt los«, sagte ich, froh, dass beide offenbar vorhatten, wieder ganz normal mit mir zu reden.

Schwungvoll hielt mir Trudi einen dicken Umschlag hin. Ich sah sie fragend an.

»Du musst ihn aufmachen«, erklärte Harald.

»Okaaaayyyy«, sagte ich gedehnt, nahm den Umschlag entgegen und zog die Lasche aus dem Papier. In dem Umschlag befand sich Geld. Sehr viel Geld.

»Habt ihr eine Bank ausgeraubt?«, fragte ich entsetzt, woraufhin Trudi und Harald mich irritiert ansahen.

»Ich bin jetzt Unternehmerin. Das Geld habe ich eingenommen«, erklärte Trudi.

»Hä?«

»Ich habe das Geld verdient. Also nicht alleine. Harald war mein Key Account Manager.« Ich sah Trudi ratlos an.

Harald seufzte. »Das musst du schon besser erklären, Trudi«, sagte er. Und an mich gewandt: »Trudi hat einen Eierlikörhandel aufgezogen. Online. Über Facebook. *Echter Eierlikör von den glücklichen Campern* ist ihr Slogan.«

»Trudi, das ist ja der Hammer«, sagte ich leise. »Was willst du mit dem Geld machen?«

Trudi runzelte die Stirn. »Das ist für den Platz!«, rief sie und betonte dabei jedes Wort.

»Nee, warte mal«, sagte ich und hob die Hände. »Du hattest doch Unkosten. Und wieso kannst du plötzlich Facebook?« Ich verstand gar nichts. Wieso hatte ich von alldem nichts mitbekommen?

»Also Heike, du verstehst ja wirklich gar nichts«, sagte Trudi auch im nächsten Moment. »Facebook ist ja nun keine Zauberei. Instagram mag ich nicht, aber Facebook ist wirklich gut für so ein junges Unternehmen. Das hier ist mein Gewinn. Nicht mein Umsatz. Ich habe mir extra von meiner Steuerberaterin ausrechnen lassen, was noch an Steuern fällig wird, und das beiseitegelegt. Was übrig ist, gebe ich dir. Es sind zwanzigtausend Euro.«

Ich starrte sie an, während Harald fein lächelte. Trudi frohlockte: »Ich habe es immer gewusst. Eierlikör ist die Lösung!« Und mit diesen Worten verließ sie mit einem kleinen Hüpfer die Anmeldung.

»Brauchst du mehr Informationen?«, fragte Harald.

Ich nickte wortlos.

»Wir haben im Internet recherchiert, wie das mit Facebook so funktioniert. Dann haben wir eine Zielgruppenanalyse gemacht und eine Marke kreiert. Unsere Kunden sind eher bei Facebook, nicht bei Instagram, wobei Trudi auch dort noch einen Account anlegen möchte. Unsere Zielgruppe hat sich nämlich spontan erweitert.« Er grinste und deutete in Richtung der vollbesetzten Zeltwiese. »Die Leute stehen auf diese ganzen ursprünglichen Dinge. Und Trudis Eierlikör ist ja wirklich handgemacht. Also mit diesem speziellen Küchengerät, aber mit besten Zutaten. Das Gerät war unser Investment, und da man für die Zubereitung von alkoholischen Getränken, die man verkaufen möchte, nicht einfach eine beliebige Küche benutzen kann, haben wir uns in die Küche der Kita eingemietet, damit wir die strengen Hygienevorschriften einhalten können. Es gibt rechtlich einiges zu beachten. Aber als wir das geklärt hatten, ging alles ganz schnell. Die ersten Leute haben bestellt, fanden es toll und haben das gepostet. Dann wurden es immer mehr. Wir überlegen sogar schon, die Produktion auszuweiten. Du musst den Mund zumachen, sonst fliegen Fliegen rein.«

»Äh«, sagte ich, aber langsam konnte ich wieder klar denken. »Das hier ist Trudis Altersvorsorge. Das kann ich nicht nehmen.« Ich schob den Umschlag vorsichtig ein wenig von mir weg.

»Heike«, sagte Harald. »Der Platz ist unsere Altersvorsorge. Unsere Freunde. Die Natur. Das Meer. Das Business wirft jetzt Geld ab. Da bleibt auch noch für Trudi was übrig.« Er zuckte die Schultern.

»Warum habt ihr das nicht erzählt?«, fragte ich verwundert.

»Ich hätte es dir gesagt, aber Trudi wollte es ganz allein schaffen. Wir wussten ja nicht, wie schlimm es um den Platz steht. Trudi wollte warten, bis sie genau weiß, wie viel nach Steuern noch übrigbleibt.« Er hielt kurz inne und sah sich in der Anmeldung um. »Können wir hier ein Regal aufbauen? Für den Eierlikör? Als Verkaufsshop?«

»Klar«, krächzte ich.

Als Harald und Mitzi gegangen waren, legte ich beide Handflächen auf den Briefumschlag und seufzte tief. Meine Camper versuchten, den Platz zu retten. Mich zu retten.

Und während ich noch um Fassung rang, stand plötzlich Robert vor mir. Offenbar hatte er es nicht nur geschafft, in Gittes unfassbar kleines Auto ein-, sondern auch wieder auszusteigen. Er sah mich mit regungsloser Miene an, dann wühlte er in einer original 80er-Jahre-Bauchtasche herum und zog ein Bündel Geldscheine hervor.

»Will ich nicht zurück«, sagte er schroff und warf mir das Geld auf den Tisch.

Die letzten Reste meiner Fassung verließen den Raum, und ich brach in Tränen aus.

»Oh«, murmelte er und runzelte die Stirn. Dann beugte er

sich vor und tätschelte mir etwas unbeholfen die Schultern. »Fünftausend Euro«, raunte er. »Mehr habe ich nicht. Hab in der Finanzkrise mein ganzes Geld verloren. Das war noch übrig.«

»Das kann ich nicht annehmen.« Ich schob ihm das Geld zurück über den Tisch.

Robert hob eine Augenbraue. »Hör mal, Heike. Als du hier angekommen bist, dachte ich, du bist eine dumme Trulla. Eine, die nur redet, nichts auf die Reihe bekommt und alles in den Sand setzt.« Er räusperte sich, und ich blinzelte die Tränen endlich weg. »Und dann hast du angefangen, die Klos zu putzen. Dir stand der Ekel im Gesicht, aber du hast das durchgezogen. Das hat mich beeindruckt. Du hast hier ganz schön frischen Wind reingebracht. Für den fälligen Kredit kannst du nichts. Es ist jetzt an uns, dich zu unterstützen. Leider sind fünftausend Euro nicht viel.«

»Doch, das ist viel. Es hilft uns sehr«, sagte ich leise, dann überlegte ich einen Moment. Ich wusste so wenig von Robert. »Du hast alles verloren?«, fragte ich. Robert nickte und sah auf seine Hände.

»Hätte mir sonst wohl auch eine schöne Wohnung in Kiel leisten können. Aber«, er sah auf und mir direkt in die Augen, »das hier ist jetzt mein Heimathafen. Ich brauche gar keinen Luxus. Ich möchte, dass mich im Sommer die Vögel wecken und ich mit meinem ersten Kaffee an den Strand gehen kann. Ich brauche einen festen Platz und eine Aufgabe. Die habe ich hier. Das ist sehr viel wertvoller als eine schöne Wohnung in Kiel mit einem Einstellplatz vor der Tür.« Jetzt musste Robert sich mehrmals räuspern. »Ich muss jetzt gehen. Einer der neuen Gäste hat Probleme mit seinem Kühlschrank. Das gucke ich mir mal an.« Er nickte mir zu und marschierte aus der Anmeldung.

Ich sah ihm nach. Dann nahm ich mein Handy, wählte die Nummer des Maklers und sprach ihm auf die Mailbox.

»Heike Momsen hier, von den glücklichen Campern. Ich werde nicht verkaufen. Danke für Ihr Interesse. Alles Gute!«

KAPITEL 23

Am 20. September um halb drei verließ die *Alte Liebe* den Hafen von Strande. Es regnete, und der Himmel hatte die Farbe von Blei. Harald und ich waren die Einzigen an Bord, alle anderen warteten auf dem Campingplatz auf uns. Mein Vater hatte es so gewollt. So wie er auch gewollt hatte, dass ich seinen Campingplatz erbte. Gestern war ich ins Grundbuch eingetragen worden.

Die Kabine des Schiffs war schlicht gehalten, zahlreiche Tische und Stühle zeugten davon, dass hier üblicherweise größere Gesellschaften reisten. Die weiße Urne meines Papas stand auf einem Holztisch, umgeben von Blumen und dem gerahmten Bild, das bis heute Morgen noch auf dem kleinen Tischchen vor dem Anmeldehaus gestanden hatte. Harald und ich saßen auf zwei Stühlen und schaukelten über die Ostsee in Richtung der Koordinaten, die mein Vater sich gewünscht hatte. Dort, wo er auch meiner Mutter ihre letzte Ruhe geschenkt hatte.

Ich saß stocksteif, eingehüllt in den Parka meines Papas, und hatte meine kalten Hände zwischen die Oberschenkel geschoben. Harald und ich schwiegen. Es war alles gesagt. Das Vermächtnis meines Vaters war die größte Herausforderung meines Lebens gewesen, und ich war daran gewachsen.

Die *Alte Liebe* fuhr weit hinaus. Es dauerte lange, bis endlich die Motoren erstarben und sich Stille über das Schiff senkte.

»Dann geht es jetzt los«, murmelte Harald und erhob sich von seinem Stuhl.

Ein Mitarbeiter der Reederei erschien, durchquerte den Raum und blieb vor uns stehen.

»Herr Momsen wollte keine Rede, keine Zeremonie. Deswegen werde ich seine Urne jetzt dem Meer übergeben«, sagte er, als wollte er überprüfen, ob er auch wirklich die richtige Information hatte. Aber mein Vater hatte sich genau das gewünscht. Ein stilles Übergeben seiner Asche an die Ostsee. Im Beisein von Harald und mir. Kein Gebet, keine Rede.

Mir schlug das Herz so kräftig, dass ich es im Magen spüren konnte. Meine Knie zitterten ein wenig. Der Reedereimitarbeiter blieb vor der Urne stehen und verneigte sich tief. Er machte so etwas jeden Tag, und trotzdem war er ganz bei der Sache. Dieser Umstand löste eine tiefe Dankbarkeit in mir aus. Sorgfältig sortierte er die weißen Bänder, mit denen die Urne ins Wasser gelassen werden würde, doch als er sie mit seinen weißen Handschuhen hochheben wollte, trat ich einen Schritt vor. Ich drückte Harald den Strauß weißer Rosen in die Hand, den Gitte für meinen Vater besorgt hatte, und streckte die Hände aus.

»Ich mache das«, sagte ich leise.

Der Reedereimitarbeiter dachte einen Moment lang nach, dann lächelte er und machte einen Schritt zur Seite.

Ganz langsam trat ich dicht an den Tisch und nahm vorsichtig die Urne hoch. Sie war viel schwerer als erwartet. Harald trat neben mich und sortierte die weißen Bänder vorsichtig auf meinem Arm, damit sie sich nicht verhedderten. Dann legte er seine Hand auf meine Schulter, und gemeinsam verließen wir die Kabine.

Jeder Schritt war kostbar. Jeder Schritt war ein Gedanke an meinen Vater. An meine Mutter. Ich setzte die Füße langsam und vorsichtig auf das Schiffsdeck, atmete die würzige Meeresluft bis tief hinunter in meine Lungen.

An der Reling war ein Metallring angebracht, in den man die Urne stellen konnte. Ich ließ sie sanft hineingleiten und trat dann einen Schritt zur Seite. Fragend sah mich der Reedereimitarbeiter an, und ich nickte. Er griff nach den weißen Bändern und hob die Urne hoch. So ließ er sie hinab in die heute wilde Ostsee. Ich hatte gedacht, dass die Urne schwimmen würde, doch das tat sie nicht. Kaum wurden die Bänder losgelassen, sank sie hinab.

Ich beugte mich vor und warf mit Schwung den Strauß weißer Rosen ins Meer. Sie landeten dort, wo die Urne versunken war, und begannen sanft auf den Wellen zu tanzen und sich zu drehen. Ihre Köpfe leuchteten vor der dunklen Farbe des Wassers.

Es war eine schöne Vorstellung, dass mein Vater meine Mutter jetzt wiedertraf. Dass die Ostsee sie zueinander brachte, damit sie wieder vereint waren.

Harald legte einen Arm um mich. Die Schiffsglocke schlug dreimal. Ihr tiefer Ton hallte über die Meeresoberfläche, schien sich am Horizont zu brechen und zurückgeworfen zu werden. Tief unter mir spürte ich, wie die Schiffsmotoren starteten. Ein dumpfes Grollen erfasste die *Alte Liebe*, und wir setzten uns in Bewegung. Harald neben mir weinte, und ich umschlang seinen Körper mit beiden Armen. Wir hielten uns aneinander fest, während das Schiff die Koordinaten der Seebestattung dreimal umrundete. Dann ertönte das Schiffshorn, und wir drehten bei.

Zurück nach Vogelsang-Storch. Zurück in mein neues Leben.

EPILOG

»Die neuen Gäste haben das Durchschnittsalter auf dem Platz um mindestens zwanzig Jahre gesenkt«, sagte Gitte und betrachtete das rege Treiben um uns herum.

»Exakt«, sagte ich mit vollem Mund und kaute eifrig auf meinem Maracujaeis herum. Es war mein zweiter Sommer in Vogelsang-Storch und brüllend heiß.

»Das gefällt mir. Das ist eine neue Generation. Ich habe heute schon über das ökologische Gärtnern und den Sinn und Unsinn von Rasenmähen gesprochen.« Gitte nickte anerkennend. »Und richtig gut finde ich es, wenn sie im Oktober alle wieder verschwinden.« Sie grinste mir zu.

»Hallo? Wärt ihr so lieb, mir den Zimmermannshammer zu reichen? Hallo? Könnt ihr euch mal wieder auf eure Aufgabe konzentrieren?«, fragte Erik schnaufend, und wir drehten uns schwungvoll zu ihm um.

Erik reparierte den Bootssteg, und wir sahen ihm dabei zu. Er erledigte diese wichtige Aufgabe mit freiem Oberkörper. Meine Aufgabe bestand darin, Werkzeug anzureichen. Das war ein guter Job. Ein Job mit guten Aussichten noch dazu. Ich reichte ihm den Hammer und beobachtete dann zufrieden, wie Erik die schadhaften Bretter auswechselte, damit Gitte weiterhin ihr gutbesuchtes Abendyoga abhalten konnte, ohne dass hinterher jemand Splitter in Händen oder Füßen hatte.

»Es geht los!«, brüllte Trudi plötzlich quer über den Platz. »Sie sind da!«

Erik hob den Kopf und sah mich an. »Die sind zu früh«, murmelte er und griff sich sein Shirt, um es überzuziehen. Mein Herz blubberte vor Aufregung, und ich stopfte das Eispapier in meine Hosentasche. Gitte war schon losgelaufen.

»Heike! Komm!« Matz war aufgetaucht, seine kleine Tochter im Tragetuch vor dem Bauch. Matz und Juli hatten sich eine Wohnung in Kronshagen gesucht und ihren Van fest bei uns abgestellt. Sie waren fast jedes Wochenende auf dem Campingplatz. Juli instagrammte jetzt über das Muttersein. Reisen wollten sie erst wieder, wenn ihre Tochter etwas älter war.

Heute war ein ganz besonderer Tag. Das Jahres-Event der glücklichen Camper sozusagen. Erik und ich gingen zum Anmeldehaus, wo Trudi schon aufgeregt auf und ab sprang. Um sie herum standen sehr viele andere Menschen, fast alle mit Kameras und gezückten Handys bewaffnet. Wir hatten uns mittlerweile an die dauerhafte Medienpräsenz gewöhnt. Unsere neuen Gäste fotografierten alles, und das ständig. Menschen warfen sich in Pose, und stundenlang wurde an irgendwelchen Bildkompositionen gefeilt.

Als ich die beiden riesigen LKWs vor der Schranke erblickte, musste ich tief durchatmen. Vor lauter Vorfreude wurde mir für einen Moment fast schwindelig. Erik legte mir den Arm um die Schulter und blieb neben mir stehen.

»Wow«, sagte er leise.

»Hmofhkkhdh«, sagte ich und konnte mich nur mit Mühe

daran hindern, wie Trudi zu hüpfen. Aber jetzt galt es, die beiden Schmuckstücke sicher an ihren endgültigen Bestimmungsort zu bugsieren. Allein bei dem Gedanken daran hatte ich sofort schweißnasse Hände.

»Frau Momsen!«, brüllte einer der Fahrer und marschierte mit einem Klemmbrett auf mich zu.

»Jo!«, brüllte ich zurück.

»Da komme ich nicht durch!«, brüllte er, obwohl er direkt vor mir stand, und deutete auf die Schranke.

»Wir hängen um«, sagte ich und nahm ihm das Klemmbrett aus der Hand. Weit entfernt hörte ich schon den grünen Trecker herantuckern, den wir uns für diesen Anlass beim Bauern geliehen hatten – dem Bauern, dem der Acker gehörte, zu dem Google die Menschen immer noch schickte, wenn sie uns dort suchten. Die Suchmaschine war einfach nicht in der Lage, unsere richtige Adresse anzugeben. Was egal war, denn der Bauer hatte kurzerhand einen Verkaufsstand für Eier und Marmelade dort errichtet und ein Schild gemalt, auf dem unsere richtige Anschrift stand. Wer uns über Google suchte, kam hier meistens mit Marmelade und Eiern an.

Im nächsten Moment bog Harald um die Ecke. Gemeinsam hängten wir den ersten Anhänger um, und zwanzig Leute dirigierten zuerst Trudis und dann mein neues Mobilheim quer über den Platz an ihre neuen Bestimmungsorte: dicht am Strand, neben dem großen Holunder, unter einer alten Kiefer. Mein Mobile Home war hellgrau, hatte weiße Fenster und eine kleine überdachte Veranda. Trudis Haus war knallrot, und ihm waren schon in der Fertigungshalle weiße Blumen auf beide Seiten aufgesprüht worden. Beide Häuser waren nicht viel größer als die alten Wohnwagen, aber sie hatten fließendes Wasser und eine Heizung. Der bürokratische Akt, um sie genehmigt zu bekommen, hatte mich Monate meines Lebens gekostet, aber nun war es geschafft.

Robert und Gitte hatten ihre Wohnwagen neben uns gestellt, und der letzte Stellplatz war für Giovanni und Georgie reserviert, die nächste Woche von ihrer Italienreise heimkehren würden.

Der restliche Campingplatz war für die nächsten zwei Jahre ausgebucht, nur die Zeltwiese konnte nicht reserviert werden. Die stand allen zur Verfügung, die spontan vorbeikamen. Den Wohnwagen meines Vaters hatte ich ebenfalls umgestellt und vermietete ihn.

Eriks Van parkte auf dem Parkplatz vor der Schranke. Letztes Jahr waren wir damit nach dem Ende der Saison in Schweden und Norwegen unterwegs gewesen. Dieses Jahr würden wir nach Spanien fahren. Doch heute zogen wir zusammen in unser neues, wunderschönes Mobile Home. Was kein Problem war – wir waren kompatibel wie zwei Tetrissteinchen.

ENDE

DANKE

Ich liebe Campen! Leider gibt es den Platz Vogelsang-Storch nicht. Alles ausgedacht, ihr braucht ihn also auf der Karte nicht zu suchen. Er ist irgendwo in der Nähe von Laboe, direkt am Wasser, direkt am Naturschutzgebiet.

Mein großer Dank geht an Lucinde Hutzenlaub, meinen Schreibbuddy. Man weiß ja grundsätzlich so wenig, aber mit dir ist es sehr viel mehr geworden. Und auch lustiger! Das lässt sich definitiv festhalten.

Danke an Jana. Heikiska ist ihr Werk!

Danke an Leo. Was kann man mit dir plotten! Es war mir ein Fest!

Danke an Jeanine, Steffi, Merle, Jutta und Claudia! So grundsätzlich und für alles!

Birte: AWG! Ich bin mir sicher. Sobald ich weiß wann, sage ich Bescheid. Herzliche Grüße an H. und T.!

Danke an Julian Hegel von Thanatos Bestattungen in Berlin. Seine Ausführungen zum Bestattungsgesetz in Schleswig-Holstein waren großartig, ich musste dann leider das Gesetz ein wenig zu meinen Gunsten beugen.

Danke an die Schreib-Hasen. Für das Schreib-Retreat und den unendlichen Spaß zusammen!

Danke an die Klasse 10 der Waldorfschule. Der Tausch

Kaffeemaschine gegen alle Playmobilfiguren, die ihr noch in euren Zimmern gehortet habt, war für beide Seiten eine gute Sache! Ihr habt Kaffee (jeder braucht Kaffee … ich wollte es nur erwähnen), und ich habe so viele Figuren, dass ich jetzt sogar in sieben Universen Fantasypersonal literarisch aufstellen könnte.

Danke an Daniel Grabiger, der sich voller Eifer in das Zahlenkonstrukt und die Kreditangelegenheiten des Campingplatzes der glücklichen Camper gestürzt hat.

Danke an Yvonne Salzmann, die noch einen prüfenden Blick auf das fotografische Auge von Heike geworfen hat.

Danke an Melanie und Marcus Goldmann, die beiden Fachmenschen zum Thema: Was passiert nach einem Trocknerbrand?

Und am Ende jedes Buches danke ich meinem Mann. Weil er der personifizierte Tetrisstein in meinem Leben ist. Danke, Mu. Für alles. Immer.

„Man muss auch an sich selbst denken, um anderen etwas geben zu können."

Sylvia Deloy
GEMEINSAM IST MAN
BESSER DRAN
Roman

352 Seiten
ISBN 978-3-404-18545-0

Tilda kümmert sich stets um alles und alle. Seit die Mutter die Familie verließ, waren sie und ihre Schwester Mia auf sich gestellt. Der gemeinnützige Flohmarkt, den sie gemeinsam mit einer bunten Gemeinschaft von Helfern betreibt, ist ihr zweites Zuhause. Als die kleine Oase einem noblen Neubaugebiet weichen soll, schnappt ihr ihr Noah Berger, ehemaliger Soap-Darsteller, die neuen Räumlichkeiten vor der Nase weg, um dort ein Theater zu eröffnen. Doch so schnell gibt Tilda sich nicht geschlagen, erst recht nicht von einem schnöseligen Schauspieler! Bald jedoch zeigt sich, dass sie nur gemeinsam gewinnen können. Aber wie finden zwei Menschen zusammen, die rein gar nichts verbindet?

Ein Roman wie ein leckeres Schokotörtchen: macht einfach glücklich!

Sandra Poppe
LIEBE BEGINNT, WO PLÄNE ENDEN
Roman

416 Seiten
ISBN 978-3-404-18516-0

Kristin entdeckt beim Brötchenholen, dass ihr Mann eine Geliebte hat. Um sich zu sortieren, nimmt sie kurz entschlossen an dem Projekt „Gelebte Geschichte" teil und zieht mit ihren zwei Töchtern für die Sommerferien ins Freilichtmuseum. Sechs Wochen leben wie im 18. Jahrhundert – Einschränkungen und harte Arbeit inklusive. Dafür kein Termindruck, kein Stress, kein Handy. Kristin gewinnt eine ganz neue Perspektive auf ihr Leben. Zudem sorgen ihre Mitbewohner:innen im Museum für emotionalen Tapetenwechsel und machen den historischen Alltag viel bunter als erwartet, vor allem ein Mann, der ihr Herz höher schlagen lässt. Obwohl die Liebe nun wirklich nicht in Kristins Pläne passt …

Lübbe